光文社古典新訳文庫

# シラノ・ド・ベルジュラック

ロスタン

渡辺守章訳

kobunsha classics

JN262992

光文社

Title : CYRANO DE BERGERAC
1897
Author : Edmond Rostand

目次

# はじめに

一　底本について

本書は、エドモン・ロスタン作英雄喜劇『シラノ・ド・ベルジュラック』（韻文五幕）の全訳である。

底本としては、ジャック・トリュシェ校注の版（国立印刷局《フランス文芸》シリーズ、1983）、パトリック・ベニエ校注の版（ガリマール社《古典ポケット文庫》、1983）、ならびにシャルパンティエ＝ファスケル版（1923）を用い、他にクロード・アジザ校注《ポケット・クラシック》版（1989）、ウィリー・ド・スペンス校注《GF Flammarion》版（1989）を参照した（因みにトリュシェ版にも詩句の脱落が一行ある）。

二　表記について

原作は、フランス詩のうち、最も代表的な詩形であり、戯曲の言語態として、十七世紀以来、特権的な位置を占めてきた「アレクサンドラン（十二音節）定型詩句」で書かれている。何箇所か、別の定型詩形によるところがあるが、原則はアレクサンドラン詩句である。「解題」にも書いてあるように、この選択は、十九世紀末のパリの劇壇では極めて異例のことであり、しかもそれで成功するというのは、全くの例外であった。従って、訳文でも、ロスタンの選んだ言葉の姿（言語態）が見えるというか聞こえるほうが望ましいと考えた。訳者は従来、ラシーヌ悲劇のような十七世紀古典主義悲劇についても、あるいはポール・クローデルのような、極めて独自の自由詩形による二十世紀の先端的な戯曲についても、「韻文分かち書き」という書き方を選んできたし、そのほうが、ともあれ、原作の言葉の姿が伝えられると確信している。『シラノ』については、従来の辰野隆《ゆたか》・鈴木信太郎訳（岩波文庫）も、岩瀬孝訳（旺文社文庫）も、散文訳をしつつ、「さわり」の名台詞のうち、あるものだけを「分かち書き」にするという選択をしておられるが――「バルコニーの場」の恋の言説は、両者ともすべて散文訳――、これでは、シェークスピアの戯曲の、散文とブランク・ヴァース（無韻詩）の混在のように見えて、原作の手触りというか口触りが伝わらない。従って、全編、韻文自由詩形分かち書きにしたが、その表記については、慣れていない読者のために、一言説明が必要だろう。たとえば第一幕第一場の冒頭の例で言えば（分かりやすくするためにト書きは抜いてある）――

**門番**　ちょっと、ちょっと！　十五銭！

**騎士1**　木戸銭無用だ。

**門番**　そりゃまた、なぜで？

で、アレクサンドラン詩句一行を構成する。召使い二人の台詞渡しも、同様に――

**召使い2**　シャンパーニュか？……

**召使い1**　トランプに、サイコロ。

**召使い2**　勝負だ。

合点。

で詩句一行である。

やや先で――

手合わせの騎士　やられた！

召使い　クラブだ！

衛兵　キスを！

花売り娘　見えるわよ！

衛兵　大丈夫だって！

で詩句一行となるという具合である。古典主義悲劇などで、一行の詩句を二人の人物に分けることはしばしば行われたが、このように複数の人物に、しかも直接には会話にならない人物たちに振り分けるのは、まずなかった。しかし、ロスタンでは、それが極めて頻繁に行われるし、歌舞伎の「渡り台詞」や「割り台詞」を思わせなくもないこの台詞の分割は、「名台詞」あるいは「さわり」と言われる長台詞の助走のようにして、必ず出現する。

例えば、第一幕第二場のラグノーによる「シラノ紹介」の十六行の台詞の前には、複数の人物に配分された「渡り台詞」があるが(注14参照)、この技法なども、分かち書きにしないと、「文章の姿」もその「息」も見えて来ないだろう。

しかも古典劇に比してこの戯曲で煩雑なのは、これらの台詞に、近代戯曲として不可欠の「ト書き」がつくことである。そのために、目で見てアレクサンドラン一行が捉えにくくなる箇所があることだ。上記の例でも、本文を見ていただけば、それはわかると思う。しかし作者が「英雄喜劇・韻文五幕」と表題でうたっているのだし、定型詩句でこの長編戯曲を書いたことが成功の鍵でもあったのだから、訳文でも、韻文の「姿」を見せることは不可欠だろうと考える。

なお組み方としては、韻文一行の冒頭は「一字下げ」とし、訳文が、ト書きの介入等で、一行に収まらない場合は、二字下げとする、というのが原則である。

# シラノ・ド・ベルジュラック

（英雄喜劇(1)、韻文五幕）

シラノの魂にこそ、この詩篇を捧げたく。
されどその魂は、コクランよ、君のなかに移りし故、まさに君にこれを捧ぐ。

E・R(2)

# 登場人物

シラノ・ド・ベルジュラック③
クリスチャン・ド・ヌーヴィレット④
ド・ギッシュ伯爵⑤
ラグノー⑥
ル・ブレ⑦
隊長カルボン・ド・カステル＝ジャルー⑧
青年⑨隊の隊員たち
リニエール⑩
ド・ヴァルヴェール子爵
侯爵1⑪
侯爵2
侯爵3
モンフルリー⑫

ベルローズ⑬
ジョドレ⑭
キュイジー⑮
ブリサイユ⑯
うるさ方⑰
近衛銃士1⑱
近衛銃士2
スペインの士官
軽騎兵
門番
町人
その息子
掏摸《すり》
観客
衛兵

笛吹きのベルトランドゥー
修道僧
楽士二人
小姓たち
詩人たち
菓子職人たち
ロクサーヌ[19]
修道女マルト
リーズ
物売りの少女
修道尼僧院長マルグリット・ド・ジェジュ[20]
付き添いの侍女
修道女クレール
女優

小間使い〔役の女優〕
花売り娘
群衆、すなわち、町人たち、侯爵たち、近衛銃士たち、掏摸《すり》たち、菓子職人たち、詩人たち、青年隊員たち、役者たち、ヴァイオリン係たち、小姓たち、子供たち、兵士たち、スペイン兵たち、観客たち、女性の観客たち、当世流行の才女たち(21)、女優たち、町人の女たち、修道女たち、等々。

（最初の四幕は一六四〇年、第五幕は一六五五年）

# 第一幕　ブルゴーニュ座、芝居の場

# 第一幕　ブルゴーニュ座、芝居の場

一六四〇年、ブルゴーニュ座[1]。倉庫のような球技場が、芝居の上演のために、改装され、飾り立てられたもの。

長方形の場内。それを斜めから見ている形[2]。したがって、その一辺が、右手舞台前面から発し、左手の奥で、劇中劇の舞台と交差するので、劇中劇の舞台の断面が見えている。この劇中劇の舞台は、その両袖に沿って、長椅子がひしめいて並んでいる。緞帳《どんちょう》は、両開きの二枚のタピスリーである。額縁を構成する飾り幕[3]の中央には、王家の紋章。舞台から平土間へは、広い階段で降りてくる。この階段の両側には、ヴァイオリン弾きの席がある。蠟燭《ろうそく》のフット・ライト。

サイドの客席は、二層である。上の階は、桟敷（ボックス席）に分かれている。平土間には、椅子はなく[4]、劇場の舞台面そのものである。この平土間の奥、つまり向かって右手の手前には、数列の長椅子が階段座席のようになっている。上の階へと昇る階段は、下の部分しか見えないが、その下にはビュッフェのようなものが設《しつら》えられていて、小さな飾り灯火や、花を活けた壺《つぼ》や、クリスタルのグラスや、菓子皿や、コップ等々が並んでいる。

奥の中央、桟敷席のギャラリーの下に、劇場の入口。大きな戸口が、観客を通すために、半分だけ開く。この戸口の両扉の上や、処々方々、ビュッフェの上などに、赤いポスターが見え、そこには『ラ・クロリーズ』(5)と読める。

幕が開いたとき、「客席」は薄暗がりで、まだ空《から》である。シャンデリアは、平土間の中央に降りていて、点《とも》されるのを待っている。

## 第一場

観客が、徐々に入ってくる。騎士、町人、召使い、小姓、掏摸《すり》、門番等々、次いで、侯爵たち、キュイジー、ブリサイユ、売り子、ヴァイオリン弾き等々

（入口の向こうで、人々の叫ぶ声がして、ついで一人の騎士が乱暴に入ってくる）

門番　（追いかけて）ちょっと、ちょっと！　十五銭！

騎士1　木戸銭無用だ。

門番　そりゃまた、なぜで？

騎士1　恐れ多くも王室付きの軽騎兵様だ。

門番　（入ってきたもう一人の騎士に）あなた様は？

騎士2　払わん！

門番　　　　　　　　　　　　　　　　　　　　　　　　そんな無茶な……
騎士2　　　　　　　　　　　　　　　　　　　　　　　　近衛の銃士だ。
騎士1（第二の騎士に）二時にならなきゃ始まらんぜ。平土間は
　ご覧のとおりだ。一つお手合わせと参ろうか。
　　（二人は、持っていたフルーレ剣で、手合わせをする）
召使い1（入ってきて）　　　　　　しーッ！　フランキャン？……
召使い2（すでにいる）シャンパーニュか？……
召使い1（胴着から遊び道具を取り出して）トランプに、サイコロ。
　　　　　　　　　　　　　　　　　　（二人は床に座る）
　　　　　　　　　　　　　　　　　　　　　　　勝負だ。
召使い2（同じように）　　　　　　　　　　　　　　　　合点。
召使い1（ポケットから燃えさしの蠟燭を取り出し、火を点けて、床に立てる）
　旦那のとこから、取って来たのさ、明かりをちょっぴり。
衛兵（寄って来た花売り娘に）明かりが点く前にお出ましとは、嬉しいね！……

（彼女の腰に手を回す）

手合わせの騎士　（切っ先受けて）やられた！　クラブだ！

召使い　キスを！

衛兵　（娘を追いかけて）見えるわよ！

花売り娘　（すり抜けて）大丈夫だって！

衛兵　（暗い隅に連れ込んで）

男　（床に、弁当持参の他の男たちと座って）早く着きゃ、ゆっくり弁当が食えるって。

町人　（息子を連れて）この辺がいいだろう。

勝負の召使い　エースのスリー・カード！

男　（外套の下からワインの瓶を取り出し、同じく床に座って）酔っぱらいが飲むとなりゃ、ブルゴーニュの赤……（飲む）場所も、ブルゴーニュ座ときた！

町人　（息子に）なにか、いかがわしい場所だと、言われんかな。（杖で、酔っぱらいを指し）

酔っぱらいに……

（後ずさりして来た騎士の一人が、ぶつかる）

決闘だ！

（トランプをやっている召使いの真ん中に倒れこみ）

博打《ばくち》打ち！

**衛兵**　（町人の後ろで、女を口説いて）　接吻してよ！

**町人**　（慌てて息子を遠ざけて）　とんでもないこと！

――しかし、こういう小屋で、いいかね、かのロトルー(1)も演じられたのだよ、お前！

**若者**　それと、コルネイユさ！

**小姓の一群**　（手を繋いで、ファランドールを踊り、歌いながら入ってくる）

トラ、ラ、ラ、ラ、ラ、ラー、ラ、ラ、ラ、ラ、ラレール……

**門番**　（厳しい口調で）おい、小姓ども、悪ふざけはご法度《はっと》だ！

**小姓1**　（体面を傷つけられて）　なんです、おじさん、その言い草は！

（門番が後ろを向くや、すばやく第二の小姓に）

糸、持ってるか？　釣り針付きだい。
**小姓2**　上から鬘《かつら》を、お釣り申そう。
**小姓1**　（周りに、顔色の良くない男たちを集めて）いいか、新米のこそ泥よ、こっちへ寄れ、教育してやっからな。
**掏摸**　つまりだ、最初に貴様らがだ、人様のものを盗む時は……
**小姓2**　（上の階に上がった小姓たちに叫んで）吹き矢、持ってるな？　豆も持ってる！
**小姓3**　（上の階から）（吹き矢のようにして、下の連中を豆で撃つ）
**若者**　（父親に）今日の出し物はなんです？
**町人**　『クロリーズ』だよ。
**若者**　バルタザール・バロー様だ。そりゃ、大した芝居だよ！　誰の、です？
**町人**　（息子の腕につかまって、奥へ行く）
**掏摸**　（若造たちに）……膝の上の、例のポケットのレース[2]はだ、まず、切る！

**観客1** （もう一人の観客に、少し高くなった隅の席を指して）あそこだよ、あそこに、わたしは居た、『ル・シッド』の初日にはな！[3]

**掏摸** （掏《す》り取る仕草を、指でやって見せ）時計はだ……

**町人** （戻って来て、息子に） そりゃ、名優ぞろいだからな……

**掏摸** （小刻みの怪しい仕草で）ハンカチはな……

**町人** モンフルリーだ……

**男** （上のギャラリーへ大声で） シャンデリアを点《とも》せ！

**町人** ……ベルローズに、レピ[4]、ラ・ボープレ[5]、ジョドレ！

**小姓** （平土間に）おーい、物売りが来たぞ！

**物売り娘** （ビュッフェの後ろに現れて） オレンジに、ミルク、木苺のジュースに、レモンのジュース[6]……

（戸口でけたたましい物音）

**裏声のように甲高い声** 空けなよ、無礼者めが！

**召使い** （驚いて）侯爵様だ！……平土間に？……

別の召使い　どうせ、素通りだよ。

（小柄な侯爵の一団が入って来る）

侯爵1　（半ば無人の客席を見て）なんざあますか！　まるでこれでは羅紗屋《らしゃや》の商人、(7)どなた様のお邪魔にもならない？　足を踏んづけたりすることもない？　まあ！　おほ、ほ、ほ、ほ！

（少し前に入っていた他の貴族たちの所に来る）

キュイジーじゃない！　ブリサイユ！

（大げさな抱擁）

キュイジー　常連だからな！……そうなんだよ、必ず来ているな、蠟燭の……

侯爵1　その話はおやめになって！　あたくしの今の気分では、とても……

侯爵2　安心なさい、侯爵殿、蠟燭係が参りましたよ。

客席　（蠟燭係の登場に喝采を送って）ああ！……

（人々は、彼が火を点すシャンデリアの周りに集まる。何人かは、ギャラリーの席に陣取る。リニエールが平土間から登場。クリスチャン・ド・ヌーヴィレットに腕を貸している。リニエールは、少々だらしのない恰好をしており、ちょっと品のいい酔っぱらいという趣き。クリスチャンの着ているものは優雅だが、いささか時代遅れという感じ。何か桟敷席が気がかりな様子で、しきりとそちらを見ている）

## 第二場

前場と同じ人物、クリスチャン、リニエール、次いでラグノーとル・ブレ

**キュイジー**　リニエール！

**ブリサイユ**　（笑って）珍しい、しらふか？……

**リニエール**（小声でクリスチャンに）紹介しようか？
（クリスチャン、同意のしるし）
ド・ヌーヴィレット男爵。
（挨拶）
**客席**（最初のシャンデリアが吊り上げられるのを見て、喝采）ああ！
**キュイジー**（ブリサイユに、クリスチャンを見ながら）なかなかの男前だ。
**侯爵1**（それを聞きつけ）へえぇ！
**リニエール**（クリスチャンに）ド・キュイジー殿、ド・ブリサイユ殿……
**クリスチャン**（一礼して）お見知りおきを。
**侯爵1**（侯爵2に）可愛いけれどね、でもお召し物が
ちょっと時代遅れ。
**リニエール**（キュイジーに）トゥーレーヌのほうから見えたのでね。
**クリスチャン**　まだパリへ来て三週間にもなりません。
明日、近衛の青年隊に入ります。
**侯爵1**（桟敷に入る人々を見て）あれは

オーブリー閣下の奥方様(1)! オレンジにミルク…… ラー……ラー……

**物売り娘** (調子を整えて)

**ヴァイオリン係** (クリスチャンに、一杯になっていく客席を指して)

**キュイジー** すごい人だろう。

**クリスチャン** 大入りですな。

**侯爵1** 美女揃えね!

(彼らは、豪華に着飾った女性たちが、桟敷に着くのを見ながら、その名を挙げる。大げさな礼と、それに応えて微笑み)

**侯爵2** ド・ゲメネーの奥方様(2)……

**キュイジー** ド・ボワ・ドーファン夫人(3)……

**侯爵1** われらが、しおれたる恋……

**ブリサイユ** ド・シャヴィニー(4)の……

侯爵2　　　　　　　　　　　　　　　心をなぶる憎さかな！
リニエール　そう言ううちに、コルネイユ殿、ルーアンから、はるばると。(5)
若者（父親に）芸術院は、皆来ているの？
町人　　　　　　　　　　　　　そりゃー、お前、一人ならずよ。
ブーデュがいる、ボワサもな、キュロー・ド・ラ・シャンブル、
ポルシェール、コロンビー、ブルゼー、ブルドン、アルボーと……(6)
こうしたお名のどれ一つとして、死ぬことはない、素晴らしいじゃないか！
侯爵1　見てよ、お馴染みの才女の面々、お席にお着きよ。
バルテノイードにユリメドント、カッサンダース、
フェリックセリー……(7)
侯爵2（恍惚として）その源氏名の艶《あで》やかな！
君は全員、知っているのか？
侯爵1　　　　　　　　　知らなくって、どうします、君！
リニエール（クリスチャンを脇に呼んで）手を貸してやろうと思って来たんだぞ。
お目当ては、来ないじゃないか。帰るよ、俺は、我が悪徳のもとへ！

**クリスチャン** （懇願して）駄目だ！……町中《まちなか》も宮廷も、歌で渡り歩く君だ、居てくれよ。ぼくが恋い焦がれて死にそうな、相手の名前を教えてくれるまでは。

**ヴァイオリン頭《がしら》** （弓で譜面台を叩いて）ヴァイオリン係殿！

（その弓を上げる）

**物売り娘** マカロンにレモン水……

（ヴァイオリン係は演奏を始める）

**クリスチャン** あの女《ひと》が、なにより恋の洗練をと言い出すのなら、ぼくは、口をきくことも出来ない、才知なんてひとかけらもないんだから。当節、人が口にしたり、書いたりする、あんな言葉は分からない、ぼくには。兵士としては一人前だが、勇気がない。——いつも右手の、奥の桟敷なんだが。まだ来ていない。

**リニエール** （出ていくふり）俺は帰る。

**クリスチャン** 頼む！ 居てくれ！

**リニエール** もう限界。ダスーシー(8)の奴が酒場で俺をお待ちかね。ここじゃ、喉が干上がっちまう。

物売り娘　（盆を持って）ジュースは？

リニエール　ちゅー！

物売り娘　ミルクは？

リニエール　げえー！

物売り娘　まったりワイン(9)は？

リニエール　待った！　（クリスチャンに）もうちょっと居てやろう。――どれどれ、この酒は……

（屋台の傍に腰を下ろす。物売り娘がリヴザルト酒を注ぐ）

人々の声　（肥った陽気な小男が入ってくるので）やあ、ラグノーだ！……

リニエール　（クリスチャンに）名代の料理人ラグノーだ。

ラグノー　（めかした料理人の恰好で、リニエールに近づき）あなた、シラノの旦那にお会いになりましたか。

リニエール　（クリスチャンに紹介して）役者衆や詩人方に、お馴染みの料理人。
ラグノー　（恐縮して）痛み入ります。
リニエール　遠慮するな。あんたはパトロン[10]だろう、芸術家の？
ラグノー　よくお食事をなさいます……
リニエール　しかもつけで。
　この人自身、なかなかの詩人でな……
ラグノー　皆さん、そう仰《おっしゃ》います、はい。
リニエール　詩に淫している。
ラグノー　……オドレットのためとあるならば……
リニエール　タルト一つは惜しくない……
ラグノー　いえ、タルトレット[11]で！
リニエール　いい男だ、恐縮している。トリオレの
　お代は？
ラグノー　そりゃプティ・パン！
リニエール　（厳しく）オー・レ、だろうが。

——で、芝居は好きか？

ラグノー　拝むほど。

リニエール　貴様の切符は、菓子で払う！

ならば、今日の所場代だが、ここだけの話、

いくらについた？

ラグノー　四フランと十五シュー(12)で。（辺りを見回し）

ところで、シラノの旦那は、お見えでない？　はて面妖《めんよう》な。

リニエール　面妖とは？

ラグノー　モンフルリーが出るんですぜ。

リニエール　そりゃ、あの酒樽野郎は

今夜はフェドンの役をやる。それが

シラノと、どう関係があるってんだ。

ラグノー　では、あなたはご存じない？

あの方は、モンフルリーが憎いのあまり、よござんすか、

一カ月のあいだは、舞台禁制《きんぜい》、芝居はならぬと。
**リニエール** （四杯目を飲み）だからどうした？　出るんです、モンフルリーが！
**ラグノー**　何も出来んさ。
**キュイジー** （近づいて来て）
**ラグノー**　とんでもない！
あたしゃ、それを見に来たんですよ。
**侯爵1**　何者なの、シラノって？
**キュイジー**　剣⒀にかけては達人、というところかな。
**侯爵2**　貴族か？
**キュイジー**　まあそうだ。近衛の青年隊だがね。（誰かを探しているように、場内を歩き回っている貴族を指して）
親友のル・ブレに聞いたらいい……（呼ぶ）ル・ブレ！
（ル・ブレ近づく）

ベルジュラックを探しているのか？　心配なんだ。

ル・ブレ　あの男、とにもかくにも独特だよな？

キュイジー　あの男、とにもかくにも独特だよな？

ル・ブレ（親愛の情を籠めて）いかにも天下の俊傑のうちで、最たる者だ！

ラグノー　詩人！

キュイジー　剣客！

ブリサイユ　理学者で……

ル・ブレ　かつ音楽家(14)！

リニエール　それにまたあの顔がこたえられん！

ラグノー　まことに。かの偉大なるフィリップ・ド・シャンペーニュ(15)の殿といえども、ついにあの顔が描けるとは思えない。面妖も面妖、度が過ぎる、言語道断、抱腹絶倒、今や故人のジャック・カロ(16)が、仮面芝居の役者(17)のなかに、世に獰猛《どうもう》の極みなき剣客一人を入れるならば、彼だ。帽子に三本の羽根飾り(18)、胴着は六つに裾分かれ、

マントは後ろに、細身の剣を、
雄鶏《おんどり》自慢の尾羽とばかり、ぴんと振り立て、
ガスコーニュといやあ、ジゴーニュおッ母《かあ》も顔負けだ、
産んだり産んだり、英雄アルタバン[19]を束にしたより気位高く、
プルチネッラ[20]のひらひら襟にそそり立つは
鼻！……いや、なに、まことにこの鼻こそは、
かかるお鼻を見ながらに、素通り叶わぬ、
人々一度に叫んで曰《いわ》く、「程度というものがあるでしょう、程度！」、
それからふんふんと納得して、「まあ、そのうちに外《はず》す。」それがあなた、
金輪際、ベルジュラックの旦那はお外しにはならない。

**ル・ブレ**　（頭を揺すって）外すかよ――その話をしようものなら、その場で一刀両断。

**ラグノー**　（自信ありげに）その剣ときたら、死神パルクの鋏《はさみ》の片方。

**侯爵1**　（肩をそびやかして）来やしないわよ。

**ラグノー**　　　　来ますとも。そうだ、賭けてもいい、
ラグノー・ソースのチキンを一羽。

侯爵1 （笑って） いいわ。

（場内、感嘆のざわめき。ロクサーヌが桟敷席に姿を見せたところである。舞台に近い席に座り、侍女が後ろの席に着く。クリスチャンは、物売り娘に金を払うので、気づかない）

侯爵2 （小声で、叫ぶように） なんと、諸君、身の毛もよだつ美女とはこれだ！

侯爵1 桃が苺と微笑み交わす！

侯爵2 あの瑞々《みずみず》しさ、近寄るだけで、この心臓が、風邪を引く！

クリスチャン （顔を上げ、ロクサーヌに気づき、リニエールの腕をぐっと摑《つか》んで） あの人だ！

リニエール （見つめて） ああ、あの人？……

クリスチャン そうだよ。早く名前を。ああ、胸騒ぎ！

リニエール （ちびちび飲みながら）マドレーヌ・ロバン、またの名をロクサーヌ。――優美洗練、
典雅の極み。名だたる才女。
クリスチャン　なんということ！
リニエール　係累なし。孤児。従妹《いとこ》だよ、
シラノの――今話していた男さ……
（この時、胸にブルーの大綬《たいじゅ》を斜め十字にかけた伊達《だて》男の貴族が、桟敷に入り、立ったままロクサーヌと言葉を交わす）
クリスチャン （震えて）　あの男は？……　へ、へえー！……
リニエール （酔いがまわり、ウインクをして）
――ド・ギッシュ伯爵。ぞっこんだ。だが、やつはアルマン・ド・リシュリュー(21)の姪と結婚している。で、望みは彼女を、不能野郎と結婚させて、ド・ヴァルヴエールとかいう子爵で……おめでたい御仁だ、分かるだろう？
彼女のほうは嫌だ、が、なにせド・ギッシュは権勢だ、

たかが町人の小娘一人、力ずくでも物にする。
その陰険な計略を、俺はばらして、
小唄にし、……ふん、恨まば恨め！
――その落ちがよかったね……まあ、聞けよ……
（グラスを手に、ふらふら立ち上がり、歌おうとする）

クリスチャン　俺は帰る。

リニエール　帰るのか？

クリスチャン　ド・ヴァルヴェールの所へ行く！

リニエール　気をつけろ、
奴《やつ》のほうで、貴様を殺すぞ！
（目顔でロクサーヌのほうを示して）　待てよ！　向こうも見ている！

クリスチャン　本当だ！
（恍惚として見つめ、立ち尽くす。掏摸の一団が、この時とばかり、ぽかんとしているクリスチャンに近づく）

**リニエール** 俺のほうは帰る。喉が干上がる。待ってる連中がいる、

——酒場でな。

（よろけながら、出て行く）

**ル・ブレ** （一回りして、ラグノーのところへ戻り、安心した声で）シラノはいない。

**ラグノー** （信じられないという風で） しかしねえ……

**ル・ブレ** とにかくあいつが、看板を見ていなけりゃいいが。

**客席** （足を踏み鳴らし）始めろ！ 始めろ！

## 第三場

リニエールを除く前場の人物、ド・ギッシュ、ド・ヴァルヴェール、

次いでモンフルリー

**侯爵1** （ド・ギッシュがロクサーヌの桟敷から出て、お世辞たらたらの貴族たち——

その中にド・ヴァルヴェール子爵もいる――に囲まれつつ、平土間を横切るのを見て）
なんという取り巻き！

侯爵2　ふん！……あれもガスコンだがね。
ガスコンはガスコンでも如才ない。

侯爵1　出世する奴……挨拶しておこうよ、損にはならない。
（二人はド・ギッシュのほうへ行く）

侯爵2　お見事なリボンの飾り！　これはなんという色ですかな、伯爵？
「抱いて可愛や頰《ほお》の色」、それとも「牝鹿の腹の色」？

ド・ギッシュ　「スペイン風邪」の色でしょうかな。

侯爵1　なるほど、なるほど、
忍ぶれど色に出にけり、ご武勇の風に吹かれて、
フランドルのスペイン勢(1)は総崩れ。

ド・ギッシュ　舞台に上がるぞ、
諸君も来るか？

（侯爵や貴族たちを従えて、舞台のほうへ向かう。振り向いて、声を掛ける）

来たまえ、ヴァルヴェール。

クリスチャン （聞き耳を立て、様子を窺っていたが、この名に震えて）子爵か、奴が！

あいつの面《つら》に手袋を投げつけて……

（ポケットに手をやり、掏摸の手とぶつかる。振り向いて）

なに？

掏摸《すり》 しまった！……

クリスチャン （その手を捉えたまま）手袋を探していたら……

掏摸 （哀れっぽく笑って）

生憎《あいにく》、この手が。

（声を低めて、早口で）

放して下さい。お知らせしますぜ、秘密を。

クリスチャン （そのまま）

なんだ。

掏摸 リニエールが……

今、出ていった……

クリスチャン それがどうした。

掏摸　　……命が危ない。
やつの作った小唄が、さる高貴なお方の逆鱗に触れた、
今夜、百人で待ち伏せ——あっしもその内の一人ですが……
クリスチャン　　百人だと！
誰が命じた？
掏摸　　秘密……
クリスチャン（肩をすぼめて）偉そうに！
掏摸（勿体ぶって）　　プロですからね。
クリスチャン　場所はどこだ。
掏摸　　ネールの門(2)でさ。
帰り道だ。知らせておやんなさいまし。
クリスチャン（ようやく手を放して）　しかし、どこへ行ったら会える？
掏摸　酒場って酒場を一軒一軒回って見る。「黄金酒《こがね》」
「松毬亭《まつかさ》」「はち切れベルト」
「二本松明《たいまつ》」「三酒樽」——そこに

置いてくる、用心しろと手紙を書いて。

**クリスチャン**　俺は行く！　なんたることか、卑劣漢！　たった一人に百人とは！

（万感の想いで、ロクサーヌを見上げて）

あの人のもとを去る！……あの人の！

（腹立たしげにヴァルヴェールを見て）

ええ、忌ま忌ましい！……だがリニエールが先だ！……

（彼は走って去る。――ド・ギッシュ、子爵、侯爵たち、貴族の全員は、緞帳の後ろに消え、舞台上の長椅子に席を構える。(3) 平土間は完全に一杯となる。ギャラリーにも桟敷席にも、空いた席は一つもない）

**客席**　始めろ！

**町人**　（その鬘が、上の階のギャラリーにいる小姓の一人によって釣り上げられ、紐の先にかかって宙に舞う）わしの鬘が！

**歓声**　禿げだ！　禿げだ！……

でかしたぞ、お小姓たち!……ワッ、ハッ、ハッ!……

**町人**　（逆上し、拳《こぶし》を振り上げて）　ろくでなしめが!

**笑い声と歓声**　（初めはがんがんするような勢いだが、次第に弱まって）

ワッ、ハッ、ハッ、ワッ、ハッ、ハ!(4)

（静まり返る）

**ル・ブレ**　（驚いて）　急に静かになったのは?……

（観客の一人が、小声で言う）

ええ?……

**観客**　今さっき、保証してくれたお人がいる。

**呟き**　（一面に広がって）　シーッ!——そうかな?——違うさ!——そうだよ!——格子のついた桟敷席だ。——枢機卿様だ!——枢機卿様だと?——枢機卿様だよ!

**小姓**　ええい、いつまでもこんな恰好、しちゃいられないさ!……

（舞台で開幕を告げる、杖で叩く音。一同、静まり返る。皆、待ち構えている）

侯爵の声　（沈黙のなかで、緞帳の背後から）あの蠟燭の芯、切ったら！

もう一人の侯爵　（緞帳のつなぎ目から首を出して）　椅子を持て！

（椅子が一脚、人々の頭越しに、手から手へと渡される。侯爵はそれを取って、姿を消すが、姿を消し際に、桟敷席に何回か投げキッスをすることを忘れない）

一観客　静粛に！

（再び舞台を三度叩く杖の音。(5) 緞帳が左右に開く。活人画。侯爵たちは舞台両袖に、ふんぞり返っている。舞台奥の幕は、牧人劇の淡いブルーの装置を表す。水晶の小さいシャンデリアが四つ、舞台を照らしている。ヴァイオリン係が優美に奏でる）

ル・ブレ　（ラグノーに小声で）出るのか、モンフルリーは？

ラグノー　（同じく小声で）　やつですよ、しょっぱなから。

**ル・ブレ**　シラノは来ないぞ。

**ラグノー**　　　　　あっしの負けです。

**ル・ブレ**　大慶至極。

（バグパイプの音楽が聞こえ、モンフルリー登場。肥った巨体を、牧人劇の衣裳に包んでいる、すなわち、耳に垂れかかる薔薇《ばら》を飾った帽子をかぶり、リボンのついたバグパイプを演奏している）

**平土間**（拍手して）　待ってました！　モンフルリー、大当たり！

**モンフルリー**　（一礼して、フェドンの役を演じる）

「楽しきかなや、みずからに、都を
離れ、独り居の住み処《すか》を定め、
そよ風、梢を渡るならば(6)……」

**声**　（平土間の真ん中から）忘れたのか？　忘れたのかよ、ひと月の謹慎を？

（人々、愕然。全員ふりかえる。つぶやき）

観客たち　ええっ？――なんだい？――一体、こりゃ？……

（見ようとして、桟敷席の客も立ち上がる）

キュイジー　奴だ！

ル・ブレ　（驚いて）シラノが！

声　大根野郎め、

たった今、舞台から失せろ！

客席　（憤慨して）ひどーい！

モンフルリー　ではございまするが……

声　まだ抜かすか？

客席の声　（平土間から、桟敷から）シーッ！――いいかげんにしろよ！――続けろ、

モンフルリー！――モンフルリー！　頑張れ！

モンフルリー　（おどおどした声で）「楽しきかなや、みずからに、み……や……こ……」

声　（いよいよ威嚇的に）やる気か、大べら棒、貴様のその

どてっ腹に、丸太ん棒をぶち込んでやる[7]が、それも承知か。

（人々の頭越しに、杖が現れる）

モンフルリー　（次第に弱々しい声）「楽しきか……なや……み……」

（杖が烈しく振られる）

声　失《う》しゃあがれ！

平土間　おお！

モンフルリー　（声を振り絞って）「たの……し……きか……」

シラノ　（平土間から躍り上がって、椅子の上に立ちはだかる。腕を組み、羽根付き帽を斜めにかぶり、逆立つ口髭《くちひげ》、物凄い鼻）ええい、もう我慢がならねえ！……

（この光景に、場内騒然）

## 第四場

同前、シラノ、次いでベルローズ、ジョドレ

**モンフルリー**　（侯爵たちに）どうぞ御加勢を、お殿様がた。

**侯爵2**　（無頓着に）いいから、やれ。

**シラノ**　でぶの間抜け、やりやがったら、貴様の、尻と区別のつかねえほっぺた、張り倒すからな！

**侯爵2**　やかましい！

**シラノ**　侯爵どもは、ベンチに座って[1]、黙っているがいいぜ、それが嫌なら、杖が飛ぶぞ、そのびらびらリボンに！

**侯爵たち**　（総立ち）いい加減にしろ！……モンフルリー、構うな……

**シラノ**　モンフルリー、退場！

出ていかなきゃ、両耳削ぐぞ、貴様の臓腑《はらわた》掴み出してやるからな！
モンフルリー　しかし……
シラノ　　　　　　　出ていけよ！……
別の声　　　　　　　　　　　　さはさりながら……
シラノ　　　　　　　　　　　　　　　　まだわからねえと？
　　　　　　　　　　　　　　　　　　　（腕まくりする仕草）
よし、こうなりゃ舞台を俎《まないた》にして、
イタリアもどきの貴様の腸詰め、ずたずたに料理してやる。
モンフルリー　（空威張り）わたくしを罵倒《ばとう》なさるが、それは芝居の女神タリー(2)への
　侮辱です。
シラノ　（馬鹿丁寧に）万が一その女神にして、もっとも貴様なんぞは目くそだが、
貴公を知るの光栄を有したまえば、信じてもらいたい、貴公の
水甕《みずがめ》の如く下司《げす》に膨れた胴体を見そなわすや、
たちまち悲劇の高沓《たかぐつ》にて、一蹴り遊ばすは必定なりと。
平土間　モンフルリー！　モンフルリー！――バローの芝居だぞ！――

**シラノ** （周囲でわめいている連中に）頼むよ、俺の鞘《さや》の身にもなってくれ。

このままじゃ、我慢がならず、鞘走るぞ！

（人々の輪は広がる）

**群衆** （後退しながら）冗談じゃねえよ！

**シラノ** （モンフルリーに）　退場だ！

**群衆** （再び輪はせばまって、ぶうぶう言う）　なんでえ、なんでえ！

**シラノ** （きっとなって振り返り）　文句があるか？

（群衆、また退く(3)）

**声** （奥のほうで歌う）シラノの旦那が

我が儘三昧《ままざんまい》、

御意《ぎょい》は御意だが

芝居は芝居

**観客全員** （合唱）ラ・クロリーズ、ラ・クロリーズ！……

シラノ　やかましい！　もう一度歌ってみろ、
　片っ端から刀の錆《さび》だ！
町人　　サムソン(4)じゃあるまいし！
シラノ　(町人の顎を捉えて)その顎をお貸し下さるのかよ、ええ？　じいさんよ。
貴婦人　(桟敷で)前代未聞ざあますわ！
貴族　　許しがたいスキャンダルだ。
町人　　とんだ難儀だ！
小姓　面白くなってきたぜ！
平土間　シーッ！――モンフルリー！――シラノ！
シラノ　やかましい！
平土間　(はしゃいで)ヒヒーン！　モー！　ワン、ワン！　コケコッコー！
シラノ　いいか……
小姓　　ニャーオ！
シラノ　黙れったら、黙りゃあがれ！
　平土間の奴ら、喧嘩なら、束になって掛かって来い！

――さあ、名乗れ！――寄れよ、寄れよ、もっとこっちへ！
順繰りだ。番号札をくばってやるからな！――
さあ、お立ち会い、一番乗りはどこのどいつだ？
お前か？　君か？　いやだ？　先駆けの
勝負の褒美に、しっかりあの世へ送ってやる。
――さあ、死にたいやつは手を挙げろ！
（沈黙）
遠慮するなよ、恥ずかしい？　俺の抜き身を見るのは嫌か？
名乗りはなしか？――手も挙げない？――ならば俺は続けるぞ。
（モンフルリーが震え上がっている舞台のほうに向いて）
よっく聞け、俺はな、世の芝居小屋が、貴様の
肥満病から治るのが見たいのだ。いやとぬかしゃあ……
（剣に手を掛けて）
肉切り包丁だぞ！

**モンフルリー**　わたくしは……

シラノ（椅子から降りて、人々の輪の真ん中に、悠然と席を構える）
　やい、満月面《づら》、これから三つ手を叩くからな、
三つ目で、月蝕《げっしょく》だ、消えてなくなれ！
平土間（面白がって）　いよう！……
シラノ（手を叩いて）　ひとおーっ！
モンフルリー　わたくしめは……
声（桟敷席から）　消えないで！
平土間　消えるかな……消えないかな……
モンフルリー　信じております、
　皆様方の……
シラノ　ふたーつ！
モンフルリー　君子危うきに近寄らずとか……
シラノ　みーっつ！

（モンフルリーは舞台の切り穴に吸い込まれるように消える。
嵐のような笑い声、口笛、野次の声）

**客席**　なんだ、なんだ！……腰抜け！……出て来い！……

**シラノ**　（大満足で椅子にそりかえり、脚を組む）出られるものなら、出てみるがいい！

**町人**　座長はどこだ！

（ベルローズが進み出て、一礼）

**桟敷**　待ってました、ベルローズ！

**ベルローズ**　（気取って）さて、やんごとなきお殿様方……

**平土間**　ジョドレを出せ、ジョドレ！

**ジョドレ**　（進み出て、鼻声で）イヨッ、馬鹿あ！

**平土間**　わーい！　ブラヴォー！　ブラヴォー！

**ジョドレ**　ブラヴォーはともかくも、
ご見物の皆々様へ、太めの腹をご贔屓《ひいき》の、悲劇役者めには、少々腹痛につき……
平土間　こわかったんだい！
ジョドレ　やむなく退場！
平土間　引っ張りだせ！
ある連中　だめだい！
別の連中　なにがだめだ！
若者（シラノに）しかし、なんでモンフルリーを
それほどまでにお憎しみに？
シラノ（座ったまま、優雅に）理由は二つだな、
しかしその一つでも万死に値する。よく聞けよ。
第一に、大根役者だ、あの水売りの掛け声のような
気の抜けた声を張り上げて、天翔《あまがけ》る名台詞《めいぜりふ》も
ぐじゃぐじゃにしてくれる。――第二に、
これは俺の秘密だ……
老いた町人（後ろから）しかし、『ラ・クロリーズ』の初日を

台無しにするとは、やっぱり問題ですな……

**シラノ**　（老人のほうへ椅子を向け、慇懃《いんぎん》に）　しかしな、爺さん、耄碌《もうろく》バローの詩ときたら、ゼロ以下だぜ。邪魔したってなんの未練もあるものか！

**才女たち**　（桟敷で）　まああ、バロー先生のことを！　あなた、許せますか、あんな言い草……本当に野蛮！

**シラノ**　（椅子を桟敷のほうへ向け、優雅に）　艶《あで》やかな姫たちよ、輝きたまえ、花と咲き誇りたまえ、夢の酒注ぐ手弱女《たおやめ》ともなりたまえ。微笑《ほほえ》みをもて、死にゆく兵士を慰めたまえ。詩の源ともなれよかし……されど文芸の批判の儀は、平にご容赦。

**ベルローズ**　それから、ご返却致します木戸銭の儀も。

**シラノ**　（舞台のほうへ椅子を向けて）　お前だけだぞ、ベルローズ、分別のあることを喋《しゃべ》ったのは。芝居の本家本元(5)のマントに穴を開けはしない。

（立ち上がり、舞台に財布を投げて）

さあ受け取れ、この財布を、あとは黙っていろ。

**客席**　（感心して）いやあー……

**ジョドレ**　（財布を拾って、重さを確かめ）これだけありゃあ、毎晩でも、『ラ・クロリーズ』の邪魔をしていただきますよ。

**客席**　（野次って）なんだ！……なんだよ！

**ジョドレ**　一座揃って野次られても結構、結構。

**ベルローズ**　打ち出しにしよう！……

**ジョドレ**　本日の打ち出しにござい！……

（一同、退場し始める。シラノ、大満足で見送る。しかし、群衆は以下の光景に気づいて、立ち止まる。桟敷の貴婦人たちも、帰りかけて、マントを肩に掛けたりしていたが、様子を聞くためにそれをやめ、また座る）

**ル・ブレ**　（シラノに）どうかしてるぜ、まったく！

**うるさ方**　（シラノに近づいていた）名優モンフルリーを！　なんたるスキャンダル！　カンダール公爵[6]のお抱えですよ、彼は。

君には、パトロンはいるのか？

シラノ　　　　　　　　いるものか。

うるさ方　　　　　　　　いない？

シラノ　　　　　　　　　　いないな。

うるさ方　後ろ楯になってくださるお方は、一人もいない？

シラノ　（苛々して）いないと言ったらいない。何度言ったら気が済むんだ？

パトロンなんぞ持たない……

（剣に手を掛け）

この剣が守ってくれる！

うるさ方　いずれ高飛び？

シラノ　　場合によらあ。

うるさ方　カンダール公の腕は長いぞ。

シラノ　　　　　　俺の腕よりゃ、

短いぜ……　（剣を見せて）

うるさ方　この剣を継ぎ足せばな。
シラノ　しかし、まさか……　その、まさかがあるのだ。
うるさ方　しかし……
シラノ　さっさと消えろよ。
うるさ方　とは言っても……
シラノ　消えろったら！
——なんでそんなにじろじろ見るのだ、俺の鼻を、ええ？
うるさ方　（慌てふためき）とんでもない……
シラノ　（詰め寄り）なにか不思議でもあるのか？
うるさ方　（後ずさりして）それは誤解……
シラノ　象のように、へなへなのぶらんぶらんか？……
うるさ方　（後ずさり）滅相もない……
シラノ　鉤《かぎ》になってるか、みみずくの嘴《くちばし》のように？
うるさ方　そんな……

シラノ　先っぽに疣《いぼ》でもあるか？
うるさ方　まさか……
シラノ　じゃあ、蠅《はえ》かなにかが、そろりと這《は》い回っているとでも？
なにか珍妙奇天烈《ちんみょうきてれつ》なことでもあるか？
うるさ方　なにを仰《おっしゃ》る！……
シラノ　天変地異か？
うるさ方　そこの所を見てはいけないくらい、わたしだって……
シラノ　なんで、見ちゃいけないのだ、そこの所を？
うるさ方　あなた、そんな……
シラノ　気色《きしょく》が悪い？
うるさ方　そんな、あなた！
シラノ　むかつくか、
この色が？
うるさ方　そんな！
シラノ　形が、猥褻《わいせつ》か？

うるさ方　ご冗談を！
シラノ　ならば、なぜ、そんなけったい面《づら》をするのだ？
――貴殿はこの鼻が、少しばかりでかいとお思いだ。
うるさ方　（口ごもって）小そうございますよ、ちっちゃい、これっぽかし！
シラノ　なんだと？　それで俺に恥をかかせる魂胆か？
小さい？　俺の鼻が？　ふざけるな！
うるさ方　神様！
シラノ　でかいやい、この鼻は！
――下司《げす》の獅子鼻《ししっぱな》、鼻先《はなっつぁき》も見えねえ薄らとんちき、よっく聞け、
俺はな、この鼻がご自慢なのだ、何故と言って、
大きな鼻は(7)、やさしくって、気がよくって、
嗜《たしな》みがあって、眼から鼻に抜けてよ、
鷹揚で、勇気がある、早い話が俺様だ、
貴様のような野郎には、逆立ちしても鼻が許さねえ、
やい、ぼけなす、いいか、その冴えねえ

首に載っている、勇気なんぞと縁のねえ
そのしゃっ面で、一発食らえ、
俺の平手を……　（横面を張る）

うるさ方　あ痛！

シラノ　意気地《いきじ》も、見栄《みえ》も、
歌も姿も、火花も何も、
絢爛豪華の香りもねえ、一言で言やあ、花がないのだ、鼻が、
（肩を摑んで後ろ向きにし、台詞《せりふ》に合わせて）
その貴様の尻《けつ》をねらって、俺の長靴ぶち込んでやる！

うるさ方　（逃げ出して）助けてくれ！　助けて！

シラノ　いいか、布告だ、
俺様の顔の真ん中を面白がる奴ばらは、
貴族にてあれば、逃げ去る前に、真正面から、
今しがたよりゃ、ちょっと上の辺りを狙って、

革の手袋にはあらず、剣の切っ先受けるであろう！

ド・ギッシュ（侯爵たちと舞台から降りて）ええ、いつまでも煩《うるさ》い奴！　法螺《ほら》侍が！

ド・ヴァルヴェール子爵（肩をそびやかして）

ド・ギッシュ　やつに返答する者はいないか？

子爵　いない？　誰も？

暫く。わたくしが、言葉の矢尻を放って見せましょう。

（彼を見つめるシラノに近づき、その前に自惚《うぬほ》れ丸出しで立ちはだかり）

貴公は……貴公の、鼻は……は、鼻は……非常に大きい。

シラノ（重々しく）非常に。

子爵（笑って）ハハ！……

シラノ（泰然自若）それだけか。

子爵　しかし……

シラノ　短すぎら、青二才！

言えるはずだぞ……しこたまある。

調子を変えてだ——たとえばいいか、こういう具合だ。

喧嘩腰なら、「あいや某《それがし》、左様な鼻を持つならば、
抜く手も見せずに切って捨てる！」
友達甲斐には、「茶碗ではどっぷり濡れる、
いっそ、脚付きの大盃《おおさかずき》を。」
描写的に、「これは岩だ！……山だ！……岬だ！
岬だと？……違う、半島だ！」
物好きは、「いこう細長いケースだが、なんに使います？
矢立《やたて》でござるか、それとも鋏入れか？」
雅びでいけば、「そこまで小鳥がお好きとは、
手塩に掛けた小鳥ゆえ、可愛い
脚のとまり木に、優しく差し出すその小枝。」
ぶしつけな奴は、「そう煙草をふかすところは、
煙がもくもく立ち込めて、それこそ
火事だと、ご近所一帯大騒ぎだ。」
戒《いまし》めのつもりなら、「鼻の重みで頭が下がる、

転ばぬ先に、いざご用心！」
優しく言って、「日傘さしましょ、この子のために、
鼻の色香のうつろわぬ間《ま》に。」
学者面して、「比較を絶した動物である、かの
アリストパネスの説く海馬的・象的・駱駝《らくだ》的混血獣(8)、
額の下に、骨を重ね、肉塊を積みたる。」
ざっくばらんに、「君、流行《はや》りなのか、この鉤型《かぎがた》は？
帽子を掛けるにゃ、そりゃ便利だ。」
誇張すれば、「尊大なる鼻よ、汝に風邪を引かするには、
南仏ミストラルの烈風(9)をおいてなし。」
劇的に、「鼻血となれば、真紅の海か(10)。」
褒めて言う、「お見事な看板、香水屋大当たり！」
叙情的には、「わたつみの神(11)か、吹き鳴らす法螺貝！」
無邪気に、「有名だけど、いつ見に行くの、あの記念碑？」
恭しく、「謹んでご挨拶申し上げる、これこそ

まさに、表通りに一家を構えられたる証拠。」うんにゃ、
田舎っぺいなら、「見てけれ！　こりが鼻だと？
蕪《かぶら》ではでっけえ、南瓜《かぼちゃ》ではちっちぇえ。」
軍隊口調は、「前面の騎兵隊へ、鼻打ちの構え！」
実用的なら、「富籤《とみくじ》の懸賞にお出しなすったら？
間違いなし、特等賞請け合い！」
さて、お終《しま》いは、涙にむせぶピラムをもじって、
「ここな鼻めがのさばればこそ、主君のお顔も
汚《けが》される！　あれあのように赤くなって、慮外者めが⑫！」
——ざっとこのくらいの事はな、多少の文の教養と
才知があれば、言ってのけられるはずのもの。
しかし凡夫の浅ましさ、才知などは微塵《みじん》もない、
文のほうは、たったの三文字、ま、ぬ、け！
早い話が、貴様なんぞは、時めく貴人の桟敷の前で、
この俺様に、埒《らち》もない戯《ざ》れ言を浴びせようったって、

土台無理だ、初めの一行の半分のまた四半分も
出やしない。言葉の綾の縦横無尽、俺はいくらも
使いこなすが、他人がそいつを使うのは、許せねえ。

**ド・ギッシュ**　（呆然とする子爵を連れて行こうとし）放っておくがいい！

**子爵**　（喘《あえ》ぎながら）　　　　　　　　　　　　　なんだあの大きな面は！

田舎侍、なんだ、……なんだ、あれは……手袋もしていない！
リボンも、飾り紐も、金モールもない！

**シラノ**　俺の雅びは心のうちだ。いいか、
半端な貴族なんぞとは訳が違う。
下らぬお洒落はそっちのけで、心の手入れに怠りない。
間違っても、雪《そそ》がぬ恥辱、寝ぼけ眼《まなこ》の
ぐうたら良心、汚《よご》れ腐った名誉心、生き血の通わぬ
腰抜け魂、そんなものは持ち歩かん。
歩く姿は後光《ごこう》が射すぜ、頭に挿した羽根飾りの言わんとするは、
独立不羈《ふき》、誰の世話にもならん、言いたいことは言う。

反《そ》り身になって見せるのは、見場《みば》のいい
体じゃねえ、俺の魂そのものだ。
リボンの代わりに靡《なび》かすのは、俺の武勲、
髭と同じく天に向けたるこの才知、
集団、円陣踏み越え踏み越え、拍車のように
打ち鳴らすのだ、真実を！

**子爵**　でも、貴殿は……

**シラノ**　　　　　　手袋がないと？……いいところに気がついた。
古い手袋を持っていたが、……残っていたのは片方だけだ。
――それもひどく邪魔になったから、
最前、どこかの面《つら》にお渡し申した。

**子爵**　道化役者、木偶《でく》の坊、物笑いのお引きずり！

**シラノ**　（子爵が、先のように名乗ったかの如く、帽子を取って一礼し）
これはこれは……拙者めは、シラノ＝サヴィニアン＝エルキュール・
ド・ベルジュラックにござる。

（大笑い）

子爵　（逆上して）道化のくせして！

シラノ　（痙攣《けいれん》が起きたかのような声を上げて）ああっ！

子爵　（出ていこうとしていたが、振り返り）何だと？

シラノ　（苦痛に顔を顰《しか》めて）痺《しび》れが切れたと言っている、暴れたい……
——いつまで仕舞っておくつもりなのか！——
ああっ！

子爵　どうなされた？

シラノ　剣が痺れを切らしまして！

子爵　（剣を抜いて）やるか？

シラノ　痺れる一突き、お見舞いしようか。

子爵　（軽蔑して）詩人如きに！

シラノ　いかにも詩人だ、しかも
一通りじゃない、勝負のあいだに——いいか——即興で、貴殿のためにバラードを作る。

子爵　バラードだと？

シラノ　バラードくらいはご存じだろうな？

子爵　そりゃ、まあ……

シラノ　（お浚《さら》いのように暗誦し）バラードとは、これすなわち、八行詩の三連よりなり……

子爵　（地団駄踏んで）分かってる！

シラノ　（続けて）加うるに四行の反歌《はんか》一連……

子爵　本気か？

シラノ　バラードと決闘を一緒にやってみせる、反歌の最後で、貴公にぐっさり。

子爵　させるものか！

シラノ　させるものか？

（芝居がかって）

「当たるブルゴーニュ座にて、ベルジュラックの殿、腰抜け侍と決闘のバラード」

子爵　どういう意味か、伺いたいね。

シラノ　　　　　　　　　外題《げだい》にて候だ。

客席（興奮の坩堝）座れ！――すっごい！――座れったら！――静かに！

（活人画。平土間には野次馬が輪を作って、侯爵や士官が、町民、平民たちと入りまじる。小姓たちは、よく見えるようにと、人々の肩によじのぼる。貴婦人たちは、桟敷席の中で総立ち。右手には、ド・ギッシュと取り巻きの貴族たちが。左手には、ル・ブレ、ラグノー、キュイジー等々）

シラノ（一瞬、目を閉じて）ちょっと待て。今、韻を決めるからな……よし。

（以下、詩を朗誦しながら、その仕草をする）

「帽子をさらりと雅びに投げ出し、
足手まといの大きなマントを
しずしずここにかなぐり捨てて、

抜けば玉散る氷の刃。
伊達な姿は、かのセラドン[13]か、
素早い素早いスカラムーシュ、
耳かっぽじって、聞けや、チビ助、
反歌の結びで、ぐさっと参ろう。

（剣と剣がはじめてぶつかる）

おとなしくしてりゃよかったものを。
どこを刺そうか、七面鳥よ、
横っ腹かよ、羽のつけね[14]か？
胸か、それとも、襷《たすき》の藍染《あいぞ》め？
——鍔《つば》がぶつかり、りんりん鳴るな！
こっちの切っ先、飛鳥《ひちょう》の早業、
言うにゃ及ぶ、その太鼓腹、
反歌の結びで、ぐさっと参ろう。

韻を踏むのがそろそろ難儀だ、
もう逃げ腰か、真っ青だな。
臆病者こそ、この場にぴったり。
――貴殿の太刀先、はっしと
受け止め、返す刀で、誘いの隙《すき》だ――、
その手は桑名の、――なまくら刀、
しっかり銜《くわ》えて[15]、落とすな、落とすな。
反歌の結びで、ぐさっと参ろう。

（荘重に告げる）

反歌《かえしうた》

君、いざ神に許しを乞いたまえ。
切っ先外して、手元に飛び込み、
電光石火……

（突く）えいやっと、どうだ！

(子爵はよろめく。シラノは一礼をする)

反歌の結びで、ぐさっと参った。」

(人々総立ち。桟敷席も拍手喝采。花やハンカチーフが飛んで来る。士官たちはシラノに賛辞を呈する。ラグノーは狂喜乱舞。ル・ブレは嬉しいなかにも心配顔。子爵の仲間は、彼を抱きかかえ、担いで去る)

**群衆** (長い叫び声) ああ!…………

**軽騎兵** お見事!

**女性の観客** 素敵だったわ!

**ラグノー** 前代未聞!

**侯爵の一人** 斬新だ!……

**ル・ブレ** とんだことをしてくれたよ!

(人々、シラノを取り囲み、大騒ぎ。聞こえるのは――)

お見事……素敵……ブラヴォー!……

**女性の声** 英雄ですわ!……

一人の近衛銃士　（シラノに近づき、握手を求めて）君、一つ握手をしてくれたまえ。
実に素晴らしかった。わたしも剣の道にかけては、多少
自信がないわけでもないが、いやまったく、雀躍《じゃくやく》して快哉《かいさい》を叫んだよ！……
（近衛銃士、去る）
シラノ　（キュイジーに）誰だい、今の人は？
キュイジー　ダルタニヤン(16)だよ。
ル・ブレ　（シラノの腕を取って）さあ、話そう！……
シラノ　もう少し待とう、空《す》くのを……
（ベルローズに）
居てもいいか？
ベルローズ　（恭しく）どうぞ、どうぞ！
（外で大声が聞こえる）
ジョドレ　（外を見てきて）モンフルリーの奴が、野次られてるんで。

ベルローズ　（荘重に）「カクテ終ワリヌ！」

（調子を変えて、門番と蠟燭切りに）　掃除をして。入口は閉めて。明かりは消すなよ。

飯を食ったら、まだやることがある、

明日の、新作喜劇の稽古をするからな。

（ジョドレとベルローズは、シラノに大袈裟な礼をして退場）

門番　（シラノに）お食事は、まだで？

シラノ　俺か？……食わない。

（門番、退場）

ル・ブレ　（シラノに）　どういうことだ……？　どういう？

シラノ　（昂然と）

（門番が立ち去ったのを確かめて、調子を変え）

素寒貧《すかんぴん》だからな。

ル・ブレ　(金包《かねづつみ》を投げる仕草をして)　じゃあ、あの金包は?
シラノ　親父の仕送り、一日にして、費《つい》えり!
ル・ブレ　この一月《ひとつき》、どうするんだ。　一文無しよ。
シラノ
ル・ブレ　その財布をやってしまう、ばかも休み休みにしろ!
シラノ　気風《きっぷ》がいいとはこのことだ!
物売り娘　(屋台の後ろで、咳をして)　あの……
(シラノとル・ブレは振り向く。物売り娘はおずおずと近づいて来て)
あのお……何も召し上がらないなんて……悲しくなります……
(屋台を指して)
何でも、ありますから……
(力をこめて)
召し上がってくださいまし。
シラノ　(帽子を脱いで)　可愛いことを言ってくれる。
わたしの誇りのガスコン魂では、君から

御馳走を頂くわけにはいかない、

が、お断りしては気を悪くするだろうから、

この際は、……

（屋台に近づいて、選ぶ）

いや、ほんのちょっとだけ。この葡萄《ぶどう》を

一粒……

（娘は一房渡そうとするが、一粒だけ取って）

一粒で結構！……コップに水を……

（酒を注ごうとするのを押し止《とど》め）

清らかな水を……

そしてマカロンを半分！

（半分を返す）

**ル・ブレ** 冗談じゃないぜ！

**物売り娘** 本当に、もう少し何か……

シラノ　ならば、この手に接吻を。
（娘の差し出す手に、貴婦人にするように接吻する）
物売り娘　恐縮ですわ！
（恭しく礼）
では、御免下さいまし。
（退場する）

## 第五場

シラノ、ル・ブレ、次いで門番

シラノ　（ル・ブレに）さあ、話せ。なんだ？

（屋台の前へ行き、自分の前にマカロンを置いて）

食事だよ！……

（コップの水）

飲み物に！……

（葡萄一粒）

デザートだ！……

（座る）

これで、食卓に着く。

――やれやれ！……べら棒に腹が減った！

（食べながら）

――ところで、なんだ？

**ル・ブレ**　ああいう、喧嘩早い横柄なやつらのごたくをいちいち気にしていたら、君のほうが駄目になる！良識ある人々の意見を聞く。考えてみろよ、いちいち喧嘩を買っていたら、どうなるか。

シラノ　(マカロンを食べ終え)　　　　どえらい事になるだろうな。
ル・ブレ　リシュリュー枢機卿だって……　来ていたのか、枢機卿も?
シラノ　(大喜びで)
ル・ブレ　あれを見れば……　なんと独創的かと。
シラノ
ル・ブレ　だからといって……　あいつも芝居書きだ。(1)商売敵《がたき》の芝居が
シラノ
邪魔されれば、悪い気はするまいよ。
ル・ブレ　それにしてもだ、敵を抱えこみすぎだ!
シラノ　(葡萄をつまんで)　大体でいい、今夜のところは何人だ?
ル・ブレ　四十八人。女は入れないでだ。
シラノ　数えてみろよ!
ル・ブレ　モンフルリー、町人、ド・ギッシュ、それに子爵、
バロー、芸術院に……
シラノ　たくさんたくさん、大満足だ!

ル・ブレ　しかし、君のようなやり口では。先が不安だ。どうする積もりだ？

シラノ　迷路に彷徨《ほうこう》していたのさ。

ひどくこんがらがった迷路だ。選ぶべき道が多すぎた。

ル・ブレ　どれを？

だから、選んだのだ……

シラノ　一番単純な道よ。

何事につけ、すべての点で、人の称賛を博すように心掛けると。

ル・ブレ　（肩をすぼめて）それはいいが、――しかしモンフルリーのことを、何故あれほど嫌うのか、本当の理由はなんだ？

シラノ　（立ち上がり）　あの酒樽野郎は、

手前《てめえ》の臍《へそ》に指も届かない太鼓腹で、

それでも女にかけちゃあ、凄腕《すごうで》だと自惚《うぬぼ》れている、

それで舞台で、もがもが台詞を言いながら、池の

鯉だと優しい流し目、あの蝦蟇《がま》蛙の出目金がだぞ！

俺が奴を許せないのは、あの晩だ、目ん玉の
据えどころに事欠いて、あろうことかあの人の上に……ええ、汚らわしい！
花びらの中になめくじが、ぬらぬら糸を引いてのたくっている！

**ル・ブレ**　（驚いて）なんだと？　それじゃあ……まさか君が！

**シラノ**　（苦い笑い）　恋が出来るかと？
（調子を変えて、深刻に）
愛している。

**ル・ブレ**　その相手は？……　ついぞ話してくれなかったが……

**シラノ**　恋する相手か？……考えてみろよ。相手がどんな醜女《しこめ》でも、
愛される夢は禁じられているこの俺だ、
どこへ行っても、十五分も前に着いているこの鼻[2]！
その俺が、誰に恋をした？　誰に？……言うにゃ及ぶ、
恋する相手は……避けることが出来ない……美女のなかの美女！

**ル・ブレ**　美女のなかの美女？……

**シラノ**　絶世の美女だ！　類《たぐい》なく

艶《あで》やかな、そしてこの上なく清らかな……

（切なく）世にも稀なるブロンドの！

ル・ブレ　一体、誰なのだ、その女《ひと》は？……

シラノ　男が

命を捨てようという美しさ、考えるまいと

思う先から責めたてられ、思わず知らず落ち込む罠、

蘭麝《らんじゃ》の薔薇の、底に潜む恋の伏兵！

あの微笑みこそは、完全無欠。何もせずとも

ただそのままに優美艶麗、僅《わず》かな身振りも

神々しく、帆立貝に乗るヴェニュスの女神も、

花咲く森を行くディアーヌも、パリの街を

駕籠《かご》で行く、ただ歩む、あの人の姿には遠く及ばぬ！

ル・ブレ　分かった！　明々白々だ。

シラノ　朧《おぼろ》に霞む。

ル・ブレ　君の従妹《いとこ》、マドレーヌ・ロバン。

シラノ　　　　　　　　　　　　　　　　　その通り、――ロクサーヌだ。

ル・ブレ　それなら願ったり叶ったりだ。愛していると？　思い切って打ち明けろ。

今日、君はあの人の目に、無上の栄光を勝ちえたのだ。

シラノ　いいか、俺を見ろよ。どんな希望があるという、

こんな邪魔物をつけている俺に？

ええい、幻想は抱かない！――さはさりながらだ、俺だって

夕暮れ迫る青い空に、時として、切ない思いに苛《さいな》まれる。

夜風も薫る頃合いに、俺は庭園に彷徨《さまよ》い込む、

哀れなでかいこの鼻で、四月の息吹を胸一杯に

吸い込む、と――目に入るじゃないか、銀色の月光のなか、

伊達な若者の腕にすがった女の姿、

そんな時には俺だって、月の光にそぞろ歩き、

一人ぐらいは、すがってくれる女性がほしい、

恍惚として、我が身を忘れて、つい――すると、庭の

壁には、俺の横顔が黒々と映っているのだ。

ル・ブレ （感動して）そう言うな！……　俺にだって、ふさぎ込む時はある！

シラノ　よくもまあ、こんなに醜いのかと、独りぼっちで……

ル・ブレ （手を取って、激しく）泣くな！

シラノ　まさか！　泣きはしない！　見られた様《ざま》か、
こんな鼻を、涙が伝って流れる！
俺が身の程を忘れぬ限り、高貴な涙を
こんな卑しい醜い鼻で、汚《けが》させるような真似は
しない！……いいか、涙ほど高貴なものはないのだ、
ないのだぜ、この俺のために、一滴《ひとしずく》の涙でも
笑い物になることは、許せない！

ル・ブレ　やめよう、気を落とすな！　恋は思案の外《ほか》と言う……

シラノ （頭を振って）違う！　俺はクレオパトラを愛している。シーザーに見えるか、
俺が？

ベレニスに夢中なのだよ。ティチュスの面影があるか、俺に？(3)
ル・ブレ　君の勇気、その才気はどうなのだ？　さっきの
物売りの娘だって、そうだよ、このつましい食事を出してくれた、
その目は、君だって見たろう、君を嫌ってはいない。
シラノ（はっとして）そのとおりだ！
ル・ブレ　そうだろう？……第一、ロクサーヌ自身、
さっきは真っ青になって、決闘を見守っていた。
シラノ　真っ青に？
ル・ブレ　あの人の心も魂も、雷《いかずち》に打たれたように。
思い切って打ち明ける……
シラノ　鼻の先であしらわれる。
いかん、――こいつが俺の鬼門だった！
門番（シラノのほうへ案内して来て）お目にかかりたいというお方が……
シラノ（ロクサーヌの侍女を見て）なんだと、あの人の侍女が？(4)

## 第六場

シラノ、ル・ブレ、侍女

**侍女** （大げさな礼をして）勇敢無比のお従兄御様《いとこご》に、内緒でお目にかかれますのは、どこで、とのおうかがいで。

**シラノ** （動転して）わたしに、会う？

**侍女** （また礼をして）お目にかかりたい。――お話ししたきことも様々あり。

**シラノ** お話し……？

**侍女** （再度、礼をして）はい。

**シラノ** （よろめいて）ああ、どうしよう！

**侍女** 明朝、白々明けに――サン・ロックの教会へ、おミサに参ります。

シラノ（ル・ブレに支えられて）　ああ、どうしたらいい！
侍女　帰るさに――、どこぞで、内々、ちょっとお話が出来ますかどうか。
シラノ（興奮して）どこぞで？……わたくし、しかし……ああ、どうした！
侍女　お返事は？
シラノ　どこか……
侍女　どちらでしょうか？
シラノ　ラグ……ラグノーの店で……菓子屋の……
侍女　お住所《ところ》は？
シラノ　お住所……お住所は……ええい！　サン＝トノレ通り！
侍女（帰りかけて）では、必ず。お忘れなくね。朝の七時。
シラノ　行きますよ。
（侍女、退場）

## 第七場

シラノ、ル・ブレ、次いで役者たち、キュイジー、リニエール、
門番、ヴァイオリン奏者たち

シラノ　（ル・ブレの腕に倒れこんで）俺に？……あの人が……逢い引きを！……
ル・ブレ　文句はあるまい？
シラノ　ともあれあの人は、そうなんだ、俺の存在に気がついた。
ル・ブレ　これでようやく、ひと安心か？
シラノ　（我を忘れて）こうなった以上……俺は、
俺は、熱狂して、わめき散らすぞ！
全軍一度にかかって来い、叩き潰してやるからな！
俺にはある、十の心臓、二十の腕が！　小人《こびと》ばかりを
叩き切って、足りるものか……

（絶叫して）　巨人の群れもござんなれだ！

（しばらく前から、役者たちのシルエットが舞台に現れ、ひそひそ声。芝居の稽古を始める。ヴァイオリン奏者たちが席に着く）

声　（舞台から）シーッ！　そこの人！　お静かに！　稽古、始めますよ。

シラノ　（笑って）行くよ、行くよ。

（舞台奥へ向かう。奥の大扉から、キュイジー、ブリサイユ、幾人もの士官たちが、泥酔したリニエールを担いで、登場）

キュイジー　シラノ！

シラノ　どうした。

キュイジー　どえらい酔っぱらいだ！　どうにかしてくれ！

シラノ　（誰だか分かって）リニエールか？……おい、どうしたんだ、一体。

キュイジー　貴様をさがしていた！

ブリサイユ　家へ帰れんのだ！

シラノ　どうしてだ？

リニエール　（もつれた舌で、皺くちゃになった紙片を見せつつ）この手紙だ……総勢百人……俺を待ち伏せ……例の……殺される……例の……唄だよ……例の……殺される……

ネールの門のところ……家へ帰るにゃ、どうしてもあそこを……通る……今夜は、頼む……頼むから貴様の家に……泊めてくれ！

シラノ　総勢百人だと、ええ？　泊めてやるよ！

リニエール　（恐怖に怯《おび》えて）本当か……？

シラノ　（恐ろしい声で、門番が、この情景に引き込まれて聞きながら、左右に揺らしていたランタンを指して）この明かりを持て！……

（リニエールは、あわててランタンを摑む）

さあ、歩け！──誓ってもいい、今夜は俺が、貴様の世話はしてやる！……

（士官たちに）

君たちは、離れてついて来い、手出しはするな！

**キュイジー**　しかし、百人とは！……

**シラノ**　今夜は、百人でも足りない。

（役者たちは、舞台から降りて、様々な衣裳を着けたまま、集まってくる）

**ル・ブレ**　しかしまた、なんで守ってやるんだ……？

**シラノ**　また、ル・ブレの愚痴だ！

**ル・ブレ**　こんな酔っぱらいを、くだらない！

**シラノ**（リニエールの肩を叩いて）　なぜって、この酔いどれ殿は、

ミュスカの酒樽、リキュール[1]の甕、

そいつが、ある時、素晴らしい偉業をやってくれた。

おミサの帰るさ、そりゃ決まりごとだからな、

惚れた女が、聖水盤に手を浸した、それを見て、

ただの水なら逃げ出すこいつが、聖水盤に駆け寄るや、

貝の形の聖水盤の、水を一気に飲み干したのよ！……

**女優1**（小間使いの衣裳で）へええ、実《じつ》があるわねえ！

**シラノ**　　　　　　　　　　　　　　　　　あるだろうが、実《じつ》が！
**女優1**（他の連中に）それにしても、なんで百人もかかるのかね、へっぽこ詩人一人にさ？
**シラノ**　出発！
　　　　　　　　（士官たちに）
　　　　諸君は、いいか、俺の戦っているあいだはな、
絶対に加勢はならないぞ、いくら危なく見えてもな！
**女優2**（舞台から飛び降りて）見に行くわよ、あたしも！
**シラノ**　　　　　　　　　　　　　　　　　ついて来い！
**女優3**（舞台から飛び降りながら、年取った俳優に）　　　　　あんたは、来る、
　カッサンドル？(2)……
**シラノ**　さあ、みんな来い、ドットーレに、イザベル、レアンドル、
みんなだぞ！　魅惑に溢れ、狂ったように、巣立ちする蜜蜂の群れよ、
このスペイン芝居に、イタリア喜劇の味を加える。
丁々発止と唸りを上げる剣戟《けんげき》の響きに、
バスク名物タンバリン、鈴の音《ね》高く響かせろ！……

**女たち全員**（欣喜雀躍）まあ、素敵！――マントを取って！――頭巾を！

**ジョドレ**　出発！

**シラノ**（ヴァイオリンの楽士たちに）音楽を！　いざ、ヴァイオリンの楽士殿！

（ヴァイオリン奏者たちが、行列に加わる。人々は、フット・ライトの蠟燭を取り、めいめいに配る。それが松明行列となる）

素晴らしいぞ！　士官に絢爛たる衣裳のご婦人方、
それに先立つ二十歩ばかり……

（台詞通りの位置に立つ）

この俺がただ一人、戴く
帽子の羽根飾りが、栄光の徴《しるし》だ、シピオンも
遠く及ばぬ鼻(3)、高々とそびやかして！……
――いいか、絶対に、手助け無用だぞ！
いいな？……一《アン》、二《ドゥー》、三《トロワ》！　門番、門を開けろ！

（門番は、両開きの戸口を開ける。古きパリの一角が、絵に描いたように、月光に、現れる）

ああ！……パリは朧《おぼろ》に、夜霧のなかを逃れ去る。
月の光は、青い瓦の屋根を濡らして流れて行く。
この幕切れには、申し分ない背景だ。
彼方にセーヌは、長く棚引く靄《もや》のもと、
神秘な面《おもて》、魔法の鏡と輝いて、
震えている……さあ、これからが、見どころだぞ！

一同　ネールの門へ(4)！

シラノ　（敷居に立ちはだかって）ネールの門へ！
（振り返り、最前の小間使い役の女優に）
君はさっき、なぜかと聞いた、
たった一人の詩人に百人とは。
（剣を抜いて、冷静に）
あいつが、俺の友人だと、みんな知っているからさ。
（彼は出て行く。行列は、――ふらつくリニエールを先頭に――、それから女優たちが士官の腕につかまって、――その後を役者たちが飛び跳ねながら、――ヴァイオリンの音に合わせて、夜のなかへと出発する。それを照らすのは蠟燭の朧な光）

――幕

# 第二幕　詩人御用達料理店の場

# 第二幕　詩人御用達料理店の場

料理人兼菓子屋ラグノーの店。サン＝トノレ通りとアルブル＝セック通り(1)の角にある調理場。朝まだきの光のなかに、戸口のガラス戸越しに、外の通りが灰色に透けて見える。舞台左手前面(2)、鉄製の天蓋の下に帳場。天蓋には、鵞鳥や家鴨《あひる》や白孔雀《くじゃく》が吊るしてある。大きな陶器の花瓶には、高々と野生の花が活けてあるが、主として黄色い向日葵《ひまわり》である。同じ側の奥には、大きな炉が設えてあり、薪を載せる異様な形の台の上に、それぞれ小さい鍋が載せてあるが、その間には、焼いている肉が、肉汁受けに汁を滴らせている。右手前面には、戸口。その背後には、天井裏の小部屋に通ずる階段があり、その小部屋の両開きの扉が開いていて、中が見える。食卓が設えられており、フランドル風の小さい燭台に火が点されている。飲食するための小部屋である。木製の回廊が階段に続いていて、同じような小部屋に通じているように見える。

店の中央には、鉄製の大きな輪があって、これは綱で上げ下げ出来る仕掛けだが、そこには、鳥や獣の肉がぶら下がって、さながら猟の獲物のシャンデリアである。

廊下の下の暗がりには、数個の炉が赤く燃えている。その光を反射して、銅製の鍋がキラキラ輝き、長い焼き串が回転している。調理した肉がピラミッド状に積み上げられ、まだ切っていないハムが上からぶら下がっている。朝一《あさいち》の竈《かまど》の火である。ひたすらあわてる見習いや、肥ったコックや子供のような新参者がぶつかりあう。鶏の羽根やほろほろ鳥の羽根をさしたコック帽が、ひしめきあう。彼らは、金属製や柳の簀《す》の子に、サイコロの五の目型に並べたブリオッシュや、夥《おびただ》しいプティ・フールを載せて運んでいる。テーブルは、菓子や料理で一杯になる。他のテーブルの周りには椅子が並んでいて、飲み食いする客の来るのを待っている。一隅に、小ぶりのテーブルが、紙の山に隠れている。幕が上がった時、ラグノーが、そこに座って物を書いている。

## 第一場

ラグノー、職人たち、やや後で妻のリーズ

ラグノーは、小机を前に、霊感に打たれたかの如き様子で、指で詩句の音節を数えながら、書いている

**職人1**[1]（仕上げた菓子を持ってきて）フルーツ・ヌガーで！

**職人2**（皿に載せた料理を持って）　プリンになります！

**職人3**（ロースト肉に羽根を飾って）　孔雀とございい！

**職人4**（菓子を並べた盆を持ってきて）　ミートパイ！

**職人5**（テリーヌの一種を持ってきて）　牛《ぎゅう》の蒸し焼き！

**ラグノー**（書く手を止めて、頭を上げ）銅《あかがね》の上に、暁の、はや忍び寄る白銀《しろがね》の色！
やよ、ラグノーよ、汝《な》が胸に、アポロンの歌を消すべし！
竪琴の時はやがて来るべし、——今は竈《かまど》の時なれば！

（立ち上がる。——料理人に）

お前、このソースをのばせ、短すぎる。

**料理人** どのくらいで？

**ラグノー** 三音節だ。

（ラグノーは先へ行く）

**料理人** へええ？

**菓子職人1** タルトとござい！

**菓子職人2** 丸型パイで！

**ラグノー** （炉の前で）ミューズよ、去りたまえ、魅惑の御目《おんめ》の

この葡萄の枝の火に、赤く染まることのなきように！

（菓子職人に、パンを突きつけ）

このパンの割れ目はな、まずいぞ。

句切りは真ん中にだ、——詩だって句切りは、一行の真ん中につける。(2)

（もう一人の職人に、できあがっていないパテを指して）

このパイ皮の宮殿には、いいか、お前が屋根をつける……

（土間に座って、鳥を串に刺している小僧に）

お前は、いいかな、この終わりも見えねえ串の上に、

小ぶりのチキンと立派な七面鳥をだ、

交互に刺していく、分かったな？　マレルブ先生(3)も仰っている、

長短の詩句を、交互に配すべしと、

そうやって、火にローストの詩句を交互に廻すのだ！

別の見習い　（大皿の上に小皿で蓋をしてしゃしゃり出て）親方、親方のことだから、こ

れならきっと

気に入るに違《ちげ》えねえと、そう考えやしてね。

（蓋を取ると、菓子で出来た大きな竪琴が現れる）

ラグノー　（うっとりして）　なんと、竪琴！

見習い　ブリオッシュの粉で作りやした。

ラグノー　（感動して）　あしらいに、フルーツの煮たのを！

見習い　それから、それ、弦は砂糖でして。

ラグノー　（小銭を渡し）これで、一杯やれ。

(リーズが入ってくるのを見て)
シーッ！　かかあだ！　行け！
見せるんじゃねえぞ！
リーズ　(リーズに、ばつの悪そうな顔で、竪琴を見せて)
いいだろう！
馬鹿げているよ！
(彼女は帳場に、紙袋の山を置く)
ラグノー　紙袋か？……いや、有難《ありがと》う。
(紙袋を見て)
やや！　なんたることを！　わが敬愛する書物を！
友達の、大事な詩じゃないか！　それをやぶいて、ばらばらにして！
あろうことか、アマンドの菓子を入れる袋にするとは……
ああ、オルフェーがバッコスの信女たちに引き裂かれたる故事もそのまま！
リーズ　(ぶっきらぼうに)詩だかなんだか知らないが、一行ごとに不揃いな
文句[4]を書いて喜んでいる物書き様が、勘定代わり[5]に置いていった

紙切れくらい、使っても罰は当たるまいよ！

ラグノー　ただの蟻のくせして……蟬様[6]の悪口を言うな！

リーズ　あんな連中と付き合う前はね、あんただって、あたしのこと、巫女だの蟬だのと、言わなかったじゃないか！

ラグノー　事もあろうに、詩でもって、こんなことを！

リーズ　他になんの役に立つ？

ラグノー　ならば、奥方、どうするんだい、散文[7]は？

## 第二場

同前。子供が二人、店に入って来たところである

ラグノー　なにが欲しいね？

子供1　パイを三個ちょうだい！

ラグノー　（子供たちに渡して）それ、焼きたての……
ほやほやだ。
子供2　おじさん、お願い、袋に入れて！
ラグノー　（ぎくっとして、傍白で）情けない！　袋か！　（子供たちに）
袋がほしいのか？
（袋を取って、パイを入れるときに読む）
「ペネロープに別れしその日のユリース[1]の如く……」
こいつはダメ！
（その袋を傍らにどけ、別のを取る。パイを入れようとして、読む）
「金色の髪、フェビュスよ……」こいつもいけねえ……
（それもどけて）
リーズ　（苛々して）何をぐずぐずしてるんだよ……
ラグノー　へい、へい、只今……
（三番目の袋を取り、諦めて）

フィリスを歌ったソネか！……しかし、悔しい！

リーズ　諦めが肝腎だよ！　（肩をすぼめて）まったくどこまで間抜け(2)かね！

（椅子に上がって、棚に皿を並べ始める）

ラグノー　（彼女が後ろを向いた隙に、戸口まで行きかけていた子供たちを呼んで）

おい！……坊や、……返しておくれ、そのフィリスのソネ、おまけにパイを、三個あげるから。

（子供たちは袋を返し、さっと菓子を取って、喜んで去る。ラグノー、袋の皺を伸ばしつつ、朗誦を始める）

「フィリース！……」この艶やかな名が、バターで汚れ！……

「フィリース！……」　（シラノ、荒々しく入って来る）

## 第三場

ラグノー、リーズ、シラノ、あとで近衛銃士

シラノ　いま、何時だ？

ラグノー　（慇懃に礼をして）六時で。

シラノ　（動揺して）あと一時間だ！

（店のなかを歩き回る……）

ラグノー　（後を追って）偉い！　見ましたよ……

シラノ　何を。

ラグノー　ちゃんちゃんばらばら！

シラノ　どっちの？

ラグノー　ブルゴーニュ座、大立ち回り！

シラノ　（いなして）　ああ……決闘か。

ラグノー　（感極まって）あの韻を踏んだ決闘！……　寄ると触るとその話！

リーズ　まあ、結構だ。

シラノ　（焼き串を手に「お突き」をしながら）「反歌の結びで、ぐさっと参ろう！……反歌の結びで、ぐさっと参ろう！……」いやあ、素晴らしい！

ラグノー　（いよいよ興奮）「反歌の結びで……」

シラノ　ラグノー、何時だ？

ラグノー　（突きの姿勢で時計を見て）六時五分で！……「……ぐさっと参った！」（起き上がり）……バラード、作っちゃうんだからな！

リーズ　（帳場の前を通りすがりに、無頓着に握手をしたシラノに）あら、そのお手？

シラノ　いや、なんでもない、ただのかすり傷。

ラグノー　危険な目にお遭いなされてか？

シラノ　危険なんぞ。

リーズ　（指でさして）嘘ばっかり、でしょう？

シラノ　鼻が動くか？

動いたとすりゃあ、余程の嘘だ。

（調子を変えて）

ところで、ある人を待っているんだが。待ちぼうけにならなかったなら、

人払いをしてくれ。

ラグノー　弱りましたな。

リーズ　（皮肉に）朝飯にありつこうッてんだ。

例の詩人たちがもうすぐ来ますが……

シラノ　とにかく、合図をしたら、人払いだ……

何時だ？

ラグノー　六時十分で。

シラノ　（苛々しながらラグノーのテーブルに座り、紙を出し）ペンは？……

ラグノー　（耳に挟んだペンを渡し）白鳥の羽根(1)で！

近衛銃士　（立派な口髭、入るや破《わ》れ鐘のような声で）お早う！

（リーズ、いそいそと迎える）

シラノ　（振り返って）　何だ、あいつ？

ラグノー　嬶《かかあ》の友達で。滅法
強いそうで——ご本人が仰るところではね！……

シラノ　（再びペンを取り、身振りでラグノーを遠ざけて）　シーッ！……
（自分自身に）
書いて——畳んで——
渡して——逃げる……
（ペンを投げ出し）　意気地《いくじ》がない！……死んでもいい、
俺があの人に口をきく、一言でも話す……　（ラグノーに）

何時だ？

ラグノー　六時十五分で。

シラノ（胸を叩いて）……胸に溜まった言葉を、一言でも！

ところが書く段になると……

（再びペンを取って）

とにかく書こう、

この恋文は、俺のなかで何度となく、書いては消し

書いては消した恋の便り、もう出来ている、

この紙の傍らに、しっかり魂を据えて、

ただ書き写せば、それでいい。

（彼は書く。――入口のガラス窓の向こう側に、痩せた人々のためらいがちなシルエットが浮かぶ）

## 第四場

ラグノー、リーズ、近衛銃士、座って手紙を書くシラノ、黒い服を着て靴下も垂れ下がり、泥まみれの詩人たち

**リーズ**　(戻ってきて、ラグノーに)あんたのどぶ鼠だよ。

**詩人1**　(入って来て、ラグノーに)　親愛なる詩人よ！

**詩人2**　(入って来て握手)　親愛なる同僚！

**詩人3**　菓子屋の帝王！　(くんくん嗅ぐ)

お宅は、ええ匂いやね！

**詩人4**　詩の神にして料理の鉄人！

**詩人5**　神にもまごう料理長(1)！

**ラグノー**　(取りまかれ、抱きつかれ、握手されて)うう、たまらねえ！　だからやめら

れねえんだよ！

詩人1　ネールの門のところが、大群衆でね、
それで遅れました……

詩人2　ばっさりやられて追い剝ぎが、
八人ばかり、石畳を血潮の海に！

シラノ　（一瞬頭を上げて）八人？……七人だと思ったが。
（手紙を書き続ける）

ラグノー　（シラノに）　ご存じなので、
その切り合いの英雄を？

シラノ　（知らぬ顔で）　俺が？……いいや。

リーズ　（近衛銃士に）　あんたは？

近衛銃士　（髭をひねって）　いや、特には……

シラノ　（書きながら、傍白で。時々呟《つぶや》く）「愛しております……」

詩人1　なんでも、人々の話では、一人で
何百人を……

詩人2　　　　　そりゃ、奇怪《きっかい》であったよ！　「……御身の瞳は……」
シラノ　槍や杖が、所狭しと地面に散乱しておった！……
詩人3　（書きながら）
詩人1　オルフェーヴル河岸のところまで、帽子が飛んでいたからのう。
シラノ　いやはや、すごいやつに違いない……　「……御身の唇の……」
詩人1　（同じ芝居）
シラノ　恐るべき巨人だわな、かほどの仕業ができるとは！
　　（同じ芝居）「……されど目《ま》の当たり、お姿を拝すれば、恐ろしさに気も失
　い……」
詩人2　（菓子を素早く摑みながら）なんぞええ詩でも物されたか、ラグノー君よ？
シラノ　（同じ芝居）　　　　　　　　　　　　「……御身を愛する……」
　（名を書こうとして、手を止め、立ち上がり、手紙をチョッキのポケットに入れて）
　署名はいらない。直接手渡すんだからな。
ラグノー　（詩人2に）菓子の製法を、詩に詠みました。
詩人3　（シュー・クリームの皿の傍らに陣取って）　是非伺いたい！

詩人4 (摑んだブリオッシュをしげしげ眺めて) このブリオッシュめ、帽子がつん曲がっておる。

(歯で、上の部分を食いちぎる)

詩人1 このパン・デピスのやつ、腹をすかせた詩人様を、見てござる、アンジェリカの草の眉毛に、アーモンドの目玉ときた!

(パン・デピスを一口に頰張る)

詩人2 静聴、静聴。

詩人3 (シュー・クリームを、指の間に軽く挟み) シューのやつ、クリームの泡を吹きおって。笑っているぞ。

詩人2 (菓子で出来た例の大きな竪琴に、いきなり食らいついて) 竪琴が、腹の足しになろうとは、前代未聞!

ラグノー (朗誦の準備怠りなく、咳をしたり、帽子を直したり、ポーズを取って) 韻文による菓子の製法……

詩人2 (詩人1を肘でつついて) 昼飯か?

詩人1 (詩人2に) あんたは、晩飯やないか!

ラグノー「アマンド風味のタルト、その製法について」(2)

「卵三つ四つ
泡になるまで搔《か》き混ぜて、
泡に注ぐは、とびきりの
　セドラの甘露、
アマンド・ジュースの
　甘き滴り。

　フランの練り粉を
詰め込む所は、タルトレットの
型のなか、素早く挟むは
　アブリコット、
落とせや落とせ、卵の
　泡を、その型のなか

この井戸こそは
泡の井戸、天火にかけて
焼くや狐の黄金色《こがね》、
いでいる時は
陽気に揃ったアマンド風味の
タルトレット！」

**詩人たち**　（菓子を頬張ったまま）うまい！　素敵だ！

**詩人の一人**　（むせて）　うう、胸につかえた！

（彼らは、食べながら奥へ行く。それを見て、シラノはラグノーに近づき）

**シラノ**　お前の声に
煽《おだ》てられて、どうだあの食い様は！

**ラグノー**　（低い声で、にやっと笑って）分かっておりますよ……
見ないようにしてますがね、だって見られちゃいやでしょうが。
ですが詩を詠むのは、二重の楽しみ、

自分の道楽を満足させ、しかもその上、
食べられない人たちには、食べさせてやっている。
シラノ　（肩を叩いて）いい了見だ、気に入ったぞ！
（ラグノーは友人たちを追って、奥へ行く。シラノは、それを見送ってから、
いささか唐突にリーズに）
シラノ　　　　　　　　　　おい、リーズ。
（近衛銃士とべたべたしていたリーズは、どきっとして、シラノのほうへ出て来る）
　　　　　　　　　　　　　　　　　　　あの大尉は……
随分、ご執心だな、ええ？
リーズ　（むっとして）まあ、あたしの身持ちにけちをつけようって人はね、
この目を見てもらいたいね、ただじゃ済まないからね。
シラノ　ただで済まないにしちゃあ、随分だらしのない目だな。
リーズ　（息が詰まり）そんな……
シラノ　（きっぱり）俺はラグノーが好きなんだ。だからいいな、リーズの女将《おかみ》、

寝取られ亭主なんて物笑いの種[3]は許せねえ。

**リーズ**　そんな……

**シラノ**　（男に聞こえる程度に声を張って）お分かりだろうがな……

（近衛銃士に一礼して、それから柱時計を見、外の様子を窺いに奥へ行く）

**リーズ**　（シラノにただ礼を返しただけの近衛銃士に）まったく、どうなってるの！

返答しておやりよ、あいつの鼻先《はなっつぁき》で……

**近衛銃士**　あいつの鼻？……あの鼻？……

（急いで去る。リーズは追う）

**シラノ**　（奥の戸口からラグノーに合図をして、詩人たちを連れて行けと言う）しーッ！

**ラグノー**　（詩人たちに、右手の戸口を示して）あっちの奥のほうがずっと……

**シラノ**　（苛々して）シッ！　シッ！

**ラグノー**　（詩人たちをつれて）詩を

詠むには……

**詩人１**　（がっかりして、頬張ったまま）しかしお菓子が！……

詩人2　持って行こう！

（詩人たちは、ラグノーについて、行列よろしく退場するが、その前に皿ごと菓子を取って行く）

## 第五場

シラノ、ロクサーヌ、侍女

シラノ　手紙を渡す、
ほんの少しでも希望があるようだったら、
ほんの少しでも！……
（仮面をつけたロクサーヌ、侍女を従えて、ガラス戸の向こうに現れる。
シラノは勢いよく扉をあける）

お入りください！……

（さっと侍女に近づいて）

ちょっと、お女中、一言。

**侍女**　二言《ふたこと》でもどうぞ。

**シラノ**　お菓子はお好きか？

**侍女**　いつも食べ過ぎますわ。

**シラノ**　（帳場の上の紙袋を取り）分かった。バンスラード(1)の殿のソネに詰めてやる……

**侍女**　（哀れっぽく）おやまあ！……

**シラノ**　シュー・クリーム(2)を詰めてあげる。

**侍女**　（顔色を変えて）まあ！

**シラノ**　プティ・シューという名のお菓子はお好きか？

**侍女**　（威厳をつくろって）評価いたしますわ、クリームの入っておりますものは。

**シラノ**　そいつを六個、詰めてあげる、サン＝タマン(3)の詩篇の懐にだ！　このシャプラン(4)の詩にはだな、もっと軽い、プープラン(5)の切ったやつを入れよう。

——ああ、そうだ。冷たい菓子は好物かね？

**侍女** 目がございませんわ！

**シラノ** （侍女に、お菓子の詰まった袋を抱えさせて）おもてで、これをみんな食べてくれ。

**侍女** でも……

**シラノ** （外へ押し出し）食べ終わるまでは、中に入ってこないでくれ。いいな。

（シラノは、戸口を閉め、ロクサーヌのほうへ近づき、帽子を脱ぎ、敬意を表す距離のところで、止まる）

## 第六場

シラノ、ロクサーヌ。一瞬だけ、侍女

**シラノ** この瞬間は、如何なる瞬間にもまさる尊いもの、哀れなわたくしめが生きておりますことを、思い起こされ、わざわざお出ましになり、わたくしに何か……御用と仰る？……
**ロクサーヌ** （仮面を取って）先《ま》ずはお礼を申し上げたく。と申しますのも、
昨日、あのおこがましい呆《うつ》け者を、決闘で懲らしめて下さった、
実は、さる高貴の殿方が、……わたくしにご執心の余り……
**シラノ** ド・ギッシュですな？
**ロクサーヌ** （目を伏せて）執拗にあの男を、……夫にせよと……
**シラノ** 見かけばかりの……？
（お辞儀をして）
つまりわたしが、決闘を致しましたのは、幸いにも、わたしの
醜い鼻のためではなくて、あなたの美しい瞳のためでしたと。
**ロクサーヌ** それから、こんな風に内緒のお話をしに参りましたのも、
あなたを、つまり……お兄様……と同じように思っておりますから、
昔、よくご一緒に遊びましたわね——湖の辺《ほとり》の、あのお庭で！……
**シラノ** そうでした……毎年、夏には、ベルジュラックへおいでになった！……
**ロクサーヌ** 水辺の葦《あし》が、あなたの剣になりました……

シラノ　玉蜀黍《とうもろこし》の毛が、あなたのお人形の金髪で！

ロクサーヌ　あの頃のおままごと……

シラノ　　　　　　　　　　　　　　木苺のように甘酸っぱい……

ロクサーヌ　わたくしの言うことは、なんでも聞いて下さった！……

シラノ　ロクサーヌも裾の短いスカートで、マドレーヌという名……

ロクサーヌ　わたくし、可愛らしゅうございました？

シラノ　　　　　　　　　　　　　　　　　　　　　憎たらしくは、ありませんでした。

ロクサーヌ　時々、木登りかなにかで、お手から血を出して、わたくしのところへ、駆けていらしった。——わたくし、お母様の真似をして、出来るだけ怖い声で、

　　　　　　　　　　　　　　　　　　　　（手を取る）

「またこんな、擦りむいて、いけない坊やね！」

　　　　　　　　　　　　　　（急に驚いて、手を止め）

まあ、どう遊ばしたの、このお手！

　　　　　　　　　　　　　　　　　（シラノ、手を引っ込めようとする）

いけません！　お見せになって！
いいお歳で、まだこんな！――どこでなさったの？
**シラノ**　戦争ごっこです、ネールの門の傍らで。
**ロクサーヌ**　（テーブルに座り、ハンカチをコップの水に浸して）お見せなさい！
**シラノ**　（同じく座って）　実に優しい、気さくなお母様！
**ロクサーヌ**　どうでしたの、――血を拭いてさしあげる間に、聞かせて、――
敵は大勢でした？
**シラノ**　百人と豪語しますが、どうだか。
**ロクサーヌ**　聞かせて！
**シラノ**　よしましょう。それより、さっき
お話しになりかけていたことは？……
**ロクサーヌ**　（手を取ったまま）　今はもうお話しできますわ、
昔話の懐かしい香りに、勇気が出ましたもの。
こうなのです。実はわたくし、さるお方を愛しております。
**シラノ**　はあ！[1]……

ロクサーヌ　でもその方は、まだご存じない。
シラノ　　　　　　　　　　　　　はあ！……目下《もっか》のところは。
シラノ　はあ！……　でも、まだご存じなくとも、もうじきお分かりになります。
ロクサーヌ
シラノ　はあ！……
ロクサーヌ　貧しい青年で、これまでは、何も仰らず、
おずおずと、遠くから愛して下さっていた……
シラノ　　　　　　　　　　　はあ！
ロクサーヌ　お手はそのままになさっていて、まあ、こんなに熱が！――
でも、わたくしはその方のお口が、打ち明けたさに震えるのを見たのでございます。
シラノ　はあ！……
ロクサーヌ（ハンカチで包帯をし終わり）それに、あなた、誰に想像がつきまして、
その方は、なんとあなたの連隊におられるのですよ！
シラノ　はあ？……

ロクサーヌ　（笑いながら）あなたのいらっしゃる青年隊なのですもの！
シラノ　はあ？……
ロクサーヌ　お顔は才知と天分に輝いて、
気位高く、気高くて、お若い、勇ましく、お美しい……
シラノ　（蒼白になって、立ち上がり）　お美しい！
ロクサーヌ　まあ。どうなさったの？
シラノ　わたくし？……いや何でもない……つまりその……
（笑いながら、手を出して見せ）
いてて！
ロクサーヌ　つまりわたくしは、その方に恋い焦がれておりますの。
でも、実は、お芝居でしかお見受けしたことがないのです……
シラノ　つまり、口をおききになったことがない？
ロクサーヌ　互いに見交わす目と目だけが……
シラノ　では、なぜお分かりになったのです？
ロクサーヌ　王宮広場[2]の

菩提樹の並木の下で、お喋りな……ご婦人方が教えてくれました……

シラノ　青年隊だと？

ロクサーヌ　近衛の青年隊だと。

シラノ　名前は？

ロクサーヌ　男爵クリスチャン・ド・ヌーヴィレット。

シラノ　ええ？……

そんな奴は、隊にはいない。

ロクサーヌ　それがおりますの、今朝から。中隊長は、カルボン・ド・カステル＝ジャルーとか。

シラノ　なんて恋の進むのは早い！……しかし、あなたも……

侍女　（ドアを開けて）お菓子は全部食べましたわ、ベルジュラック様！

シラノ　じゃあ、袋に書いてある詩でも読んでいたまえ！　（侍女、消える）

……まったくあなたは、……美しい言葉、才知を殊《こと》に好まれる、
そのあなたが――もし相手の男が、俗物、野人であったらどうします。
**ロクサーヌ** いいえ、そのお方は、恋物語(3)そのままの美しいお髪《ぐし》！
**シラノ** お髪《ぐし》は美しいでしょう、だが言葉が卑しかったら？
**ロクサーヌ** いいえ、あの方なら、仰る言葉はすべて美しうございますわ。
**シラノ** まあ、髭《ひげ》が綺麗なら、言葉も綺麗でしょう。
――しかし頭がからっぽだったら？
**ロクサーヌ** (足踏みして) そのままわたくし、死んでしまいます！
**シラノ** (ちょっとの間) 要するにそれを言うために、わたしをお呼び出しになった？
どうも、わたくしが、お役に立つとも思えませんがな。
**ロクサーヌ** いいえ、昨日、さるお方から、恐ろしいことを伺ったのです。
あなた方の中隊は、皆さんガスコーニュのお生まれで、
つまりガスコン(4)……
**シラノ** そう、ガスコンでもない癖に、
ただ恩典で、我等生粋《きっすい》のガスコンの

仲間に入ってくるような青二才は、決闘だと？
そう言われたのですね？

ロクサーヌ　もうお分かりでしょう、
どれほどあの方のために心配しているか？

シラノ　（口のなかで）　そりゃあそうだ！

ロクサーヌ　でもわたくし、思いましたの、
昨日あなたは、大胆不敵、偉大な姿をお見せになった、
あの呆《うつ》け者を懲らしめて、無知蒙昧の輩《やから》に立ち向かう――
そうだわ、世間が皆恐れている、あの方さえ味方になって下されば……

シラノ　よろしい、可愛い男爵殿を守ってあげます。

ロクサーヌ　まあ嬉しい！　本当に味方になって下さいますわね？
あなたのことは、いつもずっとお慕い申しておりましたもの。

シラノ　ええ、ええ。

ロクサーヌ　親友になって下さいますか？

シラノ　なりましょう。

ロクサーヌ　決闘は、決してなしね？
シラノ　誓って、なしです。
ロクサーヌ　本当に、あなたのこと、愛していますわ。もう行かなくては。
（慌ただしく仮面をつけ、レースを被《かぶ》り、心ここにあらずという風で）
そう言えば、伺いませんでしたわね、
昨夜の戦闘のお話。定めし華々しいお働きぶり！……
――あの方に、お手紙をくださるようにと。
（シラノに手で接吻を送る）
シラノ　あなた、本当にいい方！
ロクサーヌ　あなたお一人に百人ですって？　それでは。――わたくしたち、親友ですものね。
シラノ　ええ、ええ。
ロクサーヌ　お手紙くださいって！――百人ねえ！――いずれ伺いますわ。今は、とてもだめ。
シラノ　ええ、ええ。

百人ですって？　勇気がおありなのですわ！

シラノ　（一礼して）いや、今のほうが、余程《よっぽど》勇気がいる。

（彼女は出ていく。シラノはじっと動かない。俯《うつむ》いたまま。沈黙。

右手の扉が開いて、ラグノーが首を出す）

## 第七場

シラノ、ラグノー、詩人たち、カルボン・ド・カステル＝ジャルー、

青年隊、群衆等々、次いでド・ギッシュ

ラグノー　入ってもよござんすか？

シラノ　（動かない）ああ……

（ラグノーが合図をすると、彼の友人たちは入って来る。同時に、舞台奥の入口にカルボン・ド・カステル＝ジャルー、近衛の中隊長の服装で現れ、シラノを見て大げさな身振り）

**カルボン** ここに居《お》った！

**シラノ** （頭を上げて） ああ、中隊長！……

**カルボン** 我等が英雄だよ、まったく！ 皆知っているぞ！ わが青年隊が三十人ほど、来ている！

**シラノ** （後ずさりして） しかし、そんな……

**カルボン** （彼を連れ出そうとして） さあ来い、みんな会いたがっている！

**シラノ** 困る！

**カルボン** やつらは、向かいの《引っ立て十字架亭》(1)で飲んでいる。

**シラノ** わたしは……

**カルボン** （奥の戸口まで戻って、破れ鐘のような声で） 英雄はいやだと。ご機嫌斜めだ。

**声** （外から） なんやって？ そげな阿呆な！

（外の喧騒、剣や長靴の音が近づく）

カルボン　（揉み手をして喜んで）　通りを横切り、進軍だ！……

青年隊員たち　（店に入って来て）　なんちゅうこッちゃ！——どないしたんや！——なんなんや！——なんやったら、なんや！

ラグノー　（驚いて後ずさりして）　みなさん、本当にガスコーニュ生まれで？

青年隊全員　全員や！

青年隊１　（シラノに）　ブラヴォー！

シラノ　ああ、男爵！

青年隊２　（熱烈な握手をして）　万歳だ！

シラノ　ああ、男爵！

青年隊３　いやー、おめでとう！

シラノ　男爵！

青年隊員たち　さあ、みんなして接吻だ！

シラノ　（誰に答えるべきか混乱して）　ああ、男爵……男爵……勘弁してくれ！

ラグノー　じゃあ、皆さん全員、男爵でいらっしゃる！　全員かと？……
青年隊員たち　（揃って）　皆さん、全員？
ラグノー
青年隊1　わいらの男爵の冠のリボンだけでも、城の塔が建つわい！
ル・ブレ　（入って来て、慌ただしくシラノに）みんな探しているぞ！　昨夜、君に付いていった連中が先頭に立って、群衆の歓呼の列が……
シラノ　（驚いて）まさか、俺がここにいるなんて、言うまいな？
ル・ブレ　（揉み手をして）　言ったとも！
町人　（群衆を引きつれて、入って来て）閣下、マレー地区は全員おります。
（外では、街路に群衆が溢れる。輿《こし》や馬車がとまる）
ル・ブレ　（笑顔の小声で、シラノに）で、ロクサーヌの件は？
シラノ　（激しく）　しーッ！
群衆　（外で叫ぶ）　シラノ！……
（群衆が店に雪崩《なだ》れ込む。大混乱。ブラヴォーの絶叫）

ラグノー　（テーブルの上に立ちはだかり）　イヤー、店に
　乱入ときた！　片っ端から壊してくれる！　いいぞ、いいぞ！
人々　（シラノを取り囲み）ねえ、君……友達だろう、俺たち……
シラノ　　　　　　　　　　　　　　　　　　　　　昨日は、こんなに
　友達はいなかったぞ！……
ル・ブレ　（うっとりして）大成功だ！
チビの侯爵　（手を差し伸べて、走り寄り）君ねえ、いやまったく君が知っていたら……
シラノ　君が？……君？……いつから、そんなに親しくなったのかね、われわれは？
もう一人の侯爵　是非ともご紹介したい、わたくしの、
　外に停めてありますお馬車、そこにおられますご婦人方に……
シラノ　（冷たく）　　　　　　　　　　　　　　そもそもあんたにしてから、
　どなたがご紹介くださるのかね、わたしに？
ル・ブレ　（驚いて）　　　　どうしたんだ、いったい！
シラノ　　　　　　　　　　　　　　　　　　　　　　　黙っていろ、貴様は！
文士　（ペン入れを持って）もう少し詳しい情報を……？

**シラノ**　　　　　　　　　　　　情報もへったくれもねえ！
**ル・ブレ**　（肘でついて）　テオフラスト・
　ルノードーだぜ、「文芸新報」創始者(2)の。
**シラノ**　　　　　　　　だからなんだ！
**ル・ブレ**　あの新聞に出りゃ、怖いものなしだ、
　未来は新聞にありと言う奴さえいる。
**詩人**　（進み出て）　あのう……
**シラノ**　　　　　　　またか！
**詩人**　あなたの武勲を讃えまして、お名前を詩句の頭に
　読み込みました詩(3)を作りたいのですが……
**別の男**　（更に進み出て）　　　　あのう……
**シラノ**　　　　　　　　　　　　　　　　たくさんだ！
　（人々の動き。整列する。士官たちを従えて、ド・ギッシュが現れる。キュイ
ジー、ブリサイユ、士官たちは、第一幕の終わりで、シラノと共に出発した連
中である。キュイジーは、シラノのところに駆け寄って）

キュイジー　（シラノに）　ド・ギッシュ閣下、

（ざわめき。一同、居並ぶ）

ガシヨン元帥[4]のご命令で、只今ご到着！

ド・ギッシュ　（シラノに一礼）元帥閣下におかせられては、人々の耳目を驚かせたる

かの武勲に対し、満腔《まんこう》の敬意を表せられんとのお言葉。

群衆　ブラヴォー！

シラノ　（礼をして）　さすがは元帥閣下、武勇を粗略には扱われぬ。

ド・ギッシュ　元帥閣下も、この者たちが直々に、その目で見たと

申し上げなんだならば、お信じにはならなかった。

キュイジー　現にこの目で！

ル・ブレ　（心も空のシラノに小声で）どうした？……

シラノ　黙ってろ！

ル・ブレ　苦しそうだ。

シラノ　（身震いして、激しく起き直り）　この連中の前でか？

（彼の口髭は逆立ち、激しく胸を反らして）

俺が、苦しむ?……見ていろ!

**ド・ギッシュ** （キュイジーから耳打ちされて）君の経歴は、既に武勲に輝いている。——なんでもこの、怖い物知らずのガスコンの連中と一緒だとか。

**シラノ** 青年隊であります。

**青年隊1** （恐ろしい声で） 俺たちの仲間よ!

**ド・ギッシュ** （シラノの後ろに整列したガスコンの青年隊を見やり）は、はあ! 揃いも揃って一癖も二癖もありそうな、

諸君がつまり、名にし負う?……

**カルボン** シラノ!

**シラノ** 隊長?

**カルボン** 俺の隊は、全員居ると思うから、

この際、紹介してくれ、伯爵に。

**シラノ** （ド・ギッシュのほうへ二歩進み、青年隊を指して）

⑤これぞガスコンの青年隊、
率いるカルボン・ド・カステル＝ジャルー。
剣も駄法螺も引けは取るまい、
これぞガスコンの青年隊！
家紋はいずれも名門はだし、
いずれも掏摸よりましなる貴族、
これぞガスコンの青年隊、
率いるカルボン・ド・カステル＝ジャルー。

眼《まなこ》は鷲なり、脛《すね》は鴫《しぎ》、
猫の口髭、狼の牙、
ぐずぐず抜かせば一刀両断、
眼は鷲なり、脛は鴫、
大道闊歩の毛皮の帽子の
穴をごまかす、いや羽根飾り！

眼は鷲なり、脛は鳴、
猫の口髭、狼の牙！

土手っ腹刺し、赤面《あかっつら》割り、
まだ軽いほうだ、綽名《あだな》としては。
功名手柄は、命の妙薬。
土手っ腹刺し、赤面割り、
鞘当てする奴は、何時《いつ》
何処《いずく》でも、ござんなれ……
土手っ腹刺し、赤面割り、
まだ軽いほうだ、綽名としては！

見よや、ガスコンの青年隊、
悋気《りんき》な亭主の女房を食らう！
女たるもの、愛すべき肉、

見よや、ガスコンの青年隊!
狂わば狂え、老《お》い耄《ぼ》れのだんつく。
吹けよ喇叭《らっぱ》手、ホトトギス、鳴け!
見よや、ガスコンの青年隊、
悋気な亭主の女房を食らう!

**ド・ギッシュ** (ラグノーがさっと運んで来た肘掛け椅子に、悠然と腰を下ろし)詩人とは、今日《こんにち》では、貴族が身につける飾りだ。
——わたしの詩人になる気はないか?

**シラノ** わたくしは、どなたのものにも、なりません。

**ド・ギッシュ** 君の才気縦横の詩は、叔父のリシュリューを大いに楽しませた、昨日のことだ。ひとつ、お取り持ちをしようか。

**ル・ブレ** (歓喜して) 天の配剤だ!

**ド・ギッシュ** なんでも、五幕の韻文劇を書いたそうだが。

**ル・ブレ** (シラノの耳元で)貴様の『アグリピーヌ』(6)も日の目を見るぞ!

**ド・ギッシュ**　叔父のところへ届けるとよい。

**シラノ**　（いささか心が動いて）　まことに……

**ド・ギッシュ**　叔父はなかなかの見巧者《みごうしゃ》だ。

まあ、二、三行は変えるかも知れないが……

**シラノ**　（たちまち顔付きが険しくなって）駄目ですな、断じて。句読点一つでも

変えられると考えただけで、五体の血が凍りつきます。

**ド・ギッシュ**　しかし、一行でも気に入れば、あの人は

大枚の年金を賜るがね。

**シラノ**　わたしより高くは払えないはず、

わたしは、詩を作り、それが気に入った時には、

自分で報酬を払う、自分に読んで聞かせる以上の報酬はない。

**ド・ギッシュ**　いい度胸だな。

**シラノ**　やっとお分かりになった。

**青年隊の一人**　（虫食いのようになった羽根飾りや、穴があいたり上が破れている軍帽を、

剣で串刺しにして持って来て）見ろよ、シラノ、今朝、河岸で手に入れた

羽根付きの奇怪な獲物だぜ！　逃げ出した奴らの軍帽さ！

**カルボン**　名誉の戦利品だな！

**全員**（笑う）は、は、は！

**キュイジー**　こんな乞食を差し向けた御仁《ごじん》は今頃、さぞかし怒ってござろうよ。

**青年隊1**　分かっているのか、どこのどいつか？

**ド・ギッシュ**　わたしだよ。

（笑い声、止まる）

わたしが使ったのだ――自分で手を下すにも及ばないチンピラ――酔いどれの、へぼ詩人への見せしめだ。

（ばつの悪い沈黙）

**青年隊1**（シラノに小声で、軍帽を指して）どうしたらいい？　脂じみている……シチューだぜ。

**シラノ**（串刺しの軍帽を拾い上げ、一礼するついでに、ド・ギッシュの前に軍帽を落としつつ）ご友人の方々に、お返しになるのでしたら、どうぞ。

ド・ギッシュ　（立ち上がり、鋭い声で）駕籠を持て！　駕籠だ！　帰る。

（荒々しくシラノに）

君は、なにか！

声　（通りで、叫ぶ）ド・ギッシュ伯爵閣下の

お輿！

ド・ギッシュ　（自制して、にっこり笑い）『ドン・キホーテ』[7]は、読んだかね？

シラノ　読みましたね。

読んだればこそ、あの無鉄砲な男に代わり、ご挨拶を。

ド・ギッシュ　ならば、よくよく考えてみたまえ……

輿の係　（舞台奥に姿を現し）　閣下のお駕籠！

ド・ギッシュ　例の風車との格闘の章だが。

シラノ　（一礼して）　第十三章。

ド・ギッシュ　つまり、風車と格闘すれば、しばしば結果は……

シラノ　その日その日で変わり身の早い連中と、格闘することになる。

ド・ギッシュ　……風車は大きな布張りの腕で、泥のなかへ投げ飛ばすかも知れん、君を！……

シラノ　いやひょっとして、星の世界へ飛ばしてくれます。

（ド・ギッシュ退場。輿に乗るのが見える。貴族は、ひそひそ語りながら遠ざかる）

## 第八場

シラノ、ル・ブレ、青年隊の面々、左右からテーブルに着く
飲み物や食べ物が給仕される

シラノ　（彼に挨拶もせず出て行く人々に、馬鹿にしたような挨拶の仕草をして）諸君……失礼した……ではまた……

ル・ブレ　（戻って来て、絶望の仕草）まったく、せっかくの機会を……

シラノ　おいおい、また愚痴か！
ル・ブレ　しかしだね、
いくら幸運を踏みにじると言ったって、
度が過ぎる。
シラノ　百も承知だ、度が過ぎる！
ル・ブレ　（わが意を得たりと）それ見ろ！
シラノ　しかし俺はね、主義としても、世の手本としても、
度が過ぎるくらい、やったほうがいいと考えている。
ル・ブレ　その無鉄砲な了見を少し控えりゃ、
幸運だろうと名誉だろうと……
シラノ　どうしろと言う？
[1]有力な庇護者を探す？　パトロンを持つ？
みすぼらしい蔦のように、太い幹に巻きついて、
皮をしゃぶってお情けにすがり、
自力で抜きんでる代わりに、策略を弄して這い上がる？

いやだね、真っ平だ。世間一般の詩人のように、
金持ちに自作を献じる？　身を道化役者に貶《おとし》めて、
大臣閣下の唇に、満更でもない(2)
笑みが浮かぶのを待ちわびる？
いやだね、真っ平だ。毎日毎日、蟇《ひきがえる》を
食わされて、足を擂粉木《すりこぎ》にして腹をすかし、
膝の所が際立って汚れるような、背骨を
曲げる訓練に憂き身をやつす？
いやだね、真っ平だ。片手で山羊の首をなで、片手は
キャベツに水をやる、使い分けだな、
魚心あれば、それ水心、権力を崇める
香炉となれば、いつでも鬚《ひげ》にしのばせてある。
いやだね、真っ平だ。懐から懐へとのしあがり、
世間の狭いお仲間の大人物になりすまし、
下らぬ恋歌《こいか》を櫂にして、姥桜《うばざくら》の

ため息ばかり、帆に孕んで船を出す？
いやだね、真っ平だ！　セルシーはいい版元[3]だが、
こちらで金を払ってまで詩集をだす？　いやだね、真っ平だ！
馬鹿者どもが酒場で開く阿呆の会議の
常連になり、奴らの法王に選んでもらう[4]？
いやだね、真っ平だ！　たかがソネ一作で名声を狙う、
切磋琢磨ということを知らない？　いやだね、
真っ平だ！　凡庸な奴らに己が天才を誇り、
たかが赤新聞の記事に怯えて、
口に出しては言わぬが、年がら年中、「ああ、ほんの
囲みの記事でもいい、『フランス文芸』[5]に出ればなあ！」
いやだね、真っ平だ！　計算ばかり、いつもびくびく、
青白い顔で、詩を作るよりご機嫌伺い、
上手いのは嘆願状か、人に紹介してもらうこと？
いやだね、いやだね、いやだね、真っ平だ！　俺はな、

歌って、夢見て、笑って、死ぬ、独立不羈、自由だ、
しっかり物が見える目玉《めんたま》と、朗々たる声と、
お望みとあらば斜めに被るつば広帽子、
いいと言うにも拒否するにも、命を賭ける——さもなきゃ詩作三昧よ！
名誉も栄華も知ったことか、ひたすら心を
砕くのは、月世界への旅行の工夫だ！
独創にあらずんば筆を執らず、
しかも驕《おご》らずして心に言う——よいではないか、
花も果実も、名もなき草木の葉に至るまで(6)、
他ならぬお前の庭で摘み取ったものだ！
時に威勢が上がるとしても、
シーザーに返すべきものは何もない、
値打ちがあるのはただ自分の力、
一言で言やあ、他人を頼みの蔦(7)は御免だ、
樫や菩提樹は望まない、聳《そび》えようとは

夢思わないが、痩せても枯れても独り立ちだ！　しかしだな、
ル・ブレ　独り立ちか、それもよかろう！　しかしだな、
相手を選ばず敵を作る、至る所でだ、この
始末におえない病気は、一体どうしてなのだ？
シラノ　相手を選ばず友を作るからだ、貴様たちが！
あのおびただしいお友達、しかも笑うにことかき、
雌鶏《めんどり》の尻《けつ》の穴みたような口をして、お追従《ついしょう》笑い！[8]
俺はな、行く先々で、挨拶する相手を減らしたいね、
快哉を叫ぶね、「敵ならば多々益々弁ず」と！
ル・ブレ　やりすぎだ！
シラノ　そうとも、これが俺の悪徳だ。[9]
嫌がられるのが、楽しみでね。憎まれたいね。
貴様には分かるまいよ、白い目を剝《む》く奴らの前を
歩いてやるのがどんなに気分のいいものか！
妬《ねた》む奴らの憎悪の汁、卑怯な奴らの悔しい涎《よだれ》が

俺の胴着に、どんな斑《まだら》の染みを付けるか、分かるまい？
——貴様たちの、ふにゃけた友情なんぞは、
イタリア式の大きな襟《カラー》と同じで、ふわふわの
ぺらぺらで、中の首まで女の腐ったようになる。
嵌めた気分は楽だろうが……意気軒昂とは参るまい、
首に支えも掟もないから、あっちへぐらり、
こっちへぐらり、ぐらりぐらぐら！　それに比べりゃ
俺なんぞは、《憎しみ》が面《つら》で風切るようにとな、
毎朝、糊で固めた襟《カラー》を嵌めて出る。
敵が増えりゃあ襟《カラー》の襞もそれだけ増える、
窮屈にもなろうが、威光も増す。
どこからどこまでスペイン・カラーで、
《憎しみ》は首枷だ、しかし同時に後光《ごこう》なのだ！

**ル・ブレ**　（一瞬沈黙し、腕をシラノの腕にまわして）勝手にその傲慢と憤激を振りかざすがいい、だが、

小声で言えばいいのだ、とにかく、あの人が君を愛していないと。

シラノ（激しく）何を言う！

（しばらく前から、クリスチャンが入って来ていて、青年隊員の所にいるが、青年隊員は彼に話しかけない。やむなく彼は小さなテーブルに座り、リーズが飲み物を注ぐ）

## 第九場

シラノ、ル・ブレ、青年隊の面々、クリスチャン・ド・ヌーヴィレット

青年隊1（奥のテーブルから、盃を手に）おい、シラノ！（シラノ、振り向く）物語は？

シラノ　（ル・ブレと腕を組んで、奥へ行く。低い声で話す）　後でだ！

青年隊1　（舞台前面へ来て）合戦の物語だ！　いい教訓に

なるだろうぜ……

（クリスチャンのテーブルの前へ来て）

この弱虫の見習いにはな！

クリスチャン　（顔を上げて）　見習いだと？

青年隊2　そうよ、北のお国の青瓢箪《あおびょうたん》よ！

クリスチャン　青瓢箪？

青年隊1　（馬鹿にして）ド・ヌーヴィレット男爵君よ、一つ教えておこう。

我が隊ではな、口に出しちゃならねえ禁句が

一つある、首縊《くく》りの家で、紐と言っちゃならねえのと同じさ。

クリスチャン　なんだ、それは？

青年隊3　（恐ろしい声で）　俺を見ろやい！

（三度、いわくあり気に、指を鼻のところへ持っていく）

　　　　　分かったか？

クリスチャン　ああ、つまりあの……　シーッ！……その言葉が禁句なんだ！

青年隊4　（奥でル・ブレと話しているシラノを指す）

そんなこと、してみろ、あいつと一騒動だぜ！

青年隊5　（クリスチャンがシラノとル・ブレのほうを見ているあいだに、そっと彼の背後に来て座り、鼻声で）鼻声の奴がね、二人、奴に叩き切られた、

鼻で口をきいたのが、気にいらねえとね！

青年隊6　（四つん這いでもぐりこんでいたテーブルの下から姿を現し、胴間声で）

あの軟骨のことを言ってみろ、

若い身空で、たちまち地獄のお迎えよ。

青年隊7　（クリスチャンの肩に手を置き）　たった一言でな！　いいや、一言どころではねえ。

身振りもだめだ。それ、ハンカチ出すのは、経帷子《きょうかたびら》！

（沈黙。皆、クリスチャンを取り囲み、腕組みをして見守る。彼は立ち上がり、カルボン・ド・カステル＝ジャルーのところへ行く。カルボンは、青年隊の一人と話をしていて、何も見ていなかったようである）

クリスチャン　隊長！

カルボン　（振り向いて、じろじろクリスチャンを見て）何だな？

クリスチャン　南仏生まれの空威張りに出会った時は、どうすればよろしいのです？

カルボン　見せてやることだな、北の人間でも、勇気はあると。（背を向ける）

クリスチャン　分かりました。

青年隊1　（シラノに）さあ、物語だ！

一同　話してくれ！

シラノ　（前へ出て来て）物語、俺の？……

（一同、椅子を近づけ、シラノを中心に車座になって、聞き耳を立てる。クリスチャンは椅子に跨《また》がる）

**シラノ**　しかりしこうして俺は、歩みを進めた、ただ一人、敵はいずくと。
月は中天に懸かって、時計の如く鮮やかに、
すると突然、お節介な時計屋が、
雲の真綿で丸い時計の
銀の縁を拭き始めたかと思いきや、
たちまち辺りは真の闇、
河岸《かし》には灯火一点もなく、
ええ糞ッ！　あやめも分かたぬ(1)……

**クリスチャン**　　　　　　　　鼻突く闇。

（沈黙。一同、恐る恐る立ち上がる。恐怖の思いでシラノを見つめる。半畳を入れられて、シラノは一瞬あっけにとられている。一同、息を詰めて）

シラノ　なんだこいつは？

青年隊1　（小声で）　新入りだ、今朝入った……

シラノ　（クリスチャンのほうへ一歩踏み出し）　今朝だと？

カルボン　（小声で）　名前は

男爵ド・ヌーヴィ……

シラノ　（思い直して、元気な振り）　ああ、そうか……

（蒼白となり、また真っ赤になり、再びクリスチャンに飛び掛かろうとして）

俺はなッ……

（自分を抑えて、声にならない声で）

いや、結構、結構……

（語りを続けようとして）

どこまで行った？……

（声に怒りを漲《みなぎ》らせ）

ええい、糞ッ！

（平静な調子で続ける）

一寸先は闇、のところまで来た。

（一同驚愕。顔を見合わせながら、再び座る）

歩みを進めた、思いはこうだ、あんなくだらん乞食野郎のために
どこかのお偉いさんか、王侯貴族のご不興を買って、
みずから……

**クリスチャン**　鼻柱《はなっぱしら》を折るような……

（一同、立ち上がる。クリスチャン、椅子に跨がり、体を揺する）

**シラノ**　（締めつけられたような声で）歯向かうような——
俺に歯向かうような奴は……要するに、例の無鉄砲から
向こう見ずに……

**クリスチャン**　鼻を突っ込み……

**シラノ**　違う、口だ！[2]　他人の
喧嘩に口を突っ込み、そのお偉いさんにしたところで

この俺を負かすくらいの……　　鼻息の荒い……

**クリスチャン**　(額の汗を拭きながら)　派手な奴だ。(3)

**シラノ**　——だが、俺は心の内で呼ばわった——退《ひ》くな、ガスコン、しっかりやれ！　怯《ひる》むな、シラノ！　と呼ばわりつ、危地に飛び込む折しもあれ、闇のなかから曲者一人！　ござんなれと……

**クリスチャン**　　鼻であしらい。

**シラノ**　はっしと受け止め、互いに見交わす……　　鼻と鼻……

**クリスチャン**

**シラノ**　(クリスチャンに躍り掛かろうとする)　いい加減にしろ！

(ガスコンの青年隊は、すわ一大事と全員詰め寄る。シラノは、しかし、クリスチャンに飛び掛かろうとしたが、自分を抑えて、続ける)

酒に呑まれた同勢百人、むかつくように……

**クリスチャン**　鼻をつく……

シラノ　（蒼白となり、薄笑いを浮かべつつ）韮《にら》と安酒(4)、異様な臭い！
　闘牛よろしく、頭を下げて躍り込み……
クリスチャン　　風切る鼻は！
シラノ　　突きまくり、
　二人は胴切り！　一人は串刺し！
　そこへ目掛けて切り込む一太刀！　返す刀に……
クリスチャン　　チンと鼻かむ！
シラノ　（大音声で）やかましい！　出ていけ、みんな！　（青年隊は皆戸口へ殺到する）
青年隊1　　虎が怒りだした！
シラノ　全員出ていけ！　こいつと俺だけにしろ！
青年隊2　　こわいよー！
　ずたずただぞ、挽き肉だ！
ラグノー　　挽き肉ですって？
青年隊3　貴様のパテにどうだ？

ラグノー　あっしはこわくって真っ青、ナプキンだよ、まったくふにゃふにゃだ！
カルボン　撤退だ、撤退！
青年隊4　一かけらも残しゃしないぞ！
青年隊5　どうなることか、恐ろしくって、死んじゃう！
青年隊6　(右手の戸口を閉めながら) 前代未聞の恐怖の光景！
(全員退場――奥の出口から、あるいは横の出口から――何人かは階段から消える。シラノとクリスチャン、向かい合い、一瞬相手を見つめる)

## 第十場

シラノ、クリスチャン

シラノ　　　　　　　　　　さあ、接吻だ！
クリスチャン　そんな……
シラノ　　　　いい度胸だ。
クリスチャン　　　それはまあ。しかし！……
シラノ　　　　　　　　　いい度胸だよ。俺の好みだ。
クリスチャン　しかし、それは？……
シラノ　　　　　　　さあ、接吻だ。俺は、あれとは兄妹《きょうだい》だよ。
クリスチャン　誰とです？
シラノ　　　　あの人とだ！
クリスチャン　　　　　ええ？……
シラノ　　　　　　　　物分かりの悪い。ロクサーヌだ！
クリスチャン　（駆け寄って）　　　　　　　　　天よ！
あなたが、あの人の兄上？
シラノ　　　　兄妹と言ってもいい、従兄妹《いとこ》だよ。
クリスチャン　あの人があなたに……？

シラノ　話した、何もかも！
クリスチャン　愛してくれている？
シラノ　恐らくね。
クリスチャン　（手を取り）お知り合いになれて、こんな嬉しいことはありません！
シラノ　こういうのを言うんだな、突然の変心とは。
クリスチャン　お許し下さい……
シラノ　（じっと見つめて、それから肩に手を掛け）悔しいが、いい男だ！
クリスチャン　あなたのことは、崇拝しています！
シラノ　さっきの鼻尽くしには参った……
クリスチャン　撤回します！
シラノ　ロクサーヌは、手紙を待っている、今夜にでも欲しい……
クリスチャン　困ったな！
シラノ　ええ？
クリスチャン　黙っているうちはいいけれど、口をきいたらお終いなのです！
シラノ　なんだと？

**クリスチャン**　情けないくらい。お恥ずかしい限りです！
**シラノ**　そんなことはない、己《おのれ》をよく知っているじゃないか。
それにさっきは、ありゃ、なかなか馬鹿じゃ出来ないぞ！
**クリスチャン**　そりゃあ、勝負となりゃあ、何とか野次る言葉も出てきますが！
軍人気質《かたぎ》って言うんでしょうか、単純なんですね。
だけど、ご婦人の前へ出ると、からっきし駄目なんです。通りすがりに
目と目を見交わすくらいなら、満更でもない成果はありますが……
**シラノ**　そんなら、立ち止まれば、心までとろかすだろうが。
**クリスチャン**　駄目なんです！　自分でもよく……ふるえてしまう！――
知っています……恋を語れない男なのです。
**シラノ**　　　　　　　　　　　　なるほどね……俺の体を
もっとうまく作っておいてくれたなら、俺は
恋を語れる男になっていただろうがね。
**クリスチャン**　ああ、優美な言葉が語れたなら！
**シラノ**　颯爽《さっそう》たる美青年の士官であったら！

クリスチャン　ロクサーヌは才女だという、だから口をきいたら
幻滅するに決まっている。
シラノ　（クリスチャンをじっと見て）俺の真情を語るのに、
こんな男が居てくれたなら[1]！
クリスチャン　（絶望して）華やかな弁舌が欲しい！
シラノ　（唐突に）　　貸してやるよ、俺が！
君は、心惑わす美しいその肉体を貸してくれ。
俺たち二人で、恋物語の主人公になろう！
クリスチャン　なんですって？
シラノ　　俺が毎日教えてやる事を
繰り返して言うだけの勇気があるかい？……
クリスチャン　　と言うと？……
シラノ　ロクサーヌの幻想が、消えることはあるまい！
俺たち二人で、あの人を口説く。
野暮な俺の上着から、しゃれた君の刺繍の上着へ[2]、

俺の吹き込む魂が滲《し》み渡っていく、それはいやか？

クリスチャン　だけど、シラノ！……

シラノ　クリスチャン、いやか？

クリスチャン　なんだか、怖い！

シラノ　君が一人で、あの人の心が変わるのを恐れているなら、
どうだい、二人で力を合わせ——そうすりゃ、向こうもすぐ燃え上がる！——
君の唇と俺の言葉と、この二つを合わせてみたら？……

クリスチャン　目の色が変わって来た[3]！……

シラノ　いやか？

クリスチャン　それが、そんなに
楽しみなの？

シラノ　（酔ったように）そりゃあ、もちろん……（と言いかけて、我に返り、詩人よろしく）
もちろんだ、面白かろうぜ！
詩人の食指を動かすに足る経験だ。

君を俺が補い、俺を君が補う、いやか？
君の歩く傍から、俺は影法師になってついていく。
君の才知に俺はなる、俺の美貌は君という訳。

クリスチャン　だが、一刻も早く手紙を渡さなけりゃいけない！
どうしよう、僕にはとても……

シラノ　（上着から、最前の手紙を取り出し）手紙なら、ここにある！

クリスチャン　なんだって？

シラノ　抜けているのは、宛て名だけだ、後は揃ってる。

クリスチャン　僕は……

シラノ　届ければいい。安心しろよ。よく書けているんだから。

クリスチャン　いつもこんな？……

シラノ　詩人てものは、いつだって懐に、
「クローリス様参る」の二通や三通は持っている。
俺たちはな、ただ名前ばかりがシャボン玉のように
膨らんだ、夢幻《ゆめまぼろし》の恋人に恋い焦がれている。

さあ、受け取れ。この偽りを、真実に変えるのは君だ。
俺は当てもなく、恋だ嘆きだと書き散らかしたが、
彷徨う鳥の留《と》まるのを、君は見ることが出来る人だ。
さあ、取りたまえ、――実《じつ》がないだけ雄弁だと
君にも分かる時が来る。――さあ、取りたまえ！
もう切り上げよう！

**クリスチャン** まったく一言も
変えなくていい？ 相手構わず書いたのが
ロクサーヌに当て嵌まるのですか？

**シラノ** 手袋のようにぴったり！

**クリスチャン** でも……

**シラノ** 自惚れの強いロクサーヌだ、
自分に宛てた恋文だと、信じて疑わないよ！

**クリスチャン** ああ！ なんと言って君の友情に……！
（クリスチャンはシラノの腕に飛び込む。長い抱擁）

## 第十一場

シラノ、クリスチャン、青年隊、近衛銃士、リーズ

青年隊1 (ドアをそっと開けて)何事もない……死の沈黙……恐ろしくて、見られない!……

(頭を出す)

なに、これ?……

すべての青年隊 (入って来て、シラノとクリスチャンが抱擁しているのを見て) ええ? なんだこれ?

青年隊2 やりすぎじゃないか?

(一同憮然)

近衛銃士 (馬鹿にして) へええ?

**カルボン**　俺たちの悪魔は、聖人のようにおとなしい。
左の鼻の穴を殴ったら、右の穴も差し出すつもりか？
**近衛銃士**　それじゃあ、奴の鼻のことを喋ってもいいのだな？……　（これ見よがしにリーズを呼んで）
おい、リーズ、見ていろよ！　（わざとらしく臭いを嗅ぎ回って）
こいつはたまらん！
なんて臭いだ！……　（シラノの傍へ寄って、じろじろその鼻を見る）
まあ、嗅いでみたまえ、
なんだろうな、この臭いは？……
**シラノ**　（平手打ちを食らわせて）　ビンタの花だ(1)！
（一同、いつものシラノを見出して、大喜び。とんぼ返りなどして、歓呼の内に）
――幕

# 第三幕　ロクサーヌ接吻の場

# 第三幕　ロクサーヌ接吻の場

かつてのパリのお屋敷町、マレー地区(1)の小さな広場。古風な家並み。広場の向こうに、幾つかの小路が見える。右手には、ロクサーヌの家とその庭の壁。庭には鬱蒼《うっそう》と繁った大樹。その葉叢《はむら》が、壁の上に重なっている。戸口の上には、窓とバルコニー。(2)玄関先にベンチ。蔦は壁に絡みつき、ジャスミンの花はバルコニーの花飾りのように、風にそよいで垂れかかる。

ベンチと、壁から突き出している石によって、バルコニーまで登るのは容易である。向かい側にも、同じような、煉瓦と石の古風な家があり、戸口が見える。この扉のノッカーは、怪我をした親指のように、布で巻いてある。

幕が開くと、侍女がベンチに座っている。窓は、ロクサーヌのバルコニーに面して、一杯に開いている。

侍女の後ろには、ラグノーが立っており、貴族の用人のお仕着せのようなものを着ている。ひとしきり物語を終わったところで、涙を拭《ふ》いている。

## 第一場

ラグノー、侍女、後にロクサーヌ、シラノ、二人の小姓

**ラグノー**　……それでね、あの女は兵隊野郎と駆け落ち。あっしは独り残されて、商売もしくじって、結局首吊り。すんでのところでお陀仏ってところに、シラノの旦那が飛び込んで来て、首の縄をはずして、お従妹《いとこ》御様のお宅の用人に、お世話くださったという訳。

**侍女**　それにしても、商売までだめになるとは、どうして？

**ラグノー**　リーズは兵隊野郎が好きで、あっしは詩人大好きときている。軍神マルスが、食ってしまったわけよ、アポロンの神の残し給うた菓子を全部！——だからね、分かるだろう、長くは続かなかった！

**侍女**　（立ち上がり、開いた窓に向かい）ロクサーヌ様、お支度は出来まして？……皆様、

お待ちかねですよ！

ロクサーヌ　（窓から）マントを着たらすぐに！

侍女　（ラグノーに、向かいの家の戸口を指して）お向かいのお屋敷よ、クロミール様(1)のお宅。お客間で、恋の品定め。今夜は皆様で、「恋慕《れんぼ》の理《ことわり》(2)」をお解きになる。

ラグノー　「恋慕」の？

侍女　（甘えた声で）　そうなのよ！……

（窓に向かって）

ロクサーヌ様、お急ぎください、間に合いませんよ、「恋慕」のさわりに！

ロクサーヌの声　今、行きますよ！

（弦楽の音が近づいて来る）

シラノの声　（舞台袖で歌う）　ラ！　ラ！　ラ！　ラー！

**侍女**　（驚いて）　今時《いまどき》、どなたかしら？
**シラノ**　（テオルブを弾く二人の小姓を従えて）何度言ったら分かるんだ、三十二分音符だ！　間抜けの三十二分音符め！
**小姓1**　（皮肉に）そんなら先生は、三十二分音符ってのをご存じなんで？
**シラノ**　音楽家だぞ、俺は。ガッサンディー(3)の弟子はな、みんな音楽家だ！
**小姓**　（弾きながら歌う）ラー！　ラー！
**シラノ**　（楽器を取り上げて、続きを歌い）こっちへよこせ！……ラ！　ラ！　ラ！　ラ！
**ロクサーヌ**　（バルコニーに姿を見せ）まあ、あなたでしたの？
**シラノ**　（今までの節を続けて）　我は来ぬ、汝《な》が百合を讃えんため、ひたぶるに、汝がバーラを！
**ロクサーヌ**　すぐ降ります！
（バルコニーから消える）
**侍女**　（二人の小姓を指して）　何ですの、この二人の楽士は？

シラノ　ダスーシー[4]と賭をして勝ったんだ。
文法論議さ。——違う！——それが違う！
奴は突然、背ばかり高いこの小僧っ子を指して言った、
弦を弾くことにかけちゃ、ひけはとらない、
この二人を、奴はいつもお伴にしている、そこで言うには——
「一日分の音楽を賭けよう」と。奴の負けさ。
かくして、お天《てん》道《と》様《さま》の昇るまで、テオルブ弾きのこの二人、
俺の後に付いてまわって伴奏だ、始めは
面白かったが、段々鬱陶《うっとう》しくなってきた。
（二人の小姓に）
さあ、モンフルリーの所へ行って、パヴァーヌでもやって来い、
俺の祝儀だとな。
（小姓は奥から退場しようとする。——侍女に）
こうして毎晩、ロクサーヌに、
あの人の……

（出て行く小姓に）

たっぷりやって来いよ、――調子外れで！

（侍女に）

……想い人がヘマをやりはしないかと、確かめにくるのだ。

**ロクサーヌ**　（家から出て）本当に美男子よ、それに才気がおありで、愛しているわ！

**シラノ**　（薄笑い）才気がありますかね、そんなに……

**ロクサーヌ**　あなたよりは、余程！

**シラノ**　認めましょう。

**ロクサーヌ**　あの方ほど、わたくしの趣味にあった方はいません、

一寸した事でも[5]、こちらがうっとりするような仰り方をなさるのですもの。

でも、時々気が抜けたようになって、詩神《ミューズ》がお留守になるのかしら、

そうするとまた不意に、心とろかす言葉を仰る！

**シラノ**　（信じられないという風で）まさか？

**ロクサーヌ**　ひどいわ、何故殿方はこうなのでしょう。

美男子だ、だから才気はないと決めてかかる！

シラノ　恋を語れば、玄人《くろうと》はだしという訳？
ロクサーヌ　口で仰るばかりではない、文章がまた！
シラノ　書くんですか、奴は？
ロクサーヌ　お上手ですわ！　まあ、お聞き遊ばせな！
（朗誦して）
「わたしの心が奪われるほど、心の想いはいや増しに！……」　（勝ち誇ってシラノに）
いかが？
シラノ　へええ！
ロクサーヌ　ではこれは？「苦しさに耐えんためには、もう一つの心が要る。わたしの心を奪ったお方、せめてわたしに、あなたの心を！」
シラノ　彼には心が、多過ぎたり少な過ぎたり。
正確には、どうしようってんですかね、心を？……
ロクサーヌ　（地団駄踏んで）　ええ、じれったい！
嫉妬ですわ、あなたのは！

シラノ　（はっとして）　ええ？

ロクサーヌ　物書きの嫉妬、やっかみですわ！
――これは、どお？　恋慕の極みではなくて？
「ひたぶるに御身のもとへと心は叫び、もしまた
接吻《くちづけ》の、文を翼に飛び立つとあらば、
何卒この文、御身の唇にて、味わい読みたまうべし。」

シラノ　（つい満足の笑み）ああ、そこの文は……まあ、そりゃあね！　（はっと気がつき、軽蔑の様子）甘ったるいよ！

ロクサーヌ　ではこれは？……

シラノ　（満足げに）　彼の手紙を、全部暗記している？

ロクサーヌ　ええ、全部！

シラノ　（髭をひねりながら）　文句は言えない。喜ぶでしょうな。

ロクサーヌ　大家ですわ！

シラノ　（謙遜して）　いや、それほどでも！……

大家です！……

**ロクサーヌ**（断固として）では、そうしておきましょう。

**シラノ**（お辞儀をして）

**侍女**（舞台奥へ行っていたが、慌てて戻って来て）ド・ギッシュ様が！

（シラノを家のほうへ押しやって）お入り遊ばせ！

ここでは、お会いにならないほうがようございます。

勘づかれては……

**ロクサーヌ**（シラノに）そう、わたくしの大事な秘密を！

権柄ずくで、わたくしを愛していると公言して。知られたくありません。

生木《なまき》を裂くようなまねを、なさらないとも限りませんもの。

**シラノ**（家に入りながら）分かりました、分かりましたよ！

（ド・ギッシュ登場）

## 第二場

ロクサーヌ、ド・ギッシュ。侍女は離れて立つ

ロクサーヌ　（恭しくお辞儀）出掛ける所でございました。

ド・ギッシュ　お別れを申し上げに参りました。

ロクサーヌ　まあ、お発《た》ちに？

ド・ギッシュ　戦さに参ります。

ロクサーヌ　まあ！

ド・ギッシュ　今夜すぐに。

ロクサーヌ　それはまた！

ド・ギッシュ　勅命が
下りました。アラス[1]の包囲戦です。

ロクサーヌ　まあ！……、包囲戦？……

ド・ギッシュ　ええ……わたしが戦場へ出発するというのに、随分冷やかですな。
ロクサーヌ　（慇懃に）まあ、そんな！……　　胸も潰れる思いです。今度お目に掛かれるの
　は……いつか？
ド・ギッシュ　　――連隊長に任命されたもので。
ロクサーヌ　（無頓着に）それはそれは！　　近衛連隊のですよ。
ド・ギッシュ
ロクサーヌ　（ハッとして）　　近衛連隊の？
ド・ギッシュ　お従兄御《いとこご》だという、あの大法螺吹きの勤務している。
　パリの仇《かたき》をアラスで取る、好い気味だ。
ロクサーヌ　（息も詰まって）　　何を仰いますの！
　近衛があちらへ参りますの？
ド・ギッシュ　（笑って）　当たり前でしょう、わたしの連隊ですよ！
ロクサーヌ　（ベンチに倒れるように座って――傍白で）
　ああ、クリスチャン！

ド・ギッシュ　どうなさった？
ロクサーヌ　（動揺して）その……ご出発が……余りの辛さに！
想うお方が、ご出陣と聞けば、胸も潰れて！
ド・ギッシュ　（驚き、喜んで）そんな優しいお言葉は初めてだ、
しかも出陣のこの日になって！
ロクサーヌ　（調子を変え、扇子で扇《あお》ぎながら）では、わたくしの従兄に
復讐をなさろうと仰る？……
ド・ギッシュ　（薄笑い）あの男の肩を持つ？
ロクサーヌ　とんでもない、敵ですわ！
ド・ギッシュ　よくお会いになる？
ロクサーヌ　いいえ、めったに。
ド・ギッシュ　あの何とかいう
青年隊の若者といつも一緒だ、（名前をさがす）
ヌー……ヴィレン……ヴィレール……

ロクサーヌ　背の高い？
ド・ギッシュ　金髪で。
ロクサーヌ　赤毛です。
ド・ギッシュ　いい男だ！
ロクサーヌ　そうかしら……
ド・ギッシュ　おつむはからきし。
ロクサーヌ　見た目はね！
（調子を変えて）
……シラノに復讐なさるには——恐らく砲火に晒《さら》せばよいとのお考え。あちらは願ったり叶ったり！……くだらないわ！わたくしなら、考えますわ、血を見るよりも辛い手立てを。
ド・ギッシュ　と言うと？……
ロクサーヌ　連隊が出発し、シラノと青年隊が戦さのあいだ中、手をこまねいて、パリにいなければならないとしたら！……ああいう血に飢えた男を逆上させるには、これしかございません。
お罰しになりたい？　それなら危険から引き離すのが一番ですわ。
ド・ギッシュ　さすが、女だ！　女でなけりゃ、こんな名案は
思いつかない！
ロクサーヌ　戦火に晒されぬとなれば、
シラノは魂まで黴が生え、そのお仲間も、拳《こぶし》を嚙んで悔しがる。
これで復讐は果たされるでしょう？
ド・ギッシュ　（近づいて）少しは愛してくださっている？
（ロクサーヌ微笑む）
わたしの恨みに加担してくださるのは、
愛の証拠か、ロクサーヌ？……
ロクサーヌ　一つのね。
ド・ギッシュ　（封印した書状を何通も見せて）いずれも、直ちに
各中隊に伝達すべき命令です、が……
（一通を取り出して）

これは、別にしておこう。青年隊のです。

（ポケットにしまう）

これはしまって……

ハッ、ハッ、ハッ！　これでシラノも！……いくら戦さが好きでもな！……

（笑う）

――悪い人だ！　こんな手口を使うとは！……

**ロクサーヌ**　（彼を見つめる）　時にはね。

**ド・ギッシュ**　（傍に寄って）　あなたに夢中なのです！　今夜――聞いてください――

そうなのだ、わたしは
出発する。あなたのもとを去る、あなたが嘆いてくださるのを知った、まさにその
時に！

いいですか。この近くに、オルレアン通りだ、アタナーズという
カプチン派(2)の監督僧が建てた僧院がある。俗人
禁制《きんぜい》だが、そこの坊主なら大丈夫。

袖の下は、奥が深いし、わたしをかくまってくれる。

——リシュリュー枢機卿のお屋敷にも勤めている坊主たちだし。
枢機卿は恐ろしいお方、だからその甥のことも、世間は恐れる——
人々は、わたしが出発したと思う。わたしは、仮面をつけて帰って来る。
なにとぞ出発を、気紛れな姫よ、一日だけ延ばさせて戴きたい！

ロクサーヌ　（きっぱりと）でもそれが知れたら、ご名誉に傷が……

ド・ギッシュ　構やしない！

ロクサーヌ　でも

アラスの包囲戦は……

ド・ギッシュ　止むをえませんな！　さあ、約束を！

ロクサーヌ　だめですわ。

ド・ギッシュ　約束してください。

ロクサーヌ　（優しく）あなた、いけませんわ！

ド・ギッシュ　ああ！

ロクサーヌ　お発ちください！　（傍白）

クリスチャンさえ
いてくれれば。
（ド・ギッシュに）武勲に輝く英雄のあなた――アントワーヌ様！

**ド・ギッシュ**　わたしのことを
親しくアントワーヌ[3]と！　ならば、その愛を？

**ロクサーヌ**　不安に怯えるこの胸が……

**ド・ギッシュ**　（欣喜雀躍）出発します！　（手に接吻する）
ご満足、ですね？

**ロクサーヌ**　もちろんですとも！

（ド・ギッシュ退場）

**侍女**　（彼の背中に、滑稽なお辞儀）もちろんですとも！

**ロクサーヌ**　（侍女に）　今の話は、内緒よ、シラノ様には。
戦さに行くのを邪魔したなんてお知りになったら、きっとお怒りになる。

（家の中に向かって）
あなた！

## 第三場

ロクサーヌ、侍女、シラノ

**ロクサーヌ**　クロミール様のお宅へ参ります。
（向かいの家を指す）
アルカンドルがあちらで
お話になるの、それとリジモン[1]も！

**侍女**　（小指を耳に突っ込み）　でも、わたくしの小指ちゃんは
遅れてしまうと申しております！

**シラノ**　（ロクサーヌに）　遅れてはいかん、あの猿どもの話に。

（彼らはクロミールの家の戸口に来ている）

**侍女**　（うっとりとして）ご覧遊ばせ、ドアのノッカーに小切れが巻いてありますわ！

（ノッカーに向かって）

あなたの金物に、轡《くつわ》をはめたのはね、

すばらしいお話の邪魔をしないようにとのお心遣いよ、——いけない子ね！

（細心の注意を払ってノッカーを持ち上げ、そっと打つ）

**ロクサーヌ**　（戸口が開くのを見て）入りましょう！……（敷居のところで、シラノに）

クリスチャンが参りましたら、いえ、きっと参りますから、

待っているように仰ってね！

**シラノ**　（彼女がそのまま入ろうとするので、慌てて）あの！

（ロクサーヌ、振り向く）

——今夜も、いつものように、あの男に

お聞きになるおつもりでしょうが、今夜は、何を？

ロクサーヌ　何を……
シラノ　（急《せ》き込んで）何を？
ロクサーヌ　でも、黙っていてくださいまし、きっとよ！　壁のごとくに。
シラノ　ロクサーヌ　取るに足らない事！……こう伺うつもりなの、さあ仰って！　自由奔放に！　即興ですわ。恋のお話を！　艶《あで》やかなお姿のままに！
シラノ　（微笑みながら）よろしい。
ロクサーヌ　シーッ！……
シラノ　シーッ！……
ロクサーヌ　一言も！……
（家に入って、戸口を閉める）
シラノ　（戸口が閉まったのを見て、一礼し）かたじけない！
（戸口が開き、ロクサーヌが顔を出し）
ロクサーヌ　準備をなさるといけないわ！

シラノ　そんな馬鹿な！……
二人（揃って）　シーッ(2)！……
（戸口が閉まる）
シラノ（呼んで）　クリスチャン！

## 第四場

シラノ、クリスチャン

シラノ　万事、俺が心得た。覚えるんだぞ、しっかり。
いよいよ勝利の時来たる。
好機逸すべからずだ。ふくれっ面はよせよ。
さあ、貴様の家で、台詞だ台詞だ……

クリスチャン　いやだ！
シラノ　ええ？
クリスチャン　いやだ！　俺はここで待つ、ロクサーヌを。
シラノ　血迷ったのか？
それより、早く帰って、覚えるんだ……
クリスチャン　いやだと言ったら、いやだ！
借り物の恋文、借り物の口説《くぜつ》、もういやだ、
もうご免だね、こんな芝居は……いつまで震えていればいい？
そりゃ初めはよかったさ。だがもう分かった、愛してくれている！
有難う。もうこわくなんかないぞ。自分で話す。
シラノ　自分でね！
クリスチャン　出来ないことはない、そうだろうが。
俺だってね、それほど馬鹿じゃない！　見せてやる！
いや、そりゃ、君の稽古は役に立ったさ。
今は、独りでしゃべれる！　誓ってもいい、

この腕に、必ず抱きしめて見せる、(1) あの人を!

(クロミールの家から出てくるロクサーヌに気づいて)

——あの人だ! 駄目だ、シラノ、帰らないで!

**シラノ** (お辞儀をして)お独りで、お話し下さい。

(庭の壁の後ろに隠れる)

## 第五場

クリスチャン、ロクサーヌ、才人・才女数名、侍女は一瞬だけ

**ロクサーヌ** (クロミールの家を出て、一行に挨拶を交わし) バルテノイード様(1)!——

ではアルカンドル!——

グレミオーヌ様!……

**侍女** (がっかりして)「恋慕の理《ことわり》」のお話は、聞きそびれた!

（ロクサーヌの家に入る）

**ロクサーヌ**　（挨拶の続き）ユリメドント様も……ご機嫌よろしゅう！……

（一同、ロクサーヌに挨拶し、また互いに挨拶を交わして、思い思いの通りから去る。ロクサーヌ、クリスチャンに気付く）

まあ、貴方！

（彼に近づく）

夕闇も迫り……

お待ちになって。皆さんももう遠くに。いい気持ち。人影もなく……

座りましょう。お話を。伺いますわ。

**クリスチャン**　（ロクサーヌの傍に座る。沈黙）愛しています。

**ロクサーヌ**　（目を閉じて）そう、話して、恋のこと。

**クリスチャン**　愛している。

**ロクサーヌ**　それはテーマ。

言葉に綾を。[2]

**クリスチャン**　あなたのことを……

ロクサーヌ　ですから、言葉を！
クリスチャン　物凄く、愛しています。
ロクサーヌ　分かっておりますわ、それで？
クリスチャン　ですから……あなたが愛して下さったら僕は嬉しい！――お願いだ、ロクサーヌ、愛していると言って！
ロクサーヌ　（不満気に）クリーム・スープかと思ったら、出しがらですの？仰ってみて、どのように愛して下さっているのか……
クリスチャン　つまり……非常に！
ロクサーヌ　まあ！……こう紡ぎ出して、(3)想いのたけを！
クリスチャン　（にじり寄り、金髪のうなじを食い入るように見つめて）この襟足！接吻したい(4)！……
ロクサーヌ　まあ、クリスチャンたら！
クリスチャン　愛しているんだ！
ロクサーヌ　（立ち上がろうとして）まだそんな！
クリスチャン　（慌てて、引き留め）いや、愛してなんかいない！

ロクサーヌ　（腰を下ろして）　あら、そう！
クリスチャン　崇拝しています、
　あなたを！
ロクサーヌ　（立ち上がり、行きかけて）まあ！
クリスチャン　ますます僕は……間抜けだ！
ロクサーヌ　（冷たく）　嫌ですわ、わたくし！
　あなたが醜くおなりになったのと同じくらい、嫌です。(5)
クリスチャン　そんなこと言ったって……
ロクサーヌ　逃げ出した雄弁術を、お探し遊ばせ。
クリスチャン　僕は……
ロクサーヌ　愛して下さる、分かっています。ではこれで……（家のほうへ行く）
クリスチャン　そんな無茶な！
　僕が言いたかったのは……
ロクサーヌ　（入ろうとして扉を開け）　崇拝している……分かりました。

いいえ、もうお帰りください！

クリスチャン　でも、僕……（目の前で扉を閉める）

シラノ　（しばらく前からそっと戻って来ている）お見事。

## 第六場

クリスチャン、シラノ。小姓二人、一瞬だけ

クリスチャン　頼む、加勢を！

シラノ　御免だね。

クリスチャン　この場で、今すぐ仲直りが出来ないなら、僕は死んでしまう……

シラノ　この場で、今すぐ、

どうやって、恋の口説《くぜつ》が教えられるか？

クリスチャン　（シラノの腕を捉えて）　見て、あれを！

（バルコニーに面した窓に明かりが点っている）

シラノ　（心が動いて）あの人の窓が！

クリスチャン　（叫ぶ）　死んでしまう、僕は！

シラノ　小さな声でしゃべれ！

クリスチャン　（小声で）死にそう！……

シラノ　幸いの、闇夜……

クリスチャン　だったら？

シラノ　取り返しはつく。

ちょっともったいないがな……あそこへ行け、おたんちん！

そうだよ、バルコニーの下だ！　俺は、隠れて……

台詞を、付けてやるから。

クリスチャン　だって……

シラノ　口をきくな！
小姓二人　（舞台奥に姿を見せ、シラノに）もし！
シラノ　シーッ！
小姓1　（小声で）　（小声で喋れという仕草）
セレナーデ、やって来ましたよ、モンフルリーのとこで！……
シラノ　（小声で早口に）　そこで見張ってろ、
通りの向こうと、こっち側だ。
邪魔な奴が来たらな、いいか、
楽器を鳴らせ。
小姓2　どんな節にします、学者先生？
シラノ　女なら陽気な節だ、男なら陰気な節、いいな。
（小姓は双方に姿を消す。——クリスチャンに）
あの人を呼べ。
クリスチャン　ロクサーヌ！

シラノ　（小石を拾って、ガラス窓に投げる）一寸待て、小石を幾つか！

## 第七場

ロクサーヌ、クリスチャン、シラノ。シラノは、最初はバルコニーの下に隠れている(1)

ロクサーヌ　（窓を半ば開けて）どなた、ですの？

クリスチャン　僕です。

ロクサーヌ　僕って？

クリスチャン　クリスチャンです。

ロクサーヌ　（軽蔑したように）まあ、あなた？

クリスチャン　お話があるのです。

シラノ　（バルコニーの下で、クリスチャンに）よし、よし。小さい声でやれ！

ロクサーヌ　結構よ。お話はお上手ですもの。お帰り遊ばせ。

クリスチャン　　　　　　　　　　　　　　お願いです！……

ロクサーヌ　いいえ、もう愛してはいらっしゃらないわ！

クリスチャン　（シラノが台詞を付ける）　お咎《とが》めは、――おお、神々よ、
もはや愛してはいないと……いやます恋……に仕えるわたしに！

ロクサーヌ　（窓を閉めかけた手をとめて）　まあ、今度はよほどましよ！

クリスチャン　（同じ芝居）　恋は育ちました、躊躇《ためら》う心のうちに……
この残……忍な……嬰児《みどりご》は、心の揺り……籃《かご》に揺られつつ！

ロクサーヌ　（バルコニーに出て）　お上手！――でも、その恋とやら、残忍な
嬰児ならば、生まれてすぐに押し殺さなかったのは、愚かでは？

クリスチャン　（同じ芝居）　わたしとてもやってみました、ですが……無駄な努力。
この……嬰児は、まさしく一個の……英雄[2]でした。

ロクサーヌ　お上手！

クリスチャン　（同じ芝居）　ですから、恋は……易々と、二匹の……
大蛇を絞め殺して……《傲慢》と……《疑い》という大蛇を。

ロクサーヌ　（バルコニーに肘を突いて）　まあ、素敵！

――でも、どうしてそう、途切れ途切れになりますの？

口説《くぜつ》が、風邪でも引きまして？(3)

シラノ　（クリスチャンをバルコニーの下に連れ込み、彼の代わりに）　シーッ！　段々

難しくなって来やがった！……

ロクサーヌ　　　　　今日は、ひどく……

お言葉も、躊躇《ためら》いがちな。どうしてですの？

シラノ　（小声で、クリスチャンに似せて語る）　夜ですから、

言葉も闇夜を手探りに、お耳の在《あ》り処《か》を求めます。

ロクサーヌ　そんな苦労を、わたくしの言葉は致しはしません。

シラノ　すぐに耳に届くと言われる？　それはそうです、

あなたの言葉を受け取るのは、わたしの、この胸ですから。

しかもわたしの胸の大きさに比べれば、あなたのお耳は小さい、小さい。

それにあなたのお言葉は、速いも道理、上より下って参ります。

わたしの言葉は、下から昇る。暇がかかるも理の当然。(4)

ロクサーヌ　今ではもう、うまく昇って参りますわ。
シラノ　この軽業に、言葉のほうも、ようやく慣れて。
ロクサーヌ　言われてみれば、事実高い！
シラノ　その高みから、この心臓へ、つれない言葉を
落とされたなら、わたしは瞬時に死にましょう！
ロクサーヌ　（動く）降りますわ、わたくし。
シラノ　（慌てて）　　　　　　　　　いけません！
ロクサーヌ　（バルコニーの下のベンチを指して）　その壇にお乗りになって！
シラノ　（驚き、暗がりの中を後退し）いけません！
ロクサーヌ　　　　　　　　　　　何故……いけませんの？
シラノ　（次第に興奮して）　　　　　　　もう暫くお許し下さい……
この機を汐《しお》に……お互いに、顔を見せずに
優しい言葉を交わしますのを。
ロクサーヌ　　　　　　　　顔を見せずに、お互いに？
シラノ　そうです、素晴らしいではありませんか。迷う恋路の探り合い。

あなたは、わたしの長いマントの曳《ひ》く黒い影を、
わたしは、夏のドレスの夜目にも白いあなたの影を。
わたしはただの影法師、あなたはまばゆい光の源！
お分かりにはなりますまい、この一瞬がわたしにとり、
どれほど尊いものであるか！　時として雄弁であったとしても……

**ロクサーヌ**　　　　　　　　　　　　　　　　雄弁でしたわ。

**シラノ**　わたしの言葉は、今日までついぞ、まことの
心より発したものではなく……
**ロクサーヌ**　　　　　　　　と言うと？

**シラノ**　　　　　　　　　と言うのも……、今日まで
わたしの言葉は、つまりその……

**ロクサーヌ**　　　　　ええ？

**シラノ**　　　　　　　　……あなたに見られていると思えば、
誰しも覚える、あのめくるめく想いの中で発せられて！……しかし今夜は
あなたに……初めてお話しするような心地がして！

**ロクサーヌ**　そう仰るお声までも、いつもとは違うような。(5)

**シラノ**　(熱に浮かされたように近づいて) そうです、いつもとは違います、夜が守ってくれます故に、
誰憚《はばか》ることもなく、遂にわたし自身になれるのです、わたし自身……

(絶句する。錯乱の体《てい》で)

どこまでいった？

分からない……分からない、まるで──お許し下さい、この感動を──

何という甘美な……まことにわたしには、初めての！……

**ロクサーヌ**　初めての？

**シラノ**　(動転して、なお巧い言葉を見つけようと) 初めての……そうです……真実の言葉です。

他人から笑われるのが恐ろしさに、胸はいつでも締めつけられ……

**ロクサーヌ**　笑われるとは、何を？

**シラノ**　いやなに、この逸《はや》る心を……そうです、心は
いつでも気取った才気の鎧《よろい》を纏《まと》う。恥ずかしさゆえに。

星を奪いに飛び立つが、嘲《あざけ》りの的となるのが
嫌さに、野の花を摘むので満足しておく。
ロクサーヌ　野の花にも良さはあります。
シラノ　　　　　　　　　　今夜ばかりは、野の花はやめだ！
ロクサーヌ　ついぞ、そんなお話のなさりようは！
シラノ　ああ、紋切り型の箙《えびら》や松明《たいまつ》、矢尻《やじり》は捨てて、
爽やかでみずみずしい……現実の世界へ逃げ出せたなら！
華奢《きゃしゃ》な黄金の指貫《ゆびぬ》きに、一滴《ひとしずく》また一滴と、
気の抜けた恋の小川(6)に水掬《く》むよりは、
滔々《とうとう》たる大河に口を付け、魂の底までも、
思う存分恋に潤《うるお》す、その光景をお見せしたい！
ロクサーヌ　でも、才気のほうは(7)？……
シラノ　　　　　　　　　　それとて、初めは
お引き留めするためでした、しかし今や、職業文士(8)の
書きちらす、恋文まがいの言葉では、この夜を、香りを、この時を、

いや《自然界》の悉《ことごと》くを、侮辱することになりましょう。
――天空の星々に見つめられて、(9)我等の愚劣な
虚飾のすべてを捨て去ろうではありませんか。
わたしが深く恐れるのは、言葉を凝《こ》ったその挙げ句、
感じることの真実が、雲散霧消しはすまいか、
暇つぶしの悪洒落《わるじゃれ》に、魂が虚ろになってしまうのではないか、
幽玄至上が、退屈無比に終わるのではないかと。

**ロクサーヌ**　でも、才気は？……

**シラノ**　恋する時は、才気など、わたしはいらぬ。
そんな才気の遣《や》り取りに現《うつつ》を抜かす、許せない罪だ！
それにいつかは必ず、その時が来る、
――それを知らずに終わる奴は、哀れとしか言いようがないが――
二人のなかに存在する高貴な恋をひしと感じて、
交わす言葉の綾などは、虚しいものだと思い知る時が！

**ロクサーヌ**　でも、その時が二人に訪れましたなら、

　　どんな言葉を仰いますの？

シラノ　　言葉、言葉、言葉はすべて、[10]
胸に浮かび次第、あなたに投げる、群がる言葉の
数々を、纏《まと》めもやらずそのままに！　愛している、息が詰まる、
恋い焦がれているのです、我を忘れて、どうにもならない！
あなたの名は、わたしの心の中で鳴る鈴の音《ね》、
わたしは、ロクサーヌよ、絶えず震えているのだから、
絶えず鈴も震えて揺れて、ロクサーヌの名を響かせる！[11]
君のことは何でも覚えている、すべてをわたしは愛してきた。
忘れもしない、去年五月の十二日、君は
朝の散歩にと、髪の結い方を変えてみた。
君の髪の毛の輝きは、あまりにも美しく、
太陽をじっと見つめると、その後《あと》どこにも
真紅の斑点が見えてしまうそれにも似て、
僕を満たした火の輝きに、目は眩《くら》まされ、

何を見ても金髪の鮮やかな染《し》みが付きまとった!

**ロクサーヌ** (声も震えて) そうですわ、それが真《まこと》の恋……

**シラノ**　　　　　　　　　　　　　　　　間違いはない、

今わたしを襲う、恐ろしい、執着《しゅうじゃく》の想い、それこそ
まさしく恋なのだ、嘆かわしい恋の狂乱のすべて!
恋なのだ、——しかしエゴイストな恋ではない!
ああ、君の幸福のためならば、わたしの幸福など差し上げる。
とはいえ、わたしの幸福など、君には分かりはしない、
ただ、時として、遠くから、君の笑う声が聞こえればいい、
その幸福の笑い声は、わたしの犠牲の落とし子なのだ。
——君の見つめる眼差しの一つ一つが、新しい
美徳を、勇気を奮い立たせてくれる。今は少しは
お分かりか。さあ、どうなのですか。少しはお感じに
なられたか、この魂が、夜の暗さを昇って行く?……
ああ、今夜という今夜の美しさ、美し過ぎる、甘美に過ぎる!

すべてを打ち明けました、お聞きになった、あなたがわたしを！
もう我慢出来ない！　大胆不敵な希望でも、
ここまでは望まなかった！　今ははや、
死ぬより他に道はない。わたしの語った言葉ゆえに、
あの人が震えている、青い小枝の繁る中で。
そう、あなたは震えている、風にそよぐ木の葉のように！
そう、震えているのだ！　君の意思ではないかも知れぬが、(12)
わたしは感じる、懐かしい君の手の戦《おのの》きが、
ジャスミンの枝を伝ってここまで降りて来てくれる。
（夢中になって垂れ下がる枝に接吻する）

**ロクサーヌ**　そうですわ、わたしは震え、涙に濡れて、恋するあなたのものになる！
恋に溺れ尽くされて！(13)

**シラノ**　ならば、死んでも本望だ！
この陶酔を生み出したのは、このわたし、わたしなのだから！
今や願いはただ一つ……

クリスチャン　（バルコニーの下で）接吻を！[14]
ロクサーヌ　（身を引き）ええ？
シラノ　ええ？
ロクサーヌ　願いとは？
シラノ　つまり、その……
（クリスチャンに、小声で）早すぎるぞ。
クリスチャン　あれだけ興奮しているんだから、チャンスだろう？
シラノ　（ロクサーヌに）つまり、その……お願いは、しかし、おお、天よ！
余りと言えば大胆不敵の我が振る舞い。
ロクサーヌ　（ちょっとがっかりして）是非にとは仰らない？
シラノ　いえいえ、是非に……
ご無理にならぬ程度に……そりゃそうだ、乙女心は傷つけられた。
もうこの上は、この接吻は……ご辞退します。
クリスチャン　（シラノのマントを引っ張って）何故だ？

**シラノ** 黙ってろ！ 何をひそひそ？

**ロクサーヌ**（身を乗り出して）

**シラノ** つい調子に乗りまして、わたし自身を戒めております。「黙ってろ、クリスチャン！」と申しまして……

（テオルブ弾きが鳴らす）

ちょっとお待ちを……

人が来ます！

（ロクサーヌ、窓を閉める。シラノ、耳をすます。一方は陽気な節を、もう一方は陰気な節を演奏している）

陰気な節に？ 陽気な節？……どういう積もりだ。

男か？ 女か？――ああ、なるほど、坊主か。

（修道僧がランタンを持って、戸口から戸口を、何か探すように歩いて回る）

## 第八場

シラノ、クリスチャン、修道僧

シラノ　（修道僧に）灯を点して人を求める、ディオゲネース(1)の二の舞ですかな？

修道僧　さるご婦人の家を探しておるのじゃが……　いいところに邪魔が！

クリスチャン　なんだって？

修道僧　マドレーヌ・ロバンという……

シラノ　（奥へ行く道を指して）　この道を、
真っ直ぐに、どんどん行く、真っ直ぐに……

修道僧　あなたのために、いやかたじけない、
数珠一連のお祈りを致すとしよう。　（退場）

シラノ　お気をつけて！　わたしも祈っておりますよ、後《うしろ》から[2]！

（クリスチャンのほうへ戻る）

## 第九場

シラノ、クリスチャン

クリスチャン　頼むよ、接吻！……

シラノ　嫌だね！

クリスチャン　時間の問題じゃないか！

シラノ　それもそうだ。

いずれ、遅かれ早かれ、その時は来るのだ、恍惚と
お前たちの唇が、互いの口を求めて近づいて行く、
お前の口許は爽やかだし[1]、あの人の唇は薔薇のような！

（自分自身に）
俺としては、別の理由であって欲しいが……
（鎧戸の開く音。クリスチャンはバルコニーの下に隠れる）

## 第十場

シラノ、クリスチャン、ロクサーヌ

**ロクサーヌ**　（バルコニーへ出て）　あなたですの？
あの……あのお話を……しておりましたね……

**シラノ**　接吻です。嬉しい言葉だ！
不思議ですな、何故あなたのお口は、敢えてそれをなさらない？
言葉だけでも、唇は燃えておられる、実際に唇が触れたならどうなりましょう？　そう驚き慌てることはない。
つい今し方も、知らず知らずに、他愛のない恋の遊戯を
さらりと捨てて、微笑みからため息に、ため息から
涙へと、悔やむことなく移って行かれた。
そのまま自然にもう一歩、足を踏み出して戴けばよい。
涙から接吻までは、ほんのわずか、身を震わせるだけ！

**ロクサーヌ**　もう止めて！

**シラノ**　接吻とは、そもそも、なんでしょうか。
顔と顔を近づけてする誓い、しっかり残る
約束の印、変わることはないぞと、互いの舌が確かめる[1]、
愛するという動詞を染める、あの薔薇の色。
耳の代わりに、口を相手に密かな告白、
蜜蜂の羽音にまごう無限の束の間、
開く蕾《つぼみ》の味わいを、互いにむさぼる聖なる食事、
いささかなりとお互いに、互いの心を吸う手立て、

重ねる唇と唇の縁《ふち》に、互いの魂までも少し味わう！

ロクサーヌ　ああ、お止めになって！

シラノ　接吻とは、いかにも尊く、
フランスの王妃でさえも、幸多きイギリスの貴公子に
許され給うこともあると聞く。

ロクサーヌ　その心は？

シラノ　（興奮して）かのバッキンガム公爵(2)にも似て、悶々の
情に悶《もだ》えるわたくしは、彼に等しく、あなたという王妃殿下に
恋い焦がれ、彼と等しく悲しみと慕る想いに……

ロクサーヌ　あの方に似て
美しく凛々しいあなた！

シラノ　（白けて、傍白）忘れてた、俺は美しかった(3)！

ロクサーヌ　ならば、類なく麗しいその蕾、早く摘んで下さいまし！……

シラノ　（クリスチャンをバルコニーのほうに押し上げ）さあ、上がれ！

ロクサーヌ　想う心の味をどうか……

シラノ　　　　　　上がれったら！　かの蜜蜂の羽音も……

ロクサーヌ

シラノ　上がれよ！

クリスチャン　（躊躇して）こうなると、なんだか具合が悪い！

ロクサーヌ　無限の時の間！……

シラノ　（無理やり登らせて）上がれってば！　いい加減にしろ！

（クリスチャンは飛び上がって、ベンチから木の枝、柱、そして手摺りを跨ぐ）

クリスチャン　ああ！　ロクサーヌ！

（彼女を抱きしめ、唇に接吻する）

シラノ　　　　　　あ痛、た、たッ！　胸が疼《うず》く、奇妙だ！

──接吻か！　恨めしいが、そっちの恋の饗宴には、俺はとんと乞食のラザロ(4)だ！

この暗がりの底までも、貴様の甘露の雫は、落ちて来る──

そうとも、俺の心にしたところで、その雫を受ければ感じている、

何故ならな、むさぼるようにロクサーヌが吸っている
あの唇に感じているのは、さっき俺が語った言葉なのだから！
（テオルブの音）
陰気な節に陽気な節か。坊主だな。
（遠くから走って来たかのように息せききって、はっきりした声で）
おーい！

**ロクサーヌ** どなた？

**シラノ** わたしです。通りがかったので。クリスチャンはまだ居ますか？

**クリスチャン** （大いに驚き）シラノじゃないか！

**ロクサーヌ** ご機嫌よう、お兄様！

**シラノ** いや、ご機嫌よう！

**ロクサーヌ** 今降ります。
（家のなかに消える。舞台奥に修道僧登場）

**クリスチャン** （修道僧を見つけて）また、あいつか！

（ロクサーヌに続いて、内《なか》に入る）

## 第十一場

シラノ、クリスチャン、ロクサーヌ、修道僧、ラグノー

**修道僧**　ここじゃ！――ここに極まった！――マドレーヌ・ロバンじゃ！

**シラノ**　ロランて言いましたぜ。

**修道僧**　ロバン。ランじゃない、バン！

**ロクサーヌ**　（戸口に現れる。ランタンを持ったラグノーとクリスチャンが続く）何事ですか？

**修道僧**　お手紙でして。

クリスチャン　何だって？

修道僧　（ロクサーヌに）いや、極めて神聖なる御用に違いござらぬ！

さる偉いお方が……

ロクサーヌ　（クリスチャンに）ド・ギッシュの奴よ！

クリスチャン　何をするつもりか？……

ロクサーヌ　大丈夫。そういつまでも邪魔はさせません！

（手紙を開く）

愛しています、あなたを。たといどんな……

（ラグノーの差し出す明かりで、離れて小声で読む）

「麗しき御方様《おんかたさま》へ、

進軍の太鼓は響き、

わが連隊も兜の緒[1]を締め、すでに出発致しました。

わたくしも共に出発したものと、皆信じておりますが、実はまだおります。

お言葉に背き、この僧院におります。

後刻参上仕るべく、山羊の如く単純なる一僧侶に

本状を持参致させます。何も分かりは致しません。先程の
うち笑《え》みたまいし御口許、忘《ぼう》じ難く、再び
君が御唇にまみえんものと。何卒、お人払いの程
願わしう、大胆不敵もお赦しあって、再び拝顔の栄を賜らんことを。
ここに、御身のこよなき、云々」

（修道僧に）

神父様、

文言はこうですわ。よろしい？

（全員、近づく。彼女は声を出して読む）

「麗[2]しき御方様へ、

御身にとりまことに辛き御事とは知りつつも、
枢機卿猊下《げいか》の御意思《ごいし》に、背くことはできません。
しかればこそ、麗しき御手《みて》に本状お届け申すべく、
いとも尊く、世に並ぶものなき大知識、心床《ゆか》しき
御僧《おんそう》に、お頼み申した次第であります。願わくは、

御僧のもと、御身の館にて、一刻も早く、
婚姻の儀を、めでたく挙げられますように。
（紙をめくる）
クリスチャンこそ、人知れず御身の夫たるべき者であり、
わたくしの遣わした者であります。心にそまぬ夫にもせよ、
御諦《おんあきら》めが肝要かと。天なる神も、必ずや御照覧《ごしょうらん》あるべく、
併せて、過去も未来も変わることなき
わたくしの崇敬の念、何卒ご受納賜りたく。
御身の、いとも慎ましく、いとも、いとも……云々」
**修道僧**　（喜んで）偉い殿様じゃ！……申した通りじゃ。心配はしておらんかった！
神聖な務めを果たすだけじゃからな。
**ロクサーヌ**　（クリスチャンに小声で）どう、上手いでしょう、お手紙？
**クリスチャン**　まあね。
**ロクサーヌ**　（絶望して見せ）ああ、絶望だわ！

**修道僧** (ランタンをシラノに近づけ) あなたかな?

**クリスチャン** わたしだ!

**修道僧** (ランタンで照らした後、その美貌に首を傾《かし》げて) はてな……

**ロクサーヌ** (元気な声で) 「追伸——僧院には、金子百二十ピストールを寄進されるべし。」

**修道僧** いやはや、まことに偉いお殿様じゃ!

(ロクサーヌに)

お諦めなさい!

**ロクサーヌ** (苦渋の表情で) 諦めますわ!

(ラグノーがドアを開け、クリスチャンが修道僧を家のなかへ案内する間に、シラノに)

あなたはここに居て、ド・ギッシュを防いでいて下さいまし! きっと参ります。一歩も家のなかへは入らぬように……

**シラノ** 分かった。

（修道僧に）式は、どのくらいかかりますかな？

**修道僧** 十五分もあれば。

**シラノ** （人々を家のなかへ押し込んで）いいから。俺がここで番をしてやる。

**ロクサーヌ** （クリスチャンに）さあ、あなた！

（一同、入る）

## 第十二場

シラノ、独り

**シラノ** どうやって、ド・ギッシュの奴、十五分、釘付けにするか？

（ベンチに飛び乗り、バルコニーを目指して壁を攀《よ》じ登る）

あそこがいい！……細工は流々、……仕上げをご覧《ろう》じろだ！……

（テオルブは、陰気な節を奏でる）

いや、男だ！

（節は陰惨な調子になる）

参ったね、

あの調子じゃ、間違いねえ！……

（バルコニーに登り、つば広の帽子を目深に被り、剣を外して、全身をマントに包み、
体を丸めて、のり出して様子を窺う）

これじゃ、高さが足りねえ！……

（手摺りを跨いで、庭の壁を越えてはみ出している長い枝を引き寄せ、両手でそれに
ぶら下がり、落下する準備を整える）

静かな夜の空気を、ちょっとばかり掻き乱してやる！[1]

## 第十三場

シラノ、ド・ギッシュ

ド・ギッシュ（半仮面を着け、夜の道を、覚束ない足取りで歩いて来る）あの糞坊主め、何をしているのだ！

シラノ　しまった！　俺の声だと……気付かれるか？

カシャッ！　カチャッ！

（片手を放し、目に見えぬ鍵を回すような仕草をして）

（荘重に）

シラノよ、ベルジュラック訛り（1）を、忘れるでないぞ！

ド・ギッシュ（家を見て）ここだ。よく見えんな！　この仮面が邪魔だ！

（入ろうとする。シラノは、枝に掴まったままバルコニーから飛び降りると、枝は撓《たわ》み、シラノの体を、戸口とド・ギッシュのあいだに放り出す。シラノは、あたかも非常な高

みから転落したようにして、地面に引っ繰り返って、気絶したかの如く、しばらく動かない。ド・ギッシュは、後ろへ飛びすさる)

ええい、何事か!

(彼が目を上げたとき、枝はすでに跳ね返って、彼には空しか見えない。訳が分からず)

どこから落ちて来たのだ、この男は?

シラノ (上半身を起こして、ガスコーニュ訛りで) 月世界や!

ド・ギッシュ 月世……?

シラノ (夢現《ゆめうつつ》で) 今、何時《なんどき》や?

ド・ギッシュ 気は、確かなのか?

シラノ 何時? どこや、ここは? 今日は何曜? 季節は、いつ?

ド・ギッシュ そんな……

シラノ 目回したんね!

ド・ギッシュ 君ねえ……

シラノ 大砲の玉みたように

月世界から墜落や!

ド・ギッシュ（いらいらして）いい加減にしたまえ！

シラノ（やおら起き上がり、大音声）　墜落やで、墜落！

ド・ギッシュ（たじたじとなり）分かった、分かった、墜落した、墜落！……狂ってるのか？……

シラノ（詰め寄って）墜落言うたかて、比喩やないで！……

ド・ギッシュ　そんな……

シラノ　思い起こせば、百年前、いやありゃ一分前か？

――なんせ、墜落にどのくらい時間がかかったんか、分からへんのでね――

かのサフラン色の丸い球②の中におった！

ド・ギッシュ（肩をそびやかして）そうだろうよ。ええ、通してくれ！

シラノ（邪魔をして）　どこなんや、ここは？　はっきり言わんかい！

隠し立てはあかんで！　如何なる場所なりや、如何なる地点なるや？

虚空《こくう》横切る隕石《いんせき》さながら、この俺様の落ちたる所は？

ド・ギッシュ　ええ、悪魔にくれてやる！……

シラノ　転落途上の某《それがし》は、――さすがに俺もどこに落ちるか、落下点は選べなかったね！
月なりや、はたまた地球なりや、
尻《けつ》の重み(3)に引き寄せられて、落ちたる場所は？
ド・ギッシュ　何度言ったら分かるのか、君ね……
シラノ　（恐怖の叫びをあげるので、ド・ギッシュは後ずさりする）おお、天よ！……どうやらこの国では、
みんな真っ黒黒の顔をしていると見て取った！
ド・ギッシュ　（自分の顔に手をやって）なんだと？
シラノ　（大げさな恐怖の身振り）　おりゃ、アルジェにおるのけえ？
あんた、現地の人か？……
ド・ギッシュ　（仮面に気がつき）ああ、この仮面か！……
シラノ　（いささか安心した風を装って）　なら、ヴェニスか、ジェノヴァか？
ド・ギッシュ　（通ろうとして）ご婦人がお待ちかねなのだ！……
シラノ　（完全に安心して）　読めた、パリだよ、ここは！

ド・ギッシュ　（思わず苦笑して）馬鹿は馬鹿でも剽軽《ひょうきん》だ！
シラノ　ははあ、笑うね？
ド・ギッシュ　笑ってもなんでも、
通りたいのだ、わたしは！
シラノ　（喜んで）　いやあ、落っこちたのが、またもやパリとは！
（すっかり気楽な調子になり、笑いながら、埃《ほこり》など払って、一礼して）
失礼をば仕《つかまつ》った。某《それがし》、今し方、竜巻に巻かれて着き申した。
いまだに少々、宇宙の気にくるまれてはおりますがな。いやあ、長い道中であった！
両の目には、ほれスター・ダスト、星屑の微粒子が詰まっており。
足の踵《かかと》にゃ惑星の産毛が何本も引っかかっている！
（袖の上の何かを取って）
それ、胴着についた箒《ほうき》星の尻尾の毛とはこのこと也！……
（羽毛のように、息を吹き掛けて宙に舞わす）
ド・ギッシュ　（完全に逆上して）おい、君！……

シラノ （彼が通ろうとするや、見せようと、脚を出して、相手を止める）ふくらっ脛《ぱぎ》には、
　大熊星座の
熊の歯が一本刺さっている――三叉矛をかすめたから、
刺されてはかなわんと、避けた拍子に
天秤座へと尻餅だ――だから今頃は、天の彼方で
秤の針が、俺様の体重を示しているはずだ。
（ド・ギッシュが通ろうとするのを、強引に押さえ、胴着のボタンを摑んで）
身共の鼻をお摑み召され、そこから
乳が迸《ほとばし》りましょう！
ド・ギッシュ　なんだと？　乳が？……
シラノ　天の川は、人呼んで
ミルキーウェイ！……
ド・ギッシュ　ええ、地獄へなりと堕ちるがいい！
シラノ　いえ、遣わされたのは天上界から！
（腕を組んで）

いや、信じて頂けようか、落ちる途中でしっかと見たのだが、
夜になると天狼星《シリウス》は、すっぽりターバンを身に纏う。
（内緒話をするように）
もう一匹の熊のほうはね、まだチビ助で、歯も生え揃わない！
（笑いながら）
竪琴座を横切るために、弦を一本切ってしまった！
（得意気に）
こういうすべて、わしは書物に著す予定だ、
マントの焦げる、命の危険を冒してまで、
持ち帰ったる金色の星々は、
印刷する時にゃ、星印《アステリスク》の役に立つべし！

ド・ギッシュ　こうなったら言うがな……

シラノ　そう、いよいよ本題だ！

ド・ギッシュ　頼むから！

シラノ　わたしの口から、直々にお聞きになりたい、

月がどんな風に出来ているのか、そのカボチャまがい[4]の
球体のなかに、住む人はありやなしや？

**ド・ギッシュ**　（大声で）そんな事じゃない！　俺はな……

**シラノ**　どうやって上まで昇ったか？
わたしが発明した、一種独特の方法でして。

**ド・ギッシュ**　（がっくりきて）いよいよ狂っている！

**シラノ**　（軽蔑した口調で）　わたしは、レジオモンタニュス[5]の
愚かな鷲だとか、アルキタース[6]の臆病な
鳩みたいな物の真似はしない！……

**ド・ギッシュ**　狂っているが――瘋癲《ふうてん》学者か……

**シラノ**　誰かがすでにやったような事は、絶対に真似をしない！

（ド・ギッシュは、ようやく通り抜けて、ロクサーヌの家の戸口のほうへ行こうとする。
シラノは、摑まえようとして後を追う）

誰も手を付けていない生娘の天空を行く方法を、六つまで考案した！

**ド・ギッシュ**　（振り返り）　六つだと？

シラノ　（待ってましたとばかり雄弁に）はだか蠟燭宜しくの素っ裸、
　さて水晶の小瓶(7)には、暁の
　空の涙を詰めておく、その水晶の小瓶をば体中に縛りつけ、
　体を天日に晒してやれば、露を吸い込むお天道様《てんとさま》は、
　ついでにこっちの体まで、天空高く吸い上げてくれる。
ド・ギッシュ　（驚いて、シラノのほうへ一歩進み）なるほど、なるほど！　こりゃあ一つの方法だ！
シラノ　（反対側に連れて行こうと身を退きながら）それからこれは、勢いを
　付けるための仕掛けだが、ヒマラヤ杉の木箱のなか、
　二十の鏡で照り返し(8)、中の空気を軽くする、
　空行く風も逆《さか》落とし、箱は上へと飛んで行く！
ド・ギッシュ　（また一歩踏み出して）ふたあッツ！
シラノ　（絶えず後ろへさがりながら）　さて某《それがし》は花火の名人、からくりの名手、
　鋼《はがね》のぜんまい仕掛けの蝗《いなご》に打ち乗り、

抜く手も見せずに爆発させる火薬の力、[9]
飛んだ行く手は、星が草食《は》む天の原！
ド・ギッシュ　（思わず知らず、話に引き込まれ、指で数えながら）みぃーッツ！
シラノ　ふりさけ見れば、煙はそもそも上がるもの、故に袋に
詰め込んで、風を送ればふわりふわふわ空の上[10]！
ド・ギッシュ　（いよいよ引き込まれて）よおッツ！
シラノ　三日月時分の月の神、牛の髄液好む
という、
ならば髄液、体に塗って、月の吸うまま天空に[11]！
ド・ギッシュ　（驚嘆して）いつーッツ！
シラノ　（話しながら、ド・ギッシュを広場の反対側のベンチの所まで連れて来ていた）
さてどん尻のからくりは、ひらりと乗ったる鉄の板、
磁石を投げれば空を行く！　いやあ、こいつは妙案だ、
磁石を投げればたちまちに、鉄の板は
後を追う。投げりゃ追いつく、追いつきゃ投げる！

昇るわ昇る、果てしもねえ！(12)

ド・ギッシュ　むーッー！

——六つとも素敵だが、……君の選んだのは

どの方法かね？

シラノ　七つ目の奴でさあ！

ド・ギッシュ　驚いた！　それはどんな？

シラノ　当てたら何でも上げますよ。

ド・ギッシュ　こいつは、ますます面白くなってきた！

シラノ　（神秘的な大げさな身振りで、波音を真似ながら）ドドドドドドドー！　ザザザザザ

ザー！(13)——

ド・ギッシュ　それが？

シラノ　お分かりにならない？

ド・ギッシュ　分からんね。

シラノ　寄せては返す波の音！

ザザザザー！　海水が、月の引力で引かれる時刻、

海へ飛び込み海水を浴びて、それから浜辺に横たわる――
まずは頭だ――というのも、宜しいか、
髪の毛というものは殊に水分を含むもの――
かくして、我が身は、天使さながら垂直に、垂直にと上がって行く。
上がるわ上がるわ、真一文字、なんの造作もありはしねえ、
と、途端にぶつかるショック！……すわ一大事……

ド・ギッシュ （すっかり話に呑み込まれ、ベンチに座って）すわ一大事？

シラノ すわ一大事……

（普通の声に戻って）
十五分経過。お疲れさまでした。
婚姻の儀は滞りなく。

ド・ギッシュ （飛び上がって）南無三、ぬかった！……
その声は？

（家の戸口が開いて、召使いたちが灯火の点いた燭台を捧げて現れる。明るくなる。シラノは、顔を隠していた帽子を取る）

その鼻は！……シラノ？

シラノ　（一礼をして）　いかにもシラノで。

——今し方両名は、結婚の指輪を取り交わしました。

ド・ギッシュ　こいつは？

（振り返る。一同居並ぶ。ラグノーの後ろに、ロクサーヌとクリスチャンが手に手を取って。修道僧がにこにこ笑いながら、後に従う。ラグノーも灯火を掲げる。侍女はガウンを着て、寝惚け眼で、しんがりに）

何ということ！

第十四場

同前、ロクサーヌ、クリスチャン、修道僧、ラグノー、召使い、侍女

ド・ギッシュ　（ロクサーヌに）　あなたが！

（クリスチャンと分かって驚き）この男と？

（感嘆して、ロクサーヌに一礼し）目から鼻へ抜けるような！

（シラノに）

お祝いを言おう、特殊機械の発明家たる君に。

君の物語は、聖人さえも、天国の入口で
引き止める力をもっていた！　詳しく書きたまえ、
まことに一冊の書物になるに相応《ふさわ》しい。

**シラノ**　（恭しく礼をして）必ずや、閣下のご助言には従いましょう。

**修道僧**　（ド・ギッシュに二人を示し、満足気にその白い髭を揺すって）貴方様のお蔭で、
素晴らしいカップルが誕生いたしました、はい。

**ド・ギッシュ**　（冷酷な目つきで彼を見て）まったくだ。

（ロクサーヌに）

背の君に、お別れのご挨拶を。

**ロクサーヌ**　なんですって？

**ド・ギッシュ**　（クリスチャンに）連隊はすでに出発している。

直ちに合流せよ！

ロクサーヌ　戦場へ行くのでございますか？

ド・ギッシュ　もちろんです。

ロクサーヌ　でも閣下、青年隊は行かさないと？

ド・ギッシュ　行かすのです。

（ポケットから書状を取り出し）

これが命令です。

（クリスチャンに）

男爵、君はこれを持って、急いで行け！

ロクサーヌ　（クリスチャンの腕に飛び込んで）クリスチャン！

ド・ギッシュ　（シラノに向かい、嘲笑的に）結婚の初夜は、まだまだ先だよ！

シラノ　（傍白）これで俺を、大いに苦しめた積もりでいる！

クリスチャン　（ロクサーヌに）もう一度、あなたの唇を！

シラノ　おい、おい、いい加減にしろよ！

クリスチャン　（ロクサーヌに接吻を続けながら）このまま別れるなんて、あんまりだ……貴様には分かりはしない！

シラノ　（連れ去ろうとして）　分かってるよ。

（遠くに進軍する太鼓の音）

ド・ギッシュ　（奥へ行って）連隊が出発する！

ロクサーヌ　（連れて行かれようとするクリスチャンを引き留めて、シラノに）あんまりですわ！……あなたにお任せします！

お約束して下さいまし、この方のお命に関わるような危険な目には遭わせはしないと！

シラノ　努力はします、しかしとても……お約束までは……

ロクサーヌ　（同じく）危ない真似はさせませんと！

シラノ　やってみますよ、しかしね……

ロクサーヌ　（同じく）　恐ろしい包囲戦の最中にあっても、風邪などお引きになりませぬよう！

シラノ　出来る限りは。
　しかしねえ……
ロクサーヌ（同じく）心変わりのしないように！
シラノ　勿論、それは、しかし……
ロクサーヌ（同じく）お手紙を下さいますよう、出来るだけたくさん！
シラノ（立ち止まり）その事なら――
　請け合いましょう！

――幕

# 第四幕　ガスコン青年隊の場

## 第四幕　ガスコン青年隊の場

アラス包囲戦における、カルボン・ド・カステル＝ジャルー率いる中隊の宿営地。

舞台奥には、舞台を横断する土手。その向こうには、平野の地平線が見える。平野は、包囲戦の塹壕、テントなどで覆われている。遥か遠くの空に、アラスの町の城壁と、町並みの屋根の輪郭が、シルエットとなって見えている。

テント。散乱している武器。太鼓、等々。――日が昇ろうとしている。東のほうに黄色い光。――まばらに立つ歩哨。砲火。

外套にくるまって、ガスコンの青年隊の兵士たちが眠っている。カルボン・ド・カステル＝ジャルーとル・ブレは、眠らずに、見張りをしている。顔は蒼白で、肉が落ちている。クリスチャンは眠っている、兵士たちの間で、頭巾付きのマントにくるまって、舞台前面におり、その顔を焚き火が照らしている。沈黙。

## 第一場

クリスチャン、カルボン・ド・カステル＝ジャルー、ル・ブレ、青年隊員、ややあってシラノ

ル・ブレ　やりきれん！　もう、食うものはない。

カルボン　我慢できん！

ル・ブレ

カルボン　（小声で話せと合図をして）静かに吼《ほ》えろ！　起こしちまうぜ、連中を！（青年隊員に）シーッ！　お休み！（ル・ブレに）

寝ていりゃ、腹はへらん！

ル・ブレ　不眠症では、そうはいかん、へるものはへる！
ひどい飢餓状態だ！

（遠くに砲火の音が聞こえる）

カルボン　畜生め！　撃ち出しやがった！……
起こしてしまうじゃないか！

（頭を持ち上げた青年隊員に）

寝ていろ！

（再び横になる。より近くで砲撃の音）

青年隊[1]　（体を動かし）　ええい、畜生め！
またか？

カルボン　何でもない。シラノが戻って来た。

（頭を持ち上げていた連中も、また寝る）

**歩哨**　（外で）おいこら！　誰だ！

**シラノの声**　ベルジュラック！

**歩哨**　（土手の上で）　おいこら！

誰だ！

**シラノ**　（土手の上に姿を見せて）ベルジュラックだ、このぼけなすが！

（降りて来る。ル・ブレは、心配気に、彼の前に出て）

**ル・ブレ**　ああ、よかった！

**シラノ**　（人々を起こすなという仕草をして）シーッ！

**ル・ブレ**　怪我は？

**シラノ**　弾のほうで、よけてくれる、

毎朝のことだからな！

**ル・ブレ**　それにしても、やり過ぎじゃないか、

毎朝毎朝、日の昇る前に、手紙を届ける、
それだけのことに命がけ！
シラノ　（クリスチャンの前に来て）約束したのだよ、彼は手紙を書きます、欠かさずにと。
（寝顔をじっと見つめる）
眠っている。色青ざめて。餓死寸前だと、あの人が
知ったなら……綺麗だよ、相変わらず！
ル・ブレ　さあ、君も
早く寝ろ！
シラノ　愚痴はやめろ、ル・ブレよ！……これだけは覚えておけ、いいか、
スペイン軍[2]の中を抜けて行くには、俺はな、
毎晩やつらが、ぐでんぐでんに酔っぱらっている場所を知っている。
ル・ブレ　ならば、たまには、食い物くらい、取って来たらどうだ。
シラノ　通過するにゃ、身軽でなきゃいけない。――だがな、いいか、
今夜こそは、何か新しいことが起きる。フランス軍は、

食糧にありつくか、それとも死ぬか、――俺の見たところが正しけりゃな……
ル・ブレ　聞かせろよ！
シラノ　いや。しかとは言えん……いずれ分かるさ！……
カルボン　なんたる屈辱か、包囲しているほうが、餓えに苦しむ！
ル・ブレ　まったく、情けない話だ！　このアラスの包囲戦くらい、複雑なやつはありゃしない！　俺たちが包囲している、――その俺たちが、罠にかかって、スペイン皇太子軍に包囲されてしまった……
シラノ　今度は、奴らを包囲してもらうんだな、どなたさんかに。
ル・ブレ　可笑《おか》しくもない！
シラノ　おい、おい！
ル・ブレ　考えてみろよ、毎日毎日、命を危険に晒しているんだぞ、人の気も知らず、貴様の命だぞ、手紙なんぞ持って行くのに……

シラノ

（彼が天幕のほうへ行こうとするのを見て）

どこへ行く？

もう一通、書いておくか。

（天幕を上げて、中に姿を消す）

## 第二場

同前、シラノを除く

陽はやや昇る。バラ色の薄明かり。アラスの町が、地平線上に金色に染まって見える。大砲の音が聞こえ、すぐそれに続いて太鼓の連打の音が、左手、遥か遠くに聞こえる。別の太鼓が、近くで聞こえる。太鼓の連打は、互いに応えつつ、近づいて、ほとんど舞台上で鳴るかと思われて、やがて右手に、戦場を横断して遠ざかる。兵士たちの目覚める物音。士官たちの声が遠くに

カルボン　（溜め息をつき）起床ラッパか！……やれやれ！

（兵士たちは、外套の下で動き出し、伸びをする）

甘い眠りも、今や終わりか！……

やつらが、真っ先に口にする言葉は、決まっている！

青年隊1　（起きかけて座ったまま）　腹、へった！

青年隊2　死にそうだ！

全員　ああ！

カルボン　全員、起床！

青年隊3　一歩も歩かれねえ！

青年隊4　手も上がらねえ！

青年隊1　（胸当てを鏡に顔を見て）舌はまっ黄色だ！　この空気は消化に悪い！

青年隊[1]5　男爵の飾りは、くれてやるぞ、チェスター・チーズが食えるなら！

青年隊6　俺はな、俺の胃の腑の中に、なにか

どっぷり、消化液の出るようなものを入れてくれなきゃな、

天幕のなかに閉じ籠もるぜ——アキレウスの故事(2)にならって！

**青年隊7**　そうだ、そうだ、パンだ！

**カルボン**　（シラノが入った天幕に行き、低い声で）シラノ！

**青年隊員たち**　死んじまう！

**カルボン**　（小声で、天幕の中へ）　なんとかしてくれ！

やつらに元気が出るように、いつだって答えてくれた、

やつらを元気づけてほしい！

**青年隊2**　（口の中でもぐもぐやっている青年隊1に飛び掛かって）何食ってんだよ、てめえ！

**青年隊1**　大砲に詰める糸屑だよ、兜のなかで

車軸にさす油で揚げたやつ。

アラスの辺りじゃ、肉はあんまり獲れねえからな！

**青年隊8**　（入って来て）猟をしたぞ！

**青年隊9**　（同じく）　俺は、釣りだ、スカルプ河で！

**全員**　（総立ちになり、二人に飛び掛かって）なんだ？——何を持って来た？——雉《きじ》

か？――鯉か？――
見せろ、早く、見せろ！

釣りをしてきた男　はぜ一匹！

猟をしてきた男　雀一羽だ！

全員（逆上して）もうたくさんだ！――反乱だ、反乱だ！

カルボン　助けてくれ、シラノ！

（今やすっかり陽は昇っている）

## 第三場

同前、シラノ

シラノ（天幕から出て、悠然と、耳にペンを挟み、手に書物を持っている）なんだって？

（沈黙。青年隊１に）なんでそんなに脚を引きずるんだ？

青年隊１　なんか、踵《かかと》に、こう引っついちまって！……

シラノ　何がよ？

青年隊１　胃袋！

シラノ　こちとらもご同様さ！

青年隊１　足枷になるだろう？

シラノ　馬鹿言え、おかげで背が高くならあ！

青年隊２　腹がへりすぎて、歯、歯が伸びちゃった！

シラノ　食いつくにはもってこいだ！

青年隊３　腹のなかは空鼓《からつづみ》！

シラノ　鼓を鳴らして攻撃だ！

青年隊４　おれはこう、耳鳴りがとまらねえ。

シラノ　冗談言うな。空腹《すきっぱら》は鳴るぞ、耳は鳴らねえ！

青年隊５　何か食いてえ――油でいためて！

シラノ　（相手の兜をとって、それを渡し）　ほれ、サラダ・ボール。(1)

青年隊6　何でもいいから、詰め込みたい！

シラノ　（手に持つ書物を放って）　なら『イーリアス』(2)でもやれ！

青年隊7　宰相(3)なんぞ、パリで日に四回も食っている！

シラノ　だからと言って、貴様に鷓鴣《しゃこ》を送る義理はなし。

青年隊7　ワインくらいは、

　送ったって罰はあたるまい！

シラノ　枢機卿猊下、ブルゴーニュの赤を、プリーズ！(4)

同じ青年隊　どこかの坊主の手を借りて！

シラノ　酔えば黒幕猊下(5)なりか？

青年隊9　人間だって、子供の肉なら食っちゃうからな！

シラノ　餓鬼がガキ食や、共食いだ、世話はねえ！

青年隊1　（肩をすぼめて）　相も変わらぬ洒落と地口か！

シラノ　知れた事よ、言葉の切っ先は鈍らない！

　俺は死にたいね、バラ色に染め変わる夕暮れの空、主義に殉じて、洒落た文句を残して死にたい！
——打たれるならば、名剣の切っ先、
相手にとって不足のない屈強の敵、
栄光萌《も》ゆる草の上、熱に疲れたベッドなんぞは知ったことか、
心臓狙う切っ先と、言葉に乗せる切っ先と、勝負は同時だ！

**青年隊一同**　（叫ぶ）腹へった！

**シラノ**(6)（腕組みして）　情けねえな、食うことしか頭にねえのか？
——こっちへ来い、笛吹きのベルトランドゥー、かつて
牧童たりし者よ！　その対の革袋から笛一管《いちかん》を取りいだし、
この食いしん坊の餓鬼どもに、聞かせてやれ、故郷《ふるさと》の
古く懐かしい調べを一曲。やる瀬なく、忘れようにも
忘れられないあのリズム、妹の言葉にも似たあの調べ、
愛する人の声音《こわね》さえも、籠められている……
ゆるやかに立ちのぼる笛の音は、故郷の
茅《かや》の屋根から立ちのぼる煙の流れに重なって、

その節までも、懐かしい故郷の言葉を思わせる！

（老兵は座り、笛を取り出す）

戦さの庭にむせび泣く、この笛さえも、

思い起こしてくれるように、お前の指が一管の

茎の表に、小鳥の踊りの曲を舞う、その暇にも、

黒檀ならぬ葦笛の昔を偲び、

我と我が音《ね》に驚いて、今再び知るがよい、

若き日の静けき鄙《ひな》の心ばえを！……

（老人はラングドック地方(7)の曲を吹く）

ガスコンよ、聞くがよい……踊る指先に奏でるのは、

甲高い軍隊の笛ではない、林を渡る草笛だ！

その唇に震えるのは、戦さの鋭い笛ではない、

故郷の野辺に山羊を追う、牧童たちの長く尾を引く牧笛《まきぶえ》だ！……

聞くがよい……それは谷だ、荒涼たる野面《のづら》、森だ、

赤いベレエをかぶる日焼けした少年の羊飼いだ、

ドルドーニュの河面《かわも》を浸す夕暮れの優しい緑、
聞くがよい、ガスコンよ、これこそまさにガスコーニュのすべて！
（一同、うなだれる――夢見るような人々の目。――ふと溢れる涙を、
服の袖や外套の裾でそっと拭う）

カルボン　（シラノに、小声で）泣かせてしまったではないか！

シラノ　望郷の涙だ！……空腹なんぞより
遥かに高貴だ！……肉体の悩みじゃない、精神の悩みだからな！
よいではないか、奴らの苦しみが場所を変えた、体のなかで、
今やしめつけられるのは、胸のほうだ！

カルボン　感動させて、弱気にするのか！

シラノ　（鼓手に来るように合図をして）
笛は止めていいぞ！　ガスコンの血に流れる祖先の
英雄たちは、たちまちに目を覚ました！　よし……

（合図をする。太鼓が鳴る）

一同 （飛び上がり、武器に駆け寄って）なんだ？……どうした！……何事だ！

シラノ （笑顔を見せて）どうだ、太鼓一つで、この通りだ！

夢も、哀れも、故郷《ふるさと》も、恋物語もおさらばだ……

笛の調べが呼び出したものは、太鼓の音で飛んで行く！

青年隊1 （舞台奥を見て）やあ？ 何だあれは？ ド・ギッシュ閣下だ！

一同 （呟く） ふん、面白くもねえ！ その呟《つぶや》きは

シラノ （薄ら笑い）

結構、結構！

青年隊1 やつには、うんざりだ！ 鎧の上に、なんだありゃあ、

青年隊2

レースの襟をひらひらさせて、偉そうにすかしてござる！

青年隊3 アイロンの上に、下着でも載せましたといった図だ！

青年隊1 好都合だな、頸《くび》のところに、できものでも出来た時には！

**青年隊2**　またしても殿上人！　叔父の威を借る甥御様！
**青年隊3**　**カルボン**　しかし、あの人もガスコンだぞ！
**青年隊1**　ガスコンならよ、……みんな、どこか狂ってなきゃならねえ。　贋者よ！……用心が肝腎、肝腎！
ガスコンで分別のあるやつほど、あぶねえものはありゃしねえ。
**ル・ブレ**　顔面蒼白だ！
**青年隊2**　腹がへってるのさ……哀れな悪魔とおんなじさ！
だがよ、やつの鎧にゃ、金をかぶせた留め金が、わんさと打ってある、
腹がへって震えるたびに、お日様当たってきらきらと！
**シラノ**　（勢いよく）不景気な面《つら》、見せるなよ！　貴様ら、そら、トランプ、
そっちはパイプでもふかしてろ、サイコロ、サイコロ！……
（全員、言われたようにする。太鼓や腰掛けの上、地面に外套を敷き、トランプやサイ
コロ。古風な長いパイプに火を点けて、くゆらす）
さてと、デカルト(8)でも読むか。

（シラノは歩き回る。(9) ポケットから取り出した小型の本を読みながら。――活人画。――ド・ギッシュ登場。皆、自分たちのしていることに夢中の様子。ド・ギッシュは、顔面蒼白。カルボンのほうへ歩み寄る）

## 第四場

同前、ド・ギッシュ

**ド・ギッシュ** （カルボンに）やあ、お早う！

（互いの顔をじっと見る。満足気に、傍白）真っ青だ！

**カルボン** （同じく） 目ばかりギラギラしている！

**ド・ギッシュ** （青年隊を見やり）性《しょう》の悪いのが揃っているな！……諸君、諸君のところでは、わたしを愚弄しているという情報が

至る所から入っている、つまりだ、山国育ちの貴族、
辺境の田舎侍、洞窟しかないような所(1)の男爵、
この手の者からなっている青年隊とやら、連隊長に対し
軽蔑はおろか、佞臣《ねいしん》邪官呼ばわりとか、――なんでも、わたしの
胸当てについているジェノヴァ風の襟飾りが気に入らぬ、――
とにかく、癪の種だそうだな、なにしろ
ガスコンと言えば乞食侍、そうでないのが。
（沈黙。博打を続ける。パイプの煙）
隊長に命じて、諸君を罰してやろうか？
まあ、止めておく。

カルボン　ともあれわたしは自由です、わたしの許可なく罰することは……

ド・ギッシュ　そうか？

カルボン　わが中隊は、わたしが金を払っている、中隊はわたしのものです。
軍令以外の命令は、御免こうむる。

ド・ギッシュ　ははあ……なるほど。

分かった。

（青年隊に向かって）

諸君の武勇など、屁でもない。

わたしが敵の攻撃に如何に当たったかは、知る人ぞ知るだ。

昨日もバポームの戦場で、ビュコワ伯爵を

敗退せしめた我が奮闘ぶり。彼の陣営に、雪崩《なだれ》の如く

味方の軍を襲いかからせ、突撃

三度に及んだのだ！

シラノ（書物に鼻をつっこんだまま）　あなたの、白い大綬《たいじゅ》の件は？

ド・ギッシュ（一瞬ぎょっとするが、すぐ得意気に）君はあの件を知っていたのか？

……いやまったく、

わたしが、三度目の突撃に出ようと、

部下を集結する折しもあれ、馬を駈って巡る

わたしは、いつの間にか、敗残兵の渦に紛れて、

敵陣の真只中に入ってしまっていたのだ。すでに虜《とりこ》か

銃弾を浴びるかという瀬戸際で、なんたる霊感か、
位を表すかの白い大綬を、
解いて大地に捨てることにした。
お蔭で、人目を惹かずにスペイン軍の
陣地を脱出、そこで力を取り戻した
味方の軍勢引き連れて、一気に攻撃！
――どうだ、この武者振りはどう思うかね？

（青年隊は、聞かないような振り。トランプやサイコロの壺は宙に止まって、
パイプの煙も頰のなか。期待）

シラノ　　　　　これがアンリ四世なら、
身に余る大軍に襲われても、その純白の羽根飾り[2]を、
捨てるような真似は、断じてなさらなかったはず。

（皆黙っているが、喜ぶ。トランプは切られ、サイコロは投げられ、煙は吐き出す）

ド・ギッシュ　わたしの計略は、しかし、功を奏したのだ！

（前と同じ期待に、ゲームも煙も止まる）

シラノ　それはそうかも。

しかし、武士の名誉は、敵の標的となること、そいつは放棄出来ませんな。

（カードもサイコロも煙も、再び始まり、一同、悦に入る）

もしも大綬が落ちた時、わたしがその場にいたら、

——この点が、閣下、われわれの勇気の、違うところだが——

わたしなら、大綬を拾い上げて、自分の肩に掛けましたね。

ド・ギッシュ　例によって例の如き、ガスコンの大言壮語！

シラノ　大言壮語？……

ならば、拝借致したい。今夜からでも、突撃の折に

襷に掛けて、一番乗りをお見せしよう！

ド・ギッシュ　これもまたガスコン流だ！　大綬はね、

敵の手にあるのだよ、スカルプ河のほとり、

銃弾雨 霰《あられ》と降り注いだあの地点に――

拾いになんか、行けるものか！

シラノ（懐から白い大綬を取り出し、差し出して）ここにありますが。

（沈黙。青年隊は、トランプやサイコロの壺に、笑いを押し殺す。ド・ギッシュは、振り返り、見やる。するとたちまち彼らは、また深刻な顔でゲームを始める。一人が素知らぬ顔で、最前の笛が吹いた民謡のメロディーを、口笛で吹く）

ド・ギッシュ（大綬を受け取って）いや、有難う。この白い大綬で合図が出来る、――今までは、控えていたがね。

（土手のほうへ向かって行き、そこによじ登り、何回も大綬を振る）

一同　あやしい！

歩哨（土手の上から）あやしい奴が一人、逃げて行きます！……

ド・ギッシュ（降りて来て）スペインの二重スパイだ。大いに役に立ってくれている。奴が敵方に伝える情報は、すべてわたしが与えた情報であり、こうして敵方の決定を左右出来る。

**シラノ**　悪党め！

**ド・ギッシュ**　（知らん顔で、大綬を肩に掛けて）やはり便利だ。何の話だったかな？
――そうそう、ある事実を知らせてやろうと思って。昨夜《ゆうべ》だ、
食糧の補給のために、元帥(3)閣下は勇断を試みられ、
ひっそりと、ドゥールランへと向かわれた。王室付きの
御用商人どもがあそこにはおる。畑を通って
奴らと合流されるはずだ。しかし、無事に帰って
来られるようにと、兵力は十分連れて行かれたから、
今、我々が攻撃されれば、手もなくやられる。
今、陣営に残っているのは、半分だけだ！

**カルボン**　スペイン軍がそれを知ったら、事だ！
まさか、知らんでしょうな、この話は？

**ド・ギッシュ**　　　　　知っているよ。
これから攻撃して来る。

カルボン　一大事だ！
ド・ギッシュ　あの二重スパイは
知らせて来た、攻撃があると。付け加えて――
「わたしは攻撃の場所を決めることができます。
どこを攻撃の的と致しましょうか？
一番、守りの弱い場所を示して、そこに
集中攻撃を、と。」――わたしは答えた、
「分かった。行け。しっかり戦線を目で追っていろ。
わたしの合図する場所が、まさにその地点だ。」
カルボン　（青年隊に）出撃、準備！
（全員、一斉に立ち上がる。剣や革帯を締める音）
ド・ギッシュ　まだ、一時間ある。
青年隊1　何だよ、まったく……
（全員、また座る。中断していたゲームを続ける）

ド・ギッシュ　（カルボンに）時間を稼がねばならん。元帥はやがてお帰りになる。

カルボン　時間を稼ぐためには？

ド・ギッシュ　　　　　　　　この際、せいぜい、

死守して頂くことかな。

シラノ　　　　　なるほど！　それが復讐か！

ド・ギッシュ　君に対して、わたしが好意を抱いていたなら、

わざわざ君や君の仲間を選んだかどうか。しかし

君の蛮勇は、比べるものがない、だから、

自分の恨みを晴らすのと、国王にお仕えするのは一つ事だ。

シラノ　（敬礼をして）閣下に対し、厚い感謝の念を！

ド・ギッシュ　（答礼）百人相手に一人で戦うのがお好きな君だ。

今回は、仕事不足をお嘆きにはなるまいね。

（カルボンと奥へ行く）

シラノ　（青年隊に）いいか、みんな、我がガスコーニュの紋章には、

群青《ぐんじょう》と金の六本の山形模様が輝いている。欠けていたのは

血の赤だ、今こそそれを、付け加えようではないか！

（ド・ギッシュは、奥でカルボン・ド・カステル＝ジャルーに小声で話す。命令が出される。防戦の用意。シラノは、腕組みをしたまま動かないクリスチャンに近づく）

シラノ　（肩に手を掛け）どうした、クリスチャン？

クリスチャン　（頭を振って）　ああ、ロクサーヌ！

シラノ　お察しするよ。

クリスチャン　せめて今生《こんじょう》の別れ、想いのたけを、美しい手紙に書いておけたら！……

シラノ　いよいよ、今日がその日じゃないかと思っていた。

（胴着の懐から手紙を出す）

貴様の告別の手紙を書いた。

クリスチャン　見せてくれ！

シラノ　見たいか？

クリスチャン　（手紙を奪って）　もちろんだ！

（手紙を取って、開き、読む。途中でやめる）

いや……

シラノ　何だ？

クリスチャン　この染《し》みは？……

シラノ　（さっと手紙を取り返し、素知らぬ顔で眺めて）染み？……

クリスチャン　涙の跡だ！

シラノ　そうさ……詩人というものは、自分の技能にほだされる、そこが味噌だ！

いいか……この手紙は——まったく、身につまされる、

自分で書いていて、泣かされた。

クリスチャン　泣かされた？……

シラノ　そりゃあ……死ぬのは……恐ろしくはない。

だがしかし……あの人に二度と会えないと思うと……辛いよな！

何故って、俺は結局、あの人を……

（クリスチャンは、シラノを見つめる）

　　　　　　　　　　俺たちは結局、あの人を……
　　　　　　　　（力を籠めて）
　　　　　　　　　貴様は結局、あの人を……
クリスチャン　（手紙をひったくり）貰っておく、この手紙は！(4)
　　（陣営のほうから遠くにどよめきが聞こえる）
歩哨の声　　　　　　　　　　　　こら！　誰だ！
　　（発砲の音。人々の声。鈴の音）
カルボン　どうした。
歩哨　（土手の上から）馬車であります！
　　（人々、それを見ようと駆け出す）
叫び声　　　　　何だ、何だ！　陣営にか！——入ってくる！
——敵の回し者かも知れん！——畜生め！

撃っちまえ！——待て！　御者が何か叫んでいる！——何だと？——
国王様のお使者？——国王様？

（全員、土手の上にあがり、向こう側を見る。鈴の音、近づく）

ド・ギッシュ　国王様だと？……

（人々、土手からおりて整列）

カルボン　全員、脱帽！

ド・ギッシュ　（大声で）国王様のだ！——貴様ら、整列せい、
お馬車が荘麗なカーヴを描くように！

（馬車が颯爽《さっそう》と入って来る。泥と埃にまみれている。窓のカーテンは閉ざされたまま。後ろには二人の従僕が乗っている。ぴたりと停まる）

カルボン　（大声で）奉迎の太鼓、打ち方！

（太鼓が鳴る。青年隊一同、脱帽）

ド・ギッシュ　お馬車の脚台をおろせ！

（男が二人、脚台のところに行く。馬車の戸が開く）

ロクサーヌ　（馬車から飛び降りて）お久しぶり！

（女の声に、深々と頭を下げていた人々は一斉に頭を上げる。――一同、驚嘆）

## 第五場

同前、ロクサーヌ

ド・ギッシュ　あなたが、国王陛下の？

ロクサーヌ　　　　　　　　　　　　　　恋という、上御一人《かみごいちにん》の！
シラノ　偉いことになった！
クリスチャン　（飛びついて）あなたが！　でもどうして？
ロクサーヌ　　　　　　　　　　　　　長すぎますもの、この包囲戦は！
クリスチャン　でも、どうして？……
ロクサーヌ　　　　　　後でお話しします！
シラノ　（ロクサーヌの声を聞いて、釘付けになったように、振り返ることも出来ない）
　　　　　　　　　　　　　　　　あの人の顔、見ることも出来ない。
ド・ギッシュ　長居は御無用です！
ロクサーヌ　（陽気に）　　いいえ、長居を致しますわ。
　太鼓を一つ、拝借できて？……
　（彼女は、そこに出された太鼓に座る）
　　　　　　　　　　　そう、有難う！
　　　　　　　　　　　　（笑う）
馬車に発砲しましたのよ！

(得意気に)

歩哨の方よ。

――きっと、カボチャで出来ていると思ったのね、だから召使いも

そうでしょう？　お伽噺《とぎばなし》に出てくるように、

鼠さん。(1)

(クリスチャンに、投げキッスを送って)

お久しぶり！

(一同を見やって)

皆さん、不景気なお顔！

アラスって、遠いのよ、お分かり？

(シラノに気付いて)

お従兄《にい》様、お元気？

**シラノ**　(前へ出て)しかしねえ、どうやって？……

軍隊のありかが分かった？

**ロクサーヌ**

まあ！　あなた、そんなの簡単よ！　わたくしは

戦さで荒らされたところを、ずんずん進んで来ましたもの。
それはそれは、恐ろしい光景！　この眼で見るまでは、とても
信じられなかった！　ねえ、皆さん、これが国王様への
ご奉公なら、わたくしのお勤めのほうが、よほどましです！

**シラノ**　それにしてもだ、
ここへ辿り着くには、どこを通って来ました？

**ロクサーヌ**　どこをって、
スペイン軍の真ん中ですよ！

**青年隊1**　まったく、女ってものは[2]抜け目がねえ！

**ド・ギッシュ**　しかし、奴らの包囲線を、どうやって突破しました？

**ル・ブレ**　さぞ、難しかっただろうに！……

**ロクサーヌ**　いいえ、それほどでも。
わたくしはお馬車に乗ったまま、少し馬を速く走らせて。
スペインの軍人さんが、怖そうな顔で睨みましたから、
馬車の窓からにっこり笑って。

フランス軍には悪いけれど、あちらの方は皆、
名代の粋人《すいじん》でしょう、ですから造作もなく！

**カルボン**　その笑顔が、パスポートという訳だ。
しかしそれでも、でくわす度に、
どこへ行くかくらいは聞いたでしょうが。

**ロクサーヌ**　　　　　　　　　　　　それはもう、行く先々で。
わたくしはこう答えましたの、「恋しいお方に会いに行きます。」
するとどうでしょう、どんな怖いお顔のスペイン兵も、
恭しく、お馬車の扉をお閉めくださり、
王様も羨むほどの仕草で、
わたくしに向けていた火縄銃の筒先を上げ、
優美でしかも威厳のある、それは素晴らしい物腰で、
パイプ・オルガンのようなレースの下に、脚はぴんと伸ばし、
帽子を風に、羽根飾りが揺らめくように、
一礼すると、こう申しましてよ、「お通りあれ、セニョリータ！」

クリスチャン　しかし、ロクサーヌ……
ロクサーヌ　恋しいお方と申しました……御免なさい！
だって、夫と言ったなら、誰も、きっと
通してはくれなかった！
クリスチャン　それにしても……
ロクサーヌ　どうなさったの？
ド・ギッシュ　ここは
お立ち退《の》きいただかなくては！
ロクサーヌ　わたくしが？
シラノ　一刻も早く！
ル・ブレ　即座にです！
クリスチャン　そうなんだ！
ロクサーヌ　でも、どうして？
クリスチャン　（言いよどんで）それは……
シラノ　（同じく）あと四、五十分……

ド・ギッシュ　（同じく）　一時間か……
カルボン　（同じく）あなたのお為を……
ル・ブレ　（同じく）　あなたまで……
ロクサーヌ　わたくし、残ります。戦闘になるのでしょう？
全員　だめだ、だめだ！
ロクサーヌ　夫ですもの！
（クリスチャンの腕の中に身を投げて）
あなたと一緒に、殺されたい！
クリスチャン　でも、君のその目は！
ロクサーヌ　理由は、後でお話しします！
ド・ギッシュ　（絶望して）この陣地は、危険なのです！
ロクサーヌ　（振り向いて）　危険とは？
シラノ　証拠はね、
この人の采配だ！
ロクサーヌ　（ド・ギッシュに）つまりあなたはわたくしを、未亡人にしたい？

ド・ギッシュ　誓って、そんな！……

ロクサーヌ　ようございます、もうわたくしは夢中！

一歩も引くことではございません！……それに、とっても面白うございますわ！

シラノ　やれやれ、才女の姫が、女丈夫《じょじょうふ》だったとは！

ロクサーヌ　これでも、ベルジュラック殿、あなたの従妹でございますよ。

青年隊1　我々がお守りしよう！

ロクサーヌ　（益々興奮して）　頼りにしてます！

青年隊2　（酔ったように）軍営に、菖蒲花《しょうぶか》(3)の香り満てり！

ロクサーヌ　ほら、どお？

この帽子、戦争にはぴったりでしょう？

（ド・ギッシュを見つめて）

でも、伯爵は、そろそろお帰りになる時刻では？

始まりますよ。

ド・ギッシュ　手厳しい事を！　いや、点検に

参ります、大砲を……後刻参上する……まだ時間はあります、

お考え直しになるなら、今ですぞ。

**ロクサーヌ**　いいえ、絶対に！

（ド・ギッシュ退場）

## 第六場

同前、ド・ギッシュを除く

**クリスチャン**　（帰ってくれと懇願して）ロクサーヌ！……

**ロクサーヌ**　いやです！

**青年隊1**　（仲間に）残るって！

**一同**　（大慌てで、押し合いへし合い、身繕いをする）櫛をよこせ！——石鹸《せっけん》あるか！——股下の当て革が綻びてる、針だ、針！——リボン！——こっちへ寄越せ、貴様の鏡！——おれのカフスが！——貴様の、こてを貸せ！——剃刀《かみそり》、剃刀！

**ロクサーヌ** (なおも帰るように頼むシラノに) いやです！　何が起きても、一歩たりとも動くことではありません！

**カルボン** (他の連中と同じく、制服を着直し、埃を払い、帽子にブラシをかけ、羽根飾りをピンとし、カフスを引き出してから、ロクサーヌのほうへ進み出て、いとも恭しく) 思うに、ご紹介しておいたほうがよろしいのではなかろうか、こうなったからには、あなたの目の前で、名誉の戦死を遂げる者どもも、かならずや出てまいりましょうから。

(ロクサーヌは、礼をして、クリスチャンの腕に抱かれたまま、待つ。カルボンは紹介を始める)

ド・ペレスクー・ド・コリニャック男爵！

**その青年隊** (敬礼しながら) 奥方様……

**カルボン** (続けて) ド・カステラック・ド・カユザック男爵。——司教区代官ド・マルグイル・エストルサック・レスバ・デスカラビオ男爵。——

　騎士ダンティニャック＝ジュゼ。――イロ・ド・ブラニャック＝サレシャン・ド・カステル＝クラビウール男爵……
ロクサーヌ　まあ、皆さん、お一人で、幾つお名前をお持ちなの？
イロ男爵　山ほどですな！
カルボン　（ロクサーヌに）ハンカチーフをお持ちのその手を、開いて戴きたい。
ロクサーヌ　（手を開くと、ハンカチーフは落ちる）何故ですの？
（中隊の全員が、それを拾おうと、飛び掛かる気配）
カルボン　（さっと拾って）これまで、我が中隊には、旗がなかった。しかしこれで、全軍の中に燦然と輝く中隊旗が出来た！
ロクサーヌ　（にっこり笑って）小さくはありませんこと？　しかし、レース編みです！
カルボン　（ハンカチーフを中隊長の槍に結んで）
青年隊5　（同僚に）こんな美人を見たからにゃ、いつ死んでも文句はねえが、しかし、せめて胡桃《くるみ》の一個くれえ、腹に入れて死にてえ！……
カルボン　（それを聞きつけ、憤然と）このように美しいお方の前で、食い物の話とは、情けない！……

**ロクサーヌ**　お外の空気は澄んでいる、わたくしまで、お腹がへりました。パテに、コールド・ミート、上等の葡萄酒——これがメニューですわ——運んでくださらないこと！

（一同、困惑）

**青年隊5**　それをみんな？

**青年隊3**　そんなもの、何処に？

**ロクサーヌ**　（平然と）　お馬車の中に。

**全員**　ええ？……

**ロクサーヌ**　給仕してくれる人がいなければ。肉を切り、骨を外すの！お馬車の御者、もう一寸傍へ寄ってご覧なさい、なかなか重宝な方だと、お分かりになりますわ！ソースも。お望みとあらば、温めてくれます！

**青年隊**　（馬車のほうへ駆け寄り）ラグノーだ！

（喚声）

大当たり！

ロクサーヌ　お気の毒に！

シラノ（ロクサーヌの手に接吻して）幸運をもたらす妖精ですな！

ラグノー（大道の香具師《やし》宜しく御者台に立って）いずれも様方！……

（人々熱狂）

青年隊員たち　ブラヴォー！　ブラヴォー！

ラグノー　イスパニアの軍勢は

麗しき姫君のお通りに目を奪われ、食糧までは目が届かず！

（拍手喝采）

シラノ（クリスチャンに、小声で）なあ、クリスチャン！

ラグノー　味な言葉に気を取られ、

味な料理は……

（御者席から、皿を取り出し）
見落とした！
（拍手。ゼリーを掛けた肉料理が、手から手へと渡る）

シラノ　（小声で、クリスチャンに）なあ、一言、
言っておきたい……

ラグノー　ヴェニュスの女神が人々の目を晦《くら》ます、その隙を見て
ディアーヌは、お手の物の……
（腿肉を振り上げ）
鹿の肉！
（感動。腿肉を取ろうと、四方八方から手が伸びる）

シラノ　（小声で、クリスチャンに）とにかく、話しておきたい！

ロクサーヌ　（料理をかかえて戻って来た青年隊員に）地面にお置きなさい！

（彼女は、馬車の後ろに乗っていて、まったく表情を変えなかった二人の召使いに手伝わせて、草の上にテーブル掛けを広げ、ナイフやフォークを並べる）

**ロクサーヌ** （シラノが脇へ連れて行こうとするクリスチャンに）ねえ、あなた、手伝ってくださいましな！

（クリスチャンは手伝いに行く。シラノは不安気な仕草）

**ラグノー** トリュッフ入りの孔雀とござい！

**青年隊1** （ハムの大きな切り身を持って、恍惚として舞台奥からやって来る）そうともよ！ 最後の危険を冒そうってのによ、たらふく食わねえでよ……

（ロクサーヌを見て、はっと言いなおし）

失礼、バルタザールの饗宴(1)であります！

**ラグノー** （馬車のクッションを次々と投げて）クッションに詰めましたるは、ほおじ、ろの珍味！

（大騒ぎ。クッションを裂いてあける。大笑い。大喜び）

**青年隊3** ええい！　クソ有難《ありがた》い！

**ラグノー** （赤葡萄酒の瓶を投げて）それ、ルビーの大瓶とございい！

（白葡萄酒）

お次はトパーズ！

**ロクサーヌ** （シラノの顔に、畳んであるテーブル掛けを投げて）これを広げて！　少しはお動きになったら！

**ラグノー** （ランタンをもぎ取って、それをかざし）これなるランタンも、ささやかなるご馳走入れ！

**シラノ** （クリスチャンと一緒にテーブル掛けを広げながら、小声で）貴様が話をする前に、どうしても言っておくことがある。

**ラグノー** （ますます調子に乗って）ここなる愛用の鞭の柄は、アルル名産のサラミとござい！

**ロクサーヌ** （酒を注いで回りながら）わたくしたちに死ねと仰るのなら、そうよ、他の隊の奴らは知ったことか！　そうです、御馳走は全部、ガスコンの物！
ド・ギッシュが戻って来ても、あげませんからね！
（次々と注いで回って）
まあ、そんなに急がなくても――時間はあるわよ！
もう少し、ワインは如何？――まあ、泣いているの？

**青年隊1**　あんまり旨いんで、つい……

**ロクサーヌ**　まあ！――赤が宜しい、それとも白？――カルボンさんにパンを！――はい、ナイフ！――あなたのお皿よ！――パイの耳の所が宜しい？　もう少しいかが？――召し上がって！――ブルゴーニュになさる？――手羽の所？

**シラノ**　（皿を抱えて、ロクサーヌの手助けをしながら、彼女を目で追い）いいとこある！

**ロクサーヌ**　（クリスチャンの所へ行き）あなたは？

**クリスチャン**　いらん。

**ロクサーヌ**　だめよ、食べなくては！　このビスケット、ちょっとミュスカに漬けて！……

**クリスチャン** (彼女を引きとめようとして) 話してくれ! どうして来たのか!

**ロクサーヌ** お返しをしなくては、苦しんでおいでの方々に……シーッ! 後でね!……

**ル・ブレ** (土手の上の歩哨に、槍の先に付けたパンを渡していたが) ド・ギッシュだ!

**シラノ** 急いで隠せ! 瓶も、皿も、パテも、籠も!

フウー!……なに食わぬ顔をしていろよ!……

(ラグノーに) 馬車の上に、

いいから乗ってろ!――みんな、仕舞ったたな?

(あっという間に、すべてがテントの中に仕舞いこまれ、あるいは服の中、マントの中、帽子の中に仕舞いこまれる。――ド・ギッシュ、勢いよく登場――突然、立ち止まり、匂いを嗅ぐ――沈黙)

# 第七場

同前、ド・ギッシュ

ド・ギッシュ　いい匂いだな。
青年隊1　（鼻唄まじりで）ト、ロ、ロ……
ド・ギッシュ　（立ち止まり、しげしげと見て）なんだ、貴様！……真っ赤だぞ？
青年隊1　わたし？……とんでもない。血であります。これから戦闘だと思うと、血沸き、肉……！
青年隊2　フフン、フフン、フフン……
ド・ギッシュ　（振り返り）何の真似だ？
青年隊1　（ほろ酔い機嫌）気にしない、気にしない、小唄です、小唄！……
ド・ギッシュ　随分陽気だな！

青年隊2　危険が迫っておりますからな、はあ！
ド・ギッシュ　（命令を出すべく、カルボン・ド・カステル＝ジャルーを呼びつけ）
　　　　　　　　隊長！　わたしは……
　　　　　　　　（その顔を見て止める）
　　　　　　　　何だな、まったく！
　真っ赤じゃないか、君まで！
カルボン　（真っ赤な顔。酒瓶を後ろに隠して曖昧に）とんでもない！……
　　　　　　　　大砲は一門
ド・ギッシュ
　残っていた……
　　　　（舞台袖の一隅を指して）
　　　　とにかくここに、持って来させた。
　必要とあらば、使わせるがよい。
青年隊3　（ふらついて）有難き幸せ！
青年隊4　（色っぽく笑って）　お優しいお心遣い！
ド・ギッシュ　いい加減にしろ！　狂ったのか、貴様ら！——

（冷たく）大砲は使いなれんだろう、注意しろよ、なにしろ尻が、がくっと股へ食い込むからな。

青年隊1　ご注意、ご注意！

ド・ギッシュ　（逆上して、つめ寄り）しかしだな！……

青年隊5　ガスコンの大砲はな、尻なんぞ出さねえ！

ド・ギッシュ　（その腕をつかまえ、ゆさぶりながら）ぐでんぐでんではないか！……何を飲んだ？

青年隊5　（荘重に）　硝煙の臭いに酔い候！

ド・ギッシュ　（肩をすぼめ、彼を突きのけ、つかつかとロクサーヌに近づき）時間がない、ご決心は？

ロクサーヌ　残ります！

ド・ギッシュ　逃げて下さい！

ロクサーヌ　いやですわ！

ド・ギッシュ　そういうことなら、仕方がない、銃をよこせ！

カルボン　ええ？

ド・ギッシュ　わたしも、残る！

シラノ　こいつぁ驚いた！　掛け値なしの勇気ってもんだ！

青年隊1　そのびらびらを見せびらかして、それでもガスコンね？

ロクサーヌ　なんですの？……

ド・ギッシュ　婦人を危険に晒《さら》して、帰るわけにはいかん。

青年隊2　（青年隊1に）こうなったら、食い物、分けてやってもいいんじゃないか？

（ご馳走が、魔法にかかったように、再び現れる）

ド・ギッシュ　（目を輝かし）食い物、だと？

青年隊3　胴着の下からぞろぞろと。

ド・ギッシュ　（威厳を取り戻して）君たちのお余りを、わたしが食うと思うのか？

シラノ　（礼をして）長足の進歩だ！

ド・ギッシュ　わしは戦う、腹んなか、空《からっ》けつでも！

（傲慢に言うが、最後のところでちょっと訛る）

**青年隊1**　訛った、訛った、ガスコン訛りだ！

**ド・ギッシュ**　（笑いながら）　わしが？

**青年隊2**　そのとおりで！　（全員、踊り出す）

**カルボン**　（土手の向こう側へ行っていたのが、頂上に姿を見せ）戈槍《ほこやり》隊の整列完了！

皆、決死の覚悟だ！

（土手の向こうに戈槍の穂先が並ぶのを指し示す）

**ド・ギッシュ**　（ロクサーヌに、恭しく一礼して）わたくしの手をお取り頂きたい、これから閲兵を致しますから。

（ロクサーヌは、ド・ギッシュの手を取り、二人は土手の上へ向かう。一同、脱帽してその後を追う）

**クリスチャン**　（シラノのところへ駆け寄り）さあ、早く話せ！

（ロクサーヌが土手の上に登ると、戈槍の列は、礼のために下げられて、見えなくなる。叫び声が上がる。彼女は答礼する）

戈槍隊 （蔭で） 万歳！
クリスチャン なんだ、その秘密とは？……
シラノ 万が一、ロクサーヌが……
クリスチャン ロクサーヌが？……
シラノ 手紙のことを、話したなら……
クリスチャン そりゃあ、分かっているさ！……
シラノ 馬鹿みたいに驚くなよ……
クリスチャン 驚くって、何が……？
シラノ 話しておかなくてはならない！……いや、なんでもない、単純なことだ、今日、あの人の顔を見て気が付いたんだが……君はあの人に……
クリスチャン 早く言えよ！
シラノ 君はあの人に……

手紙を、君が思っているよりも頻繁に、書いた。

クリスチャン　ええ？

シラノ　当たり前さ、俺の役目だったからな、恋の炎の代弁をした！　時には、書いたと断らずに、書いた。

クリスチャン　そういう事か！

シラノ　単純な話さ！

クリスチャン　だが、どうやって出来たのだ、ここで敵に包囲されてしまってからは、どうやって……？

シラノ　そりゃあ、夜明け前なら敵陣は、通過出来る……

クリスチャン　（腕を組んで）ほう！　それが、そんなに単純な事か？　で俺は一体、一週間に何通書いた？……二通？——三通？……四通？——

シラノ　もっとだ。

クリスチャン　毎日？

シラノ　毎日だ。――しかも日に二通。

クリスチャン（荒々しく）それで興奮するんだな、興奮して酔ったみたいになって、だから死も恐れなかった……

シラノ（ロクサーヌが戻って来るのを見て）シーッ！　あの人の前じゃ、言うな！

（慌ただしく天幕に入る）

## 第八場

ロクサーヌ、クリスチャン。奥には、青年隊員の動き。カルボンとド・ギッシュが命令を与える

ロクサーヌ（駆け寄り）さあ、もういいわ、クリスチャン！……

クリスチャン（手を取って）もうよくはない、お願いだ、言って！

どうして、こんな恐ろしい道を通って、いや、どうして
あんな野蛮な傭兵たちの囲みを破って、ここまで
ぼくに会いに来たのか？　何故《なぜ》？

ロクサーヌ　お手紙のせい！

クリスチャン　お手紙の？……

ロクサーヌ　こんな危険を冒してまで、ご迷惑は承知の上です！
お手紙に、もう我を忘れて！　ええ、思っても下さいまし、
このひと月というもの、何通お手紙を頂きましたことか、
世にも美しい恋の玉章《たまずさ》！

クリスチャン　あんなくだらん恋文、
それに引かれて？……

ロクサーヌ　そんなこと、仰ってはいや！(1)　お分かりにはならないのよ！
あなたに夢中になりました、そうですわ、いつぞやの晩、
窓の下で、聞いたこともないあなたのお声(2)が、お心の
底の底まで打ち明けてくださった、あの時から……

それでね、あなたのお手紙は、このひと月、絶えることなく、
あなたのお声を、そう、あの夜に、あなたを包んだ甘く切ない、
あのお声を聞かせてくれる想いがして！　御免なさい、
もう矢も盾もたまらずに！　慎ましいペネロープでさえも、
ユリース殿が、あなたのようなお手紙が書けていたなら、
館《やかた》に籠もって刺繍などしてはいなかったはず、
ヘレネーのように気もそぞろ、糸巻きなんぞは、
そこに投げ捨て、お跡を慕って参りました！……

**クリスチャン**　しかし……

**ロクサーヌ**　　　　　　　　読みました、読み返しました、幾たびも、魂までも
あくがれ出《いで》て、あなたのもとに。あのお手紙はそのままに、
あなたの魂を包む花びら、それが一ひら一ひらと、舞い降りたもの。
燃ゆる玉章《たまずさ》の一言一言に、激しく嘘偽りのない
愛の想いがひしひしと……

**クリスチャン**　　　　　　嘘偽りのない激しい愛？

本当にそれが、感じられる？

ロクサーヌ　感じられますとも、本当に！

クリスチャン　それで、あなたは、[3]ここまで来た！

ロクサーヌ　参りましたわ。――[4]ああ、愛しいクリスチャン、わたしのご主人様！
お膝のもとに、ひざまずきたい、そう申しましたら、わたくしを、
お起こしにもなりましょうが、そこに捧げているものは、わたくしの魂、
もはやそれを永久に、お起こし下さることはできないのです！――
お詫びを申し上げに参りました、（そう、まさしくお詫び申し上げる
その時なのでは、何故って死んでしまう[5]かも知れないでしょう？）
初めはあんな浮気心で、ただお美しいあなた、
だから恋に落ちたというご無礼を！

クリスチャン　（愕然として）なんということを、ロクサーヌ！

ロクサーヌ　後になってようやくに、
浮つく心も落ち着いて、
――飛び立つ前に飛び上がる、そんな鳥と同じよう――

美しいお姿に引かれつつも、魂の気高さに心奪われ、
二つのあなたを愛してしまった！……
**クリスチャン**　　　　　　　それで今では？
**ロクサーヌ**　今では、あなたご自身があなたに勝って、
ただあなたの魂を、わたくしは愛しております！
**クリスチャン**　（離れつつ）何ということを、ロクサーヌが！
**ロクサーヌ**　　　　　　　　　　　　　　　ですから、お喜び遊ばせ！
移ろいやすい姿形のためにだけ愛されるとは、
恋する気高い心には、拷問に等しいこと。
でも美しいお心は、あなたのお顔も忘れさせる、
初めはそれに恋をした美しいお姿も、
今になってようやくはっきり……いいえ、もう見えませんわ！
**クリスチャン**　何ということを！……
**ロクサーヌ**　　　　　　　　まだお信じになりませんの、これほどの勝利を？……
**クリスチャン**　（悲痛に）ロクサーヌ！

ロクサーヌ　分かりました、お信じになれない、
これほどまでの恋があるとは？……
クリスチャン　そんな恋は御免だね！
わたしの望む恋は、もっと単純に……
ロクサーヌ　世の常の
女たちが、これまであなたを愛した、あのやり方？
わたくしに、もっと素晴らしい愛し方をさせて下さい！
クリスチャン　いやだ！　前のほうがいい！
ロクサーヌ　ああ、なんにもお分かりになっていない！
今こそ、もっと素晴らしい愛をしている、だから、本当に愛しています！
わたくしが夢中になって愛しているのは、まさにあなたをあなたたらしめている所
なのですよ(6)、
たとい姿形は変わろうとも……
クリスチャン　もういい！
ロクサーヌ　一層激しく、あなたを愛する！

もしもあなたの美しいお姿が、一瞬にして消え去ろうとも……
クリスチャン　言わないでくれ、そんなことは！
ロクサーヌ　いいえ、申します！
クリスチャン　醜くなっても？
ロクサーヌ　誓います、醜くなっても、変わらずに！
クリスチャン　なんということ！
ロクサーヌ　あなたの喜ぶ姿が！
クリスチャン　（声も詰まり）そう……
ロクサーヌ　どうなさったの？
クリスチャン　（そっと遠ざけて）なんでもない。ちょっと用事が。すぐ終わります……
ロクサーヌ　でも……？
クリスチャン　（舞台奥の青年隊を指して）愛だ恋だと言って、あなたを彼らから奪ってはおけない。
彼らも、すぐに死ぬのですから、優しい微笑みを……さあ！

ロクサーヌ（感動して）クリスチャン！　愛しています！(7)

（ガスコンの青年隊のほうへ行く。人々は恭しく彼女の周りに集まる）

### 第九場

クリスチャン、シラノ。奥でロクサーヌが、カルボンと数名の青年隊と話している

クリスチャン（シラノの天幕に向かって）シラノ、いるか？

シラノ（戦闘の準備をして、姿を現し）　何だ？　真っ青な顔して？

クリスチャン　あの人は、もう愛してはいない。

シラノ　何だと？

クリスチャン　あの人が愛しているのは、君だ！

シラノ　冗談じゃない！
クリスチャン　愛しているのは、俺の魂だけだと。
シラノ　そんな馬鹿な！
クリスチャン　そうなのだ！
だからあの人が愛しているのは君だ、――君も愛している、あの人を！
シラノ　俺が？
クリスチャン　分かっているんだ。
シラノ　その通りだ。
クリスチャン　狂ったように。
シラノ　それ以上だ。
クリスチャン　はっきり言ったらいい！
シラノ　いやだ！
クリスチャン　何故だ？
シラノ　俺の面《つら》を見てみろ！
クリスチャン　愛してくれると、醜い俺でも！

シラノ　そう言ったのか、あの人が？
クリスチャン　そうだ！
シラノ　あの人が、そう言った？　俺は大満足だね！
だが、よせよ、そんな世迷《よま》い言、信じる奴がいるか？
――しかしまあ、そんなことを言う気になった、それだけで
俺は満足だ――いけないよ、字面《じづら》どおりに取っちゃいけない、
醜い顔なんて、いけないよ。俺が恨まれるばかりだ。
クリスチャン　それが、見てみたい！
シラノ　いけない、いけない！
クリスチャン　選べばいい、あの人が！
シラノ　はっきりと、喋ってしまえよ！
クリスチャン　いけない、いけない！　そう苦しめるな！
シラノ　俺が美男子だからって、君の幸福を奪っていいか？
あまりと言えば不正義だ！
シラノ　俺にしたって、葬っていいか、

貴様の幸福を？　俺の場合は偶然に、言葉に表す
才能があった……貴様の気持ちをだ、たぶんな。
クリスチャン　話してしまえよ、全部！
シラノ　いやに強情に俺を試す、まずいな！
クリスチャン　自分のなかに恋敵を連れて歩く、もうたくさんだ！
シラノ　クリスチャン！
クリスチャン　我々の――立会人もいない――秘密の、結婚なんて、
――反故《ほご》同然だ！――俺たちが生き残れるとしての話だが。
シラノ　強情だな！……
クリスチャン　俺は愛されたいのだ、俺自身として、そうでなけりゃ、
愛されないほうがいい！――ちょっと見て来る、さっきの歩哨の所まで
行って来る。そのあいだに、話してくれ。二人のうち、
どちらを選ぶのか……
シラノ　そりゃ、お前に決まってる！
クリスチャン　いいがな……そうだと！

（呼ぶ）

ロクサーヌ！

**シラノ**　駄目だ！　止めろよ、おい！

**ロクサーヌ**　（走ってきて）何ですの？

**クリスチャン**　シラノが、何か大事な話があると……

（彼女はいそいそとシラノに近寄る。クリスチャンは出て行く）

## 第十場

ロクサーヌ、シラノ、次いでル・ブレ、カルボン・ド・カステル＝ジャルー、青年隊、ラグノー、ド・ギッシュ等

**ロクサーヌ**　大事なお話？

**シラノ**（動転して）　出ていってしまった！……

（ロクサーヌに）

何でもありませんよ……あいつは、たいした……どうしたらいい……よくご存じでしょう！――何でもないことを、一大事件のように言う！

**ロクサーヌ**（快活に）　たぶん、申し上げたことを疑っていらっしゃるのよ……そう、きっとそうだと思っていた！……

**シラノ**（ロクサーヌの手を取って）しかし、とにかく、真実を仰ったのですね？

**ロクサーヌ**　勿論ですわ、愛しています、たといあの人が……

（一瞬、言うのを躊躇う）

**シラノ**（悲しく笑って）　わたしの前では仰りにくい？

**ロクサーヌ**　そんな……

**シラノ**　――醜くっても？　構いませんよ！

**ロクサーヌ**　醜くっても！

（外に一斉射撃の音）

ロクサーヌ　あら、一斉射撃！

シラノ　（熱っぽく）おぞましい顔でも？

ロクサーヌ　おぞましい顔でも！

シラノ　二目と見られぬ？

ロクサーヌ　二目と……

シラノ　グロテスクでも？

ロクサーヌ　ありませんわ、あの人をグロテスクにするものなどは！

シラノ　そうなっても、まだあの人を愛すると？

ロクサーヌ　ほとんど、今まで以上に！

シラノ　（狂おしく、傍白で）何ということか！　恐らくこれは真実だ、目の前に幸福が！

（ロクサーヌに）

あの……ロクサーヌ……聞いてください！……

ル・ブレ　（慌ただしく入って来て、小声でシラノを呼び）シラノ！

シラノ　（振り返り）ええ？

**ル・ブレ**　（小声で何か告げる）シーッ！

**シラノ**　（ロクサーヌの手を放して、叫ぶ）ああ！

**ロクサーヌ**　どうなさって？

**シラノ**　（呆然と、独り言）おしまいだ！

（再び、炸裂の音）

**ロクサーヌ**　何ですの？　あの音は？　銃撃？

（外を見ようと奥へ行きかけ）

**シラノ**　おしまいだ、どうあっても、もうあの事は、話せない！

**ロクサーヌ**　（走って行きかけ）何が起きたのです？

**シラノ**　（がばと引き留め）何でもありません！

（青年隊は、何か隠すように担いで来て、ロクサーヌを遠ざけるように集まる）

**ロクサーヌ**　あの人たち？……

シラノ　（彼女を遠ざけ）　ほうってお置きなさい！……
ロクサーヌ　それはそうと、さっき、何を仰ろうとしたの？
シラノ　　　　　　　　　　　　　　　　さっき言おうと……
したことですか……いや、何でも！　本当に、何でもない、本当です！
（荘重に）
誓って申します、クリスチャンの心、その魂は
偉大であった……
（ぎょっとなって、言い直す）
偉大であります……
ロクサーヌ　　　　　　　　　　　　……であった？
（大きな叫びをあげ）
ああ！……
シラノ　（走り寄り、人々をかき分けて）　おしまいだ！
ロクサーヌ　（外套にくるまれて横たわるクリスチャンを見て）　クリスチャン！

ル・ブレ　（シラノに）　敵の最初の銃撃をくらった！
（ロクサーヌは、クリスチャンの体に身を投げるようにして、抱く。再び銃撃の音。喧騒。人々の声。太鼓の連打）
カルボン　（剣をかざして）攻撃だ！　銃を取れ！
（青年隊を率いて、土手の向こうへ降りる）
ロクサーヌ　クリスチャン！
カルボンの声　（土手の背後で）急げ！
ロクサーヌ　クリスチャン！
カルボンの声　整列！
ロクサーヌ　クリスチャン！
カルボンの声　火縄……用意！
（ラグノーが、兜に水を入れて、走って来る）

クリスチャン　（断末魔の息で）ロクサーヌ！……
シラノ　（動転したロクサーヌが、胸元の布を破って、それを水に浸し、クリスチャンの傷口に当てようとする間に、クリスチャンの耳元で、小声で）
全部、話した！　それでもなお、あの人が、愛しているのは、君だ！
（クリスチャン、目を閉じる）
ロクサーヌ　どうしました？　あなた！
カルボンの声　構え！
ロクサーヌ　（シラノに）もう、いけませんの？……
カルボンの声　薬筒、歯であけい！
ロクサーヌ　頬がもう、
わたくしの頬の下で、もう冷たくなり始めて！
カルボンの声　狙え！
ロクサーヌ　お手紙が！……（手紙を開く）わたくし宛の！
シラノ　（傍白）俺の手紙！

**カルボンの声** 撃てえ！

（銃声。雄叫《おたけ》び。戦闘の物音）

**シラノ** （跪《ひざまず》いたロクサーヌが握っている手を放させる）さあ、ロクサーヌ、戦闘が始まっているんだ！

**ロクサーヌ** （引き留めて）もう少し居てくださいまし。死んでしまった！ この人のこと、あなただけは、よくご存じだった。

（静かに泣く）

――そうですわね、ご立派な、素晴らしいお方でしたわね……

**シラノ** （立ち上がり、脱帽して）そうでした、ロクサーヌ。

**ロクサーヌ** またとない詩人、いくら褒めても褒め足りない……

**シラノ** そうでした、ロクサーヌ。

**ロクサーヌ** 才知優れて……

**シラノ**　そうですよ、ロクサーヌ！

**ロクサーヌ**　お心ばえの深い、俗人などには思いもよらぬ、壮麗な、美しい魂をお持ちでした……

**シラノ**　（力をこめて）　その通りです、ロクサーヌ！

**ロクサーヌ**　（クリスチャンの遺骸にすがり付き）もう、死んでしまった！

**シラノ**　（傍白、剣を抜いて）　俺も今日、死ぬほかはない、この人は知らないが、彼の内なる俺のために涙している！

（遠くにトランペットの響き）

**ド・ギッシュ**　（帽子も被らず、額に血を流し、土手の上に現れて、大音声）約束の合図だ！トランペットを吹き鳴らせ！フランス軍は、食糧を持って戻って来るぞ！後、わずかの辛抱だ、頑張れ！

**ロクサーヌ**　お手紙に、血の染みが、涙の跡が！

**声**　（舞台の外で、叫ぶ）降伏しろ！

**青年隊の声**　　　　　降伏なんぞするか！

**ラグノー**　（馬車によじ登って、土手の向こうの戦闘を眺めていたが）ますます危険だ！

**シラノ**　（ド・ギッシュに、ロクサーヌを指して）担いで行ってください！　わたしは突撃だ！

**ロクサーヌ**　（手紙に接吻《くちづけ》して、息も絶え絶えに）あの方の血が！　その涙が！……

**ラグノー**　（馬車の下に飛び降り、彼女のほうへ走り寄る）気絶なされた！

**ド・ギッシュ**　（土手の上で、怒り狂って、青年隊に）　しっかり守れ！

**声**　（外で）　　　　　　　　　　　　武器を捨てろ！

**青年隊の声**　捨てるものか！

**シラノ**　（ド・ギッシュに）　閣下の勇気はよく分かった。（ロクサーヌを指して）この人を救うために、ここはひとまず！

**ド・ギッシュ**　（ロクサーヌのところに駆け寄り、両腕に抱き上げて）

任せておけ！　後少し持ちこたえりゃ、
味方の勝利だ！

シラノ　合点だ！

（ド・ギッシュが、ラグノーに助けられて、抱いて行こうとする気絶したロクサーヌに、大声で）

お別れだ、ロクサーヌ！

（喧騒。叫び声。傷ついた青年隊が土手の上に現れ、舞台へ倒れこむ。シラノは、戦闘に向かおうとして、血まみれのカルボン・ド・カステル＝ジャルーに、土手の頂上で止められる）

カルボン　撤退だ！　戟で二箇所、やられた！

シラノ　（ガスコン青年隊に向かって大音声）退《ひ》クナ！　野郎ドモ！　ココガ勝負ノシドコロゾ[1]！

（カルボンを支えて）

しっかりしろ！

俺は二人の弔い合戦だ！　クリスチャンと、俺の幸福と！

（二人は、舞台前面に来る。シラノは、ロクサーヌのハンカチーフが結び付けられている槍を高々と掲げる）

いざ翻れ、ロクサーヌの名をとどむるレースの旗よ！

（地面にそれを突き立てる。青年隊に向かって叫ぶ）

飛ビ込ンデ行ケ！　破茶滅茶ニヤレイ！

（笛吹きに）

笛を吹け、笛を！

（笛を吹く。負傷兵が起き上がる。青年隊が土手の斜面を転がり落ちて、シラノと小さい軍団旗のまわりに集まる。馬車も人間で覆われ、一杯になり、火縄銃がヤマアラシのように突き出し、要塞に変貌する）

**青年隊**　（土手の頂上に、戦いながら後ずさりして現れ、叫ぶ）敵が土手に上がって来る！

（と叫んで、死ぬ）

**シラノ**　ならば一発、ご挨拶といくか！

（土手は、一瞬、敵の恐るべき戦列に覆われる。皇帝軍[2]の巨大な軍旗が一面に翻る）

シラノ　撃てえ！

（一斉砲火）

叫び声　（敵陣から）撃てえ！

（反撃の惨状。青年隊は、いたるところで倒れる）

スペイン軍の士官　（脱帽し）何者だ、この玉砕覚悟の兵士たちは？

シラノ　（弾丸雨あられと降る中で、朗誦して）

これぞガスコンの青年隊、

率いるカルボン・ド・カステル＝ジャルー。

剣も駄法螺も引けは取るまい……

（敵陣めがけ、何人かの青年隊を引きつれて、突入する）

これぞガスコンの……

（後は、戦闘にまぎれて聞こえない[3]）

――幕

# 第五幕　シラノ週報の場

# 第五幕　シラノ週報の場

十五年後、一六五五年。パリでラ・クロワ派[1]の修道女たちが住んでいる修道院の庭。深い木立。左手には、館。広い石段に面して、幾つもの扉が開いている。舞台中央には、一本の巨大な木が、楕円形の小さな広場の真ん中に、一本だけそびえている。右手、舞台前面には、背の高い黄楊《つげ》に囲まれて、半円形の石のベンチ。

舞台奥には、マロニエの並木が端から端まで連なっていて、右手、装置の四列目に当たるところで、木立のあいだに垣間見える礼拝堂の入口に通じている。この小径《こみち》の二列の木立を通して、奥へ広がって行く芝生や、道や、植え込みが見え、庭の奥と、そして空へと通じている。

礼拝堂は、側面の扉を、赤く色づいた葡萄の葉の纏いつく円柱の列に開いており、それは右手、前面、黄楊の茂みの後ろに消えて行く[2]。

秋である。全ての木々は、つややかな芝生の上にあって、紅葉している。黄楊と刈り込んだいちいの暗い影だけが、緑である。木々の下には、黄色い落ち葉が拡がっている。落ち葉は、舞台一面に積もって、道行く人の足下でかさこそと音を立て、石段もベンチも、なかばはそれに覆われている。

右手のベンチと木の間には、大きな刺繍の台。その前には、小さな椅子が置かれている。糸かせや糸玉で一杯になった籠。刺繍は、途中である。

幕が開いた時に、修道女たちが、庭を行ったり来たりしている。そのうちの何人かは、より歳かさの修道女の周りに集まって、ベンチに座っている。枯れ葉が散る。

## 第一場

修道院長マルグリット(1)、修道女マルト、
修道女クレール、他の修道女たち

修道女マルト　(修道院長マルグリットに)　クレール様は、二度もご覧になりましたのよ、頭巾がうまく載っかっているかと、鏡の前で。
修道院長マルグリット　(修道女クレールに)　大層、醜いことですよ。
修道女クレール　でも、マルト様は、今朝、タルトの杏をお代わりなさいました。見ましたもの、わたくし。
修道院長マルグリット　(修道女マルトに)　マルトさん、大変に卑しいことです。
修道女クレール　ちょっと見ただけですわ!
修道女マルト　ほんの小さな杏でしたのに!
修道院長マルグリット　(厳しく)　申し上げましょう、今晩、シラノ様に。

**修道女クレール** (びっくりして)だめですわ! きっとおからかいになる! きっと

**修道女マルト**

仰いますことよ、尼御前《ごぜ》の身で、

なんとおしゃれな!

**修道女クレール** なんと意地のきたない!

**修道院長マルグリット** (にっこり笑って) でも、とても気はやさしい。

**修道女クレール** そうでございましょう、マルグリット院長様、

あの方が、毎土曜日に、お越しになるようになって、もう十年!

**修道院長マルグリット** もっとですよ!

お従妹《いとこ》御様が、わたくしども修道女の麻の頭巾に、

世俗の喪の黒いヴェールをお交えになった、

もう十四年になります、わたくしどものところに、打ちひしがれて

お入りになった、大きな黒い鳥が一羽、白い小鳥の集《つど》うなかに舞い降りたように。

**修道女マルト** あの方だけですわ、この僧院に籠もられるようになられてから、

尽きせぬお悲しみを紛らわそうと、お越しくださる殿方は。

**修道女たち全員**　面白い方ですわ！――お越しになると、面白いお話ばかり！
――おからかいになるんですもの！――いい方よ！――わたくしたち、大好きですわ！
――あの方のために、アンジェリカのパイを作って差し上げましょうよ！

**修道女マルト**　でも確かなことは、よいカトリック教徒ではないということ！

**修道女クレール**　改宗させてあげましょうよ！

**修道女たち**　そうしましょう！　そうしましょう！

**修道院長マルグリット**　いけません！
あの方を、そっとしておいて差し上げなくては、分かりましたか、お苦しめしてはなりません！　お越しにならなくなってしまいますよ！

**修道女マルト**　でも……神様が！……

**修道院長マルグリット**　安心なさい。神様のほうで、よっくご存じなのですから。

**修道女マルト**　でも、いつも土曜日にお越しになるたびに、自信満々、入ってくるや、仰るのよ、「昨日は、肉を食ったぜ[2]！」

**修道院長マルグリット**　まあ、そんなことを？……いいこと、この間は二日間も、なにも召し上がっていなかったのですよ。

**修道女マルト** はい。
**修道院長マルグリット** とても貧しいのです。
**修道女マルト** どなたが仰ったのです？
**修道院長マルグリット** ル・ブレさんが。
**修道女マルト** 誰も助けてはあげませんの？
**修道院長マルグリット** それこそ、お怒りになる。
（奥の並木道に、ロクサーヌの姿が見える。黒尽くめの衣裳に、未亡人の帽子と長いヴェール。初老の堂々たる風采のド・ギッシュが、その傍らを歩んでいる。二人は、緩やかに歩む。修道院長マルグリットは立ち上がる）
——さあ、もう中へ入らねば……マドレーヌ様が、お客様と、お庭を散歩なさっているから。
**修道女マルト** （修道女クレールに、小声で）グラモン公爵・元帥様(3)？
**修道女クレール** （そちらを見やって）そうだと思うわ。
**修道女マルト** もう何カ月も、お見えにならなかった！
**修道女たち** ご多忙なのよ！——宮廷とか！——戦争もあるし！

修道女クレール　俗世の気遣い！

（彼女たちは、退場する。ド・ギッシュとロクサーヌは、無言のまま舞台前面に来て、刺繡の台の傍で止まる。間）

## 第二場

ロクサーヌ、グラモン公爵、すなわちかつてのド・ギッシュ伯爵、次いで、ル・ブレとラグノー

公爵　美しいブロンドの髪も虚しく、いつまでも喪に服して、ここにおられるおつもりか？

ロクサーヌ　はい、いつまでも。

公爵　操を守って？

ロクサーヌ　はい。

公爵　（ちょっと間をおいて）わたしのことはもう、許してくださる？

ロクサーヌ　（ただ、僧院の十字架を見やって）僧院におりますもの。

（再び、沈黙）

公爵　まことに、人物であったと……

ロクサーヌ　あの方を識《し》らない方には分かりません！

公爵　いや、識らない方には、ね……ほとんど識りませんでしたからな、わたしは彼を！

……彼の最後の手紙は、相変わらず、あなたの胸に？

ロクサーヌ　有難いお守りのように、このビロードの袋に。

公爵　死んだ今でも、愛しておられる？

ロクサーヌ　時として、あの方は、本当にお亡くなりになったのではない、二人の心は、いつも一つに結ばれて、あの方の愛が、わたくしたちの周りを、生きて、漂っているような。

公爵　（再び沈黙の後）シラノは、会いに来ますか？

ロクサーヌ　ええ、度々。

——あの昔なじみのお友達は、今では新聞の代わりをしてくれます。来て下さいますわ、それは几帳面に。この高い木の下に、お天気の良い日には、長椅子を置いて。刺繡をしながら、お待ちしている。時計が鳴って、その最後の音が終わるか終わらないかのうちに、必ず聞こえるのでございます——いいえ、振り向いたりなど致しません、——あの方の杖が、階段の石畳を突いて、降りてこられる。椅子に腰を下ろして、わたくしの、この、いつ果てるとも知れぬ刺繡をおからかいになり、それから一週間の出来事をお聞かせ下さって……

（ル・ブレが、石段に姿を見せる）

まあ、ル・ブレさん、

（ル・ブレ、降りてくる）

あの方、お変わりはなくて？

ル・ブレ　それが、よくない！

公爵　本当か？

**ロクサーヌ**（公爵に）大袈裟なのですよ！

**ル・ブレ** 前から言っていたとおりだ！ 世間からは見捨てられ、

貧苦のどん底！……書簡体の詩で、また敵を増やした！

攻撃の的は、似非《えせ》貴族、似非信心家、

贋者の侍、剽窃《ひょうせつ》作家――つまり、世間のすべてだ！(1)

**ロクサーヌ** でも、あの方の剣は、皆恐れているのでは？

あの方にかなう者はおりません。

**公爵**（頭を振って） どうだかな。

**ル・ブレ** わたしが恐れているのは、剣じゃない、

孤独だ、餓えだ、十二月の寒さだ、

狼のように、暗いやつの部屋に忍び込む。

これが、一番剣呑《けんのん》な刺客なのです！

――毎日、ボタン一つ、瘦せていく。

あの鼻だって、古い象牙みたいに色艶も悪い。

着るものといったら、黒いサージの古着一着、それだけだ。

**公爵**　まったく！　あいつは出世しなかった！――しかしどうでもよい、そう嘆くにも及ぶまい。

**ル・ブレ**（悲しげに笑って）　元帥閣下、お言葉ですが！……

**公爵**　そう嘆くにも及ばない。なんの束縛もなく、思想も行動も、自由気ままにやってきたではないか。

**ル・ブレ**（同じく）　公爵様！……

**公爵**（傲慢に）　分かっている。わたしはすべてを手に入れた。彼は、無一物……それでもわたしは、彼となら、喜んで握手をするな。

（ロクサーヌに礼をして）

では、お暇《いとま》を。

**ロクサーヌ**　そこまで、お送りいたします。

（公爵は、ル・ブレに一礼して、ロクサーヌと共に石段のほうへ向かう）

**公爵**（途中で立ち止まり、ロクサーヌはそのまま登る）　そう、時として、あの男が羨ましく思える。
――人間、余りにも成功すると、なんというか、――
いや、神かけて、本当に悪いことは何一つしてはいないが、――
無数のつまらぬ自己嫌悪の情を覚える、それが積もり積もると、
後悔とは違う、はっきりとは言えないが、一種の不快感となる。
公爵のマントも、高貴の位を一段、また一段と
登るにつれて、その毛皮の裏には、色褪せた幻想だの
悔恨だのの衣擦《きぬず》れの音が染み付いてくる。
あなたがこの石段を登って行くときに、その喪服が
枯れ葉を後に引きずって行く、それと同じだ。
**ロクサーヌ**　(皮肉に)まあ、随分と夢想家に？……
**公爵**　いや、まったくですな！
(出て行く間際に、ふいに振り返り)
(ロクサーヌに)　ル・ブレ君！

ちょっと失礼！　いいかね。（ル・ブレに近づき、小声で）確かに君の友達を
討つやつはいない。だが、彼を憎む者たちは多い。
昨日も、王妃殿下のお部屋で、カルタの折に、こう言った者がいる——
「かのシラノ、思わぬ事故で、あい果てましょう」とな。

**ル・ブレ**　ええ？

**公爵**　そう。あまり出歩かぬほうがよい。用心するに越したことはない。

**ル・ブレ**　用心するったって、
これから、来るんだ！　知らせてやらなくちゃ。だが、あれは！……

**ロクサーヌ**　（石段の上で待っていたが、近づいてきた修道女に向かい）なんです？

**修道女**　ラグノー様が、お目にかかりたいと。

**ロクサーヌ**　お通しして、
こちらへ。（公爵とル・ブレに）

また、愚痴をこぼしに来るのですわ。いつぞやは、物書きになろうと、家出をした、その挙げ句が歌うたい(2)……

**ル・ブレ** 風呂屋の釜焚き……

**ロクサーヌ** 役者……

**ル・ブレ** 鐘つき……

**ロクサーヌ** 鬘屋に……

**ル・ブレ** テオルブの先生……

**ロクサーヌ** それで今でも、まだなれるものがあるのかしら?

**ラグノー** (慌ただしく入って来て)ああ、奥様! (ル・ブレに気付き)旦那がここに!

**ロクサーヌ** (にっこり笑って)お前の続く不幸せをル・ブレさんに聞いてもらい。すぐに戻りますから。

ラグノー　ではございますが、奥様……

（ロクサーヌはその言葉を聞かずに、そのまま公爵と出て行く。ラグノーは、再びル・ブレのほうに近づく）

## 第三場

ル・ブレ、ラグノー

ラグノー　とにかく旦那がここに居なさるんだから、奥様には何もお報せしないほうがいい！――さっき、シラノ様をお訪ねしたんです。あっしが、お宅から二十歩ばかりのところに差し掛かった時でさ……向こうに、あの方が出ておいでになるのが見えた。急いで追いかけました。横町の角を曲がろうとした時でさ……窓が開いて――
その真下を通っていたんですぜ、――偶然にしちゃ、出来すぎている！
小僧がね、材木を落っことしたんですよ[1]。

ル・ブレ　なんて卑劣な！……ああ、シラノ！

ラグノー　駆け寄って見ると、あなた、……

ル・ブレ　ひどい！

ラグノー　我らの親友、我らの詩人はね、頭に
大きな穴があいて、地面にぶっ倒れている！

ル・ブレ　死んだ？

ラグノー　息はありました……家に運び込んで、
部屋に入ると……ひどいあばら家！　一度見てくださいよ！

ル・ブレ　苦しんでいる？

ラグノー　いいえ、意識はないんですから。

ル・ブレ　医者は？

ラグノー　お情けで、一人来ました。

**ル・ブレ**　哀れなシラノ！——このことは、言ってはだめだぞ、いきなり、ロクサーヌ様には！——で、そのお医者様は？

**ラグノー**　何だか色々とねえ——あっしには、とんとわからねえ——熱が高いの、脳がどうだのと！……ああ、旦那の目で見ていただきてえ——包帯ぐるぐる巻き！……さあ、早く！——誰もお傍についていねえんですから！——起き上がったら、死んじまうかも知れない！

**ル・ブレ**　（右手へ彼を引きずって行って）あっちから出よう！　近道だ！　礼拝堂の脇だ！

**ロクサーヌ**　（石段の上に姿を見せ、ル・ブレが、礼拝堂の小さな戸口へ通じる列柱の下を通って、遠ざかるのを見て）ル・ブレさん！——

（ル・ブレとラグノーは、答えずに去る）

お呼びしているのに、おかしなル・ブレ！

きっとまた、あのラグノーの大騒ぎ。

（石段を降りる）

## 第四場

ロクサーヌ、独り、ついで二人の修道女が一瞬

**ロクサーヌ**　ああ、もう九月も末、美しいわ！

悲しみも微笑んで。春の日の隠す悲しみも、
秋ともなれば、自《おの》ずから、姿を見せて、優しく……

（刺繡台の前に座る。修道女が二人、館から大きな肘掛け椅子を運んで来て、大樹の下に置く）

そう、あの方がいつもお座りになる、例の古風な
椅子！

**修道女マルト**　でも、面会所のでは、一番立派なのですわ！

**ロクサーヌ**　ありがとう！

（修道女たちは遠ざかる）

そろそろおいでになる時分。

（刺繍台の前で、その準備をする。鐘が鳴る）

ほら……鐘が鳴る。

――わたくしの糸かせ！――鐘が鳴ったのに？　おかしいわね！

今日に限って、遅れておいでとは？

門番の尼様が、きっと……ええと、指貫《ゆびぬき》は？……ありました、ここに！――

悔悛なさいと言っているのよ。

（間）

そうに違いないわ！

――これ以上、遅れるはずは。――まあ、枯れ葉が！――

（刺繍台に落ちた枯れ葉を、指で払う）

それに、邪魔はね……――鋏は？……袋のなかでした！――

邪魔するものは、あるはずがない！

**修道女**　（石段の上に姿を見せ）　ド・ベルジュラック様が。

## 第五場

ロクサーヌ、シラノ、一瞬、修道女マルト

**ロクサーヌ**　（振り向かず）ええと、なんでしたっけ？……

（刺繡を続ける。現れたシラノは、蒼白である。鍔広の帽子を目深にかぶっている。案内して来た修道女は、戻る。シラノは、ゆっくり階段を降り始める。立っているのが、明らかに困難である。杖に縋《すが》って、ようように降りる。ロクサーヌは、刺繡を続ける）

この寝ぼけたような色……

どう直したらいいかしら？

（シラノに、親しい者を叱る口調で）

もう十四年になりますわ、

初めての遅刻！

**シラノ** （ようやく肘掛け椅子に辿り着き、そこに座り、顔色とは裏腹な陽気な声で）まったくだ！
許せん！ このわしに、遅刻などさせおって、けしくりからん！……

**ロクサーヌ** その訳は？

**シラノ** 間の悪い訪問客が。

**ロクサーヌ** （気に留めず、刺繍を続けて）おや、まあ、どこかのうるさ方？

**シラノ** うるさ
女でね。

**ロクサーヌ** 追い返したのでしょう？

**シラノ** もちろん、言ってやった、
残念ながら、本日は土曜日、さる所に
どうしても、行かなきゃならん。
どうしても。一時間したら、またお越しを！

**ロクサーヌ** （軽く）それでしたら、そのご婦人、お待たせすることになりますわ。

今日は、夜まで、お帰ししませんからね。

シラノ （優しく）もう少し早く、失礼しなければならんかも。

（目を閉じて、一瞬黙る。修道女マルトが、庭を礼拝堂から石段のほうへ横切る。ロクサーヌはそれを見て、ちょっと頭で合図をする）

ロクサーヌ （シラノに）マルトさんを、おからかいにはなりませんの？

シラノ （はっとして、目を開き）いや、からかう！
（おどけた大きな声で）
お出で、お出で、
マルト様え！

（修道女は傍に来る）

ははははあ！ 美しいそのお目も、伏目がちに！

修道女マルト （にっこり笑って、目を上げて）そんな……
（シラノの顔を見て、はっとする）
まあ！

シラノ　（小声で、ロクサーヌのほうを指して）　シーッ！　なんでもない！——（わざとらしく、大音声）昨日、わしゃ、肉を食った！

修道女マルト　存じております。（傍白）なんにも召し上がらないから、お顔も真っ青！（早口に、小声で）後で食堂へお越しください。大きなお碗でスープを差し上げますから……きっとですよ。

シラノ　分かった、分かった。

修道女マルト　今日は、お聞き分けが宜しいこと！

ロクサーヌ　（ひそひそ話を聞きつけて）あなたを改宗させようと？

修道女マルト　とんでもありませんわ！

シラノ　いや、まったくだ、いつも神様、神様とばかり言うくせに、今日はお説教はございませんか？　こりゃあ驚いた！……

（道化じみた大袈裟な口調で）

いかんぞよ！　ならば、こちらも、おどかしてやる！

待てよ、そうだ、ええと……

（何かからかう言葉を探して、それを見つけた様子）

そう、趣向を変えて、と……

今夜は、……わしのために、礼拝堂でお祈りをすることを許すぞよ！

**ロクサーヌ**　まあ、どうでしょう！

**シラノ**　（笑いながら）ほれ、びっくりしている。

**修道女マルト**　（優しく）その事でしたら、お許しを待たずに、しておりました。

（退場）

**シラノ**　（ロクサーヌの傍に寄って、刺繍台を覗き込み）いや、呪わしい縫い取りめ！

いつになったら、

終わりという字が読めるのか！

ロクサーヌ　　そのご冗談を待っていました。

（微かに風が起きて、枯れ葉を散らす）

シラノ　枯れ葉か！

ロクサーヌ　（顔を上げ、遠くの並木道を見やって）ヴェネツィア風のブロンドですわ、
薄紅《うすくれな》い[1]に。
散りますねえ！

シラノ　　散りますな！
木の枝から地面まで、旅路《たびじ》は短い、だが、
末期《まつご》の美しさを忘れないのがいい、
地に落ちて朽ちる恐れもものかは、
散りゆく姿に、飛翔《ひしょう》の優美を見せようと言う[2]！

ロクサーヌ　あなたが、憂愁の想いを？

シラノ　（気を取り直して）　　とんでもない、ロクサーヌ！

ロクサーヌ　プラタナスの木の枯れ葉は、落ちるに任せておきましょう……

それより、今週の新しいお話は？
わたくしの新聞？

**シラノ**　只今。

**ロクサーヌ**　伺います。

**シラノ**（いよいよ蒼白になって、苦痛と戦いながら）土曜、十九日[3]、
国王陛下[4]には、セット産の果物ゼリーをきこしめすこと八たび、
遂に御発熱。されど二回の瀉血のメスに
御患いを大逆罪に問わせられて、御平癒、
かくて、尊き御脈拍も、ついに御発熱の憂いなし。
日曜、王妃殿下御主催の大舞踏会において、
白蠟《びゃくろう》の大燭《たいしょく》を点ずること無慮七百六十三本。[5]
また言う、わが軍はオーストリア皇太子軍[6]を破れりと。
妖術師四名絞首刑[7]。ダティス夫人[8]の愛犬は
遂に浣腸を試みざるべからざるの仕儀と……

**ロクサーヌ**　ベルジュラック様、少しはお慎みを！

シラノ　月曜……事件なし。リグダミール夫人[9]は情夫を変えり。

ロクサーヌ　まあ！

シラノ　（いよいよ顔色憔悴）火曜、宮中ことごとく、フォンテーヌブローに遊ぶ[10]。

水曜、モングラ夫人[11]、ド・フィエスク伯に言って曰く、

「ノン」と！　木曜、マンシーニ公女[12]、仏国王妃となる——となるに似たり！

二十五日、モングラ夫人、ド・フィエスク伯に再び答えて曰く、「ウイ」と！

然りしこうして、土曜、二十六日……

（目を閉じる。頭ががっくりとなる。沈黙）


ロクサーヌ　（声が消えたので、驚いて振り向き、驚いて立ち上がる）気絶なさった？

（シラノのところへ走り寄り）

シラノ様！

シラノ　（うっすらと目を開け、とりとめのない声で）なんですって？……なに？……
（ロクサーヌが屈み込んでいるのに気づき、慌てて帽子を直し、恐怖の面差しで、
椅子に縮こまる）　なんでもない！……なんでもありません！

大丈夫！　ご心配なく……

ロクサーヌ　　　　　　　　　でも……

シラノ　　　　　　　　　アラスの戦場の古傷です……

今でも時々……こう……うずく……

ロクサーヌ　　　　　　　　　そうだわね！

シラノ　大丈夫です、すぐ直ります。

（無理に笑って）

ほら、もう直った！

ロクサーヌ（彼の傍らに立って）お互いに、それぞれの傷が。わたくしは、わたくしの。

この古傷は、いつまでも、この胸に、

（胸に手を当て）

わたくしの胸に、黄ばんでいくお手紙、
今でもまだ、涙と血の跡が、にじんでいる！

（夕暮れが迫ってくる）

シラノ　彼の手紙ですな！……仰っていた、いつか、ひょっとして、読ませてあげることも、あるかも知れないと？

ロクサーヌ　そうでした……お読みになりたい？

シラノ　ええ、……今日こそは……読んでみたい……

ロクサーヌ（胸に掛けた小さい袋を渡し）　どうぞ！

シラノ（それを受けとり）　開けても、いいですか？

ロクサーヌ　開けて……お読みください！……

（刺繍台に戻り、台を畳んで、毛糸などを片付ける）

シラノ（読んで）　「ロクサーヌよ、さらば、わたしはこれから死ぬ！」

ロクサーヌ（はっとして）声に出して？

シラノ（読み続け）　「今宵こそは、わが愛《いと》しい人よ、
なおも語り尽くせぬ恋故に、沈む心を抱きつつ、
すでに死なねばならぬとは！　もはや、わたしの酔いしれた眼《まなこ》も、
わたしの瞳の、あれは……」

ロクサーヌ　あの方の手紙をお読みになる、
そのお声は！

シラノ　（読み続けて）「……わたしの瞳の、あれは妙なる宴《うたげ》、あなたの
おん振る舞いに、接吻《くちづけ》しようと思うことも、もはや叶わず。
今もまざまざと、額にふとお手をお当てになる様子など、
この目にありありと浮かび出《い》で、声を限りに叫びたい……」
ロクサーヌ　（動揺して）あなたが、お読みになる――あの手紙を！
（いつの間にか夜になっている）
シラノ　「叫ぶ言葉は、
さらば！……」
ロクサーヌ　お読みになる、そのお声……
シラノ　「愛しい君、懐かしく嬉しい、
かけがえのない宝……」
ロクサーヌ　（恍惚と）そのお声は……
シラノ　「わたしの愛のすべて！……」
ロクサーヌ　そのお声は……

（身を震わせて）

そう、初めて……聞くお声ではない！

（シラノに気付かれぬように、そっと、椅子の後ろに廻り、音を立てないように覗き込んで、手紙を見る。——辺りは益々暗くなる）

**シラノ**　「わたしの心は、束の間も、あなたを離れたことはなく、
この世はおろか、あの世までも、ただひたすらに
あなたのことを愛し続け、ただひたすら……」

**ロクサーヌ**　（そっと肩に手を置き）どうしてお読みになれますの？　この夜の暗さに。

（シラノは愕然として、振り返り、間近にいるロクサーヌを見て、怯えたような身振りをし、うなだれる。長い沈黙。それからロクサーヌは、すっかり暮れた夜の闇の中、両手を合わせて、静かに言う）

十四年……十四年というもの、この方は、おどけて人を笑わせる
昔馴染みのお友達の役を、ずっと引き受けて下さった！

**シラノ**　ロクサーヌ、そんな！

**ロクサーヌ**　あなただったのでございますわ！

シラノ　　　　　　　　　　　　　　　　違います、ロクサーヌ！　違う！
ロクサーヌ　わたくしの名をお呼びになったあの時に、気がついているべきでした！
シラノ　違います！　わたしではない！
ロクサーヌ　　　　　　　　　あなたでした！
シラノ　　　　　　　　　　　　　　　誓って言います……
ロクサーヌ　今ではその床《ゆか》しい絵空事も、すべて見えます。
　あのお手紙の数々！　あなただった……
シラノ　　　　　　　　　　違う！
ロクサーヌ　　　　　　　　　　あの懐かしく、狂おしいお言葉！
　あなたでした……
シラノ　　　　違います！
ロクサーヌ　　　　　夜の闇に聞こえた声、あれもあなた！
シラノ　断じて違う！
ロクサーヌ　　魂も、あれもあなたの！
シラノ　あなたを愛してなんぞいなかった。

ロクサーヌ　愛しておいででした、わたくしを！
シラノ　(悶えて)　そりゃ、別の男だ！
ロクサーヌ　わたくしを、あなたが愛した！
シラノ　(弱る声で)　違います、それは！
ロクサーヌ　そういうお声も、もう力がない！
シラノ　違う、違うんだ、愛しい人、あなたを愛してなんぞいなかった！
ロクサーヌ　思えば、様々なことが、滅びては……生まれました！
——どうして黙っておいででしたの、十四年ものあいだ、
なぜって、あの方は、このお手紙とは何の縁《ゆかり》もないではありませんか？
涙の跡も、あなたの涙……
シラノ　(手紙を差し出して)　血の跡は、彼の血です。
ロクサーヌ　では、この神聖な沈黙を、何故
今日になって、お破りにはなりました？
シラノ　何故……って……

（ル・ブレとラグノーが飛び込んでくる）

## 第六場

同前、ル・ブレ、ラグノー

**ル・ブレ** やっぱりそうだ！

ここに居た！　軽はずみにも程があるぞ！

**シラノ** （笑いながら、立ち上がり）なんだ、冗談じゃねえぞ！

**ル・ブレ** 起き上がったら、命が危ない！

**ロクサーヌ** 神様！

では、さっきから、あの……急にお弱りになったのは……？

**シラノ** そうだ、わたしはまだ、新聞を終えていなかった。

……そして土曜、二十六日、晩餐に先立つこと一時間、
ド・ベルジュラック氏、暗殺に倒る。
（帽子を取る。包帯を巻いた頭）
ロクサーヌ　なんですって？——シラノ様！——あなた、その包帯は！……
ええ、どう遊ばしまして？　何故？
シラノ　「討たれるならば、名誉の剣、
胸に受けるは、英雄の切っ先！」……
——そう言ったはずだぞ、俺は！……運命は皮肉だな！……
ご覧の通り、罠に掛かって闇討ちだ、
しかも、小僧っ子が後ろから、薪ざっぽか何かで頭をガツン！
だが、これでいいのだ。わたしはすべてに失敗した、死ぬ時までも。
ラグノー　ああ、先生！……　声出して泣くなよ、ラグノー！
シラノ
（手を差し伸べる）
この頃は、どうしているな、ええ？　詩人君よ……

ラグノー　（泣きながら）モリエールの所で、蠟……蠟燭の……芯切りをしてます。
シラノ　モリエールか！
ラグノー　ですがね、あっしゃ、明日《あした》にでも、あんなとこ、出てやります。
腹が立って、腹が立って！……昨日なんざ、『スカパン』(1)を演《や》ったんですが、
あの野郎、先生のお作を、一場まるごと盗みやがった！
ル・ブレ　まるごとだ！
ラグノー　よござんすか、例の「一体全体、どう魔がさして……」
ル・ブレ　（憤然と）剽窃だよまったく！　君の台詞だ！
シラノ　シーッ！　それで、いいんだ！……
（ラグノーに）
それで、受けたか？　受けたろうな？
ラグノー　（泣きじゃくりながら）そりゃ、お客は、笑ったのなんのって！
シラノ　それでいい、
俺の人生は、台詞を付ける役だった――後は、忘れ去られる！
（ロクサーヌに）

覚えているでしょう、クリスチャンがバルコニーの下で
あなたに語ったあの夜のことを？　わたしの全人生がそれだ。

わたしは下に隠れて、暗闇の中に居る、すると
別の奴らが登って行って、栄光の接吻をかち得て帰る！

それが正しい。今こそ、墓の入口に立って承認する——

「モリエールは天才、クリスチャンは美男であった！」

（この時、礼拝堂の鐘が鳴り、舞台奥の並木に、修道女たちが礼拝に向かう姿が見える）

鐘が鳴る……尼さんたちはお祈りに行くがよい！

**ロクサーヌ**　（誰かを呼ぼうとして、立ち上がり）どなたか！　どなたでもいいわ！

**シラノ**　（引き留めて）　お止めなさい！　無駄だ！

戻って来た時には、わたしは居なくなっている。

（修道女たちは礼拝堂に入り、オルガンの響きが聞こえる）

いまわの際に、ちょっと音楽が欲しかったが……それもある。

**ロクサーヌ**　愛しております、生きていて下さいまし！

**シラノ**　いけない、いけない！　お伽噺の中の話だ、

「愛しています」の言葉を聞いて、自分の顔を恥じてきた
王子の醜さが――輝く日の光だ！　この言葉でたちまちに、消えてなくなる(2)……

だが、わたしは、一向に変わりはしない。

**ロクサーヌ**　あなたの不幸はわたくし故、わたくしのためでございました！

**シラノ**　　　　　　　　　　　　　　　　　　　　　　あなた故？……

滅相もない！　わたしは女の優しさというものを知らずに来た。母はわたしを
醜い子だと思っていた。妹もいなかった(3)。

成人してからは、恋しい女の嘲《あざけ》りの目が怖かった。

あなたがおられたお蔭で、せめて女の友達を、わたしは得た。

わたしの人生に、あなたのお蔭で、女の衣擦れの音が聞こえたのです。

**ル・ブレ**　（木々の梢を漏れる月光を指して）もう一人の女の友が、あそこに、迎えに
来ている！

**シラノ**　（月に向かって微笑んで）　　　　　　　　　分かっているよ。

**ロクサーヌ**　たった一人のお方を愛して、別れの憂き目を二度見ようとは！

**シラノ**　ル・ブレよ、今日こそ俺は、皓々《こうこう》たる月の世界へ、

機械の助けなんぞ借りないで、ひとっ飛びだ……

ロクサーヌ　なんですって？

シラノ　そうだとも、あの月の世界こそ、俺のために誂《あつら》えた天国なのだ。あそこには、俺の気に入った魂が幾人もいて、待っている！　ソクラテスも、ガリレー(4)も！

ル・ブレ　（憤然として）しかし、許せん！　余りと言えば馬鹿げている、余りにも不当ではないか！　かくも偉大な詩人が！　かくも高貴な心の持ち主が、こんな風に死んでしまう！　死んで！……

シラノ　また、ル・ブレの愚痴か！

ル・ブレ　（涙にむせんで）君のような友が……

シラノ　（立ち上がり、虚ろな目で）これぞ、ガスコンの青年隊……

——物質の基本要素をなす塊(5)とは……こいつは……いや、問題だ……

ル・ブレ　奴の科学だ……死の錯乱のなかでも！

シラノ　コペルニクス

言って曰く……

ロクサーヌ　まあ！

シラノ　そうだとも、一体全体、どう魔がさして、

一体全体、どう魔がさして、ガレー船なんぞに、乗ったんだ?……

「哲学者たり、理学者、

詩人、剣客、音楽家、

はたまた天空を行く旅行者、

その毒舌は打てば響く、

恋をしては――　私《わたくし》の心なき愛の男！――

エルキュール＝サヴィニアン・

ド・シラノ・ド・ベルジュラック、ここに眠る、

彼はすべてなりき、しこうしてまた、空《くう》なりき(6)」

……だが、もう行こう、失礼する、そう待たしてはおけない。

見てくれ、月の光が、迎えに来た！

（がっくり腰を落とす。ロクサーヌの泣く声に、再び我に返り、彼女を見つめ、ヴェー

ルを撫でる）

わたしは望む、あなたが変わらずに、あの魅惑に溢れ、
善良にして美貌のクリスチャンを、深く悲しみ嘆くことを、
ただ願わくば、冷たい死が、この骨の髄まで達した時に、
その黒いヴェールに、籠めて戴きたい、二つの喪の心を、
そしてクリスチャンを悼《いた》む心に、ほんのわずか、わたしのことも。

**ロクサーヌ**　神かけて、お誓いいたします！……

**シラノ**　（激しい痙攣に襲われ、不意に立ち上がり）違う！　この椅子じゃないぞ！

（人々、駆け寄ろうとする）

——助けはいらん！——誰も、無用だ！

（木に寄り掛かる）

この木で十分だ！

（沈黙）

とうとうやって来たな！　履かされた、ああ、冷たい
大理石の靴、——鉛の手袋だ！

（硬直する）いや、待て！……向こうからお出ましだ、
立ってお迎えしよう、
（剣を抜き）
抜き身の剣を引っ提げて！

**ル・ブレ**　シラノ！

**ロクサーヌ**　（絶え入らんばかりに）シラノ様！

（人々、恐怖を覚えて後ずさりする）

**シラノ**　見ているな、死霊《しりょう》の奴……
俺の鼻を見たけりゃ、いくらでも見せてやらあ、この鼻無しの亡者(7)め！
（剣を振り上げ）
何だと？……無駄な努力だ？……百も承知だ！
だがな、勝つ望みがある時ばかり、戦うのとは訳が違うぞ！
そうとも！　負けると知って戦うのが、遥かに美しいのだ！

——なんだ、この連中？——うようよと群がりやがって、千人だと？
ははあ！　見覚えがあるぞ、どいつもこいつも、古馴染みの敵ばかり！
《虚偽》という名の亡者だな！

(剣は空を切る)

どうだ、これでも食らえ！——ハッ！　ハッ！　《妥協》、
《偏見》、《卑怯未練》の亡者ども！……

(切り付ける)

和解をしよう？　俺が？
真っ平だ！　真っ平御免だ！——ああ、貴様だな、そこにいるのは、《痴愚》の
亡者め！
——最後に俺が倒れるのは、承知の上だ。
それがどうした！　戦う！　戦う！　戦うぞ！

(車輪の如く、剣を振り回して、喘ぎながら、それを止《と》める)

そうだ、貴様らは、俺からすべてを奪おうという、月桂樹の冠も、薔薇の蕾も！
さあ、取れ、取るがいい！　だがな、貴様たちがいくら騒いでも、

あの世へ、俺が持って行くものが一つある、それも今夜だ、
神の懐へ入るときにはな、俺はこう挨拶をして、青空の門を
広々と掃き清めて、貴様らがなんと言おうと持って行くのだ、
皺一つ、染み一つつけないままで、
（剣を高く掲げて、躍り上がる）
それはな、わたしの……
（剣は手を離れて、落ちる。彼はよろめいて、ラグノーとル・ブレの腕に倒れこむ）
**ロクサーヌ**　（シラノの上に屈みこみ、額に接吻して）それは、わたしの？……
**シラノ**　（目を開き、ロクサーヌを認めて、かすかに笑い）
心意気だ(8)！

――幕

訳注

## 表題・献辞・登場人物表

（１）英雄喜劇と訳した“comédie héroïque”は、十七世紀にピエール・コルネイユが創始した劇作のジャンルで、悲劇の高貴さ・深刻さはないが、「喜劇」とは違って、天下国家の一大事を扱う。十七世紀の用法としては「英雄劇」と訳すべきもの。その『アラゴンのドン・サンシュ』が最初であり、スペイン物であることを一つの特徴とした。ラシーヌとの競作の説のある『ティットとベレニス』が、その第二作に当たる（岩波文庫版『ブリタニキュス　ベレニス』「解題」四九六頁参照）。しかし、ここではロスタンは、シラノの英雄的ドラマを、充分に喜劇的なタッチを加えて書いているから、この作品に関しては「英雄喜劇」が適切であろう。

（２）E・RはEdmond Rostandの頭文字。この献辞の相手のコクランは、言うまでもなく『シラノ』を初演して歴史的大成功を博した、コンスタン・コクランである。

（３）作中のシラノ・ド・ベルジュラックと、歴史上のシラノとの関係については、「解題」参照。なお、一八九八年の初版（シャルパンティエ＝ファスケル）以来、ほぼすべての版が、登場人物表の横に初演時の配役を記し、一九一四年以降は、一九一三年の、ル・バルジーによる再演のそれを併記し、一九三八年のコメディ＝フランセーズ初演後は、コクラン初演時の配役とコメディ＝フランセーズの配役（アンドレ・ブリュノーのシラノ他）を併記するのを常とした。

（4）クリスチャンは、ヌーヴィレット男爵クリストフ・ド・シャンパーニュがモデル。マドレーヌ・ロビノーと結婚し、実際にアラスの包囲戦で戦死している。

（5）アントワーヌ・ド・グラモン、ド・ギッシュ伯爵、一六四一年に元帥。リシュリュー枢機卿の姪と結婚している。但し、この作品ではルイ十四世治下で、多くの武勲をあげたグラモン家の複数の人物から作り上げられている。

（6）シプリアン・ラグノー（一六〇八～一六五四）。サン＝トノレ通りの名高い料理屋兼菓子屋の主人であったが、破産して、役者、詩人となる。一六五三年に、モリエール一座の蠟燭の芯切りをやり、端役も務めた。後に娘のマリー（一六三九～一七二七）は、モリエール一座の大番頭であったラ・グランジュと結婚する。

（7）アンリ・ル・ブレで、少年時からシラノの親友であった。揃って学業を積み、揃ってガスコンの青年隊に入隊する。シラノの死後、僧籍に入り、一六五七年に、

『もう一つの世界』（『月の諸国家と諸帝国』の普及版）を、シラノの伝記を序文として付して刊行する（その伝記は、ロスタンの主要な典拠である）。

（8）ガスコンの青年隊の隊長。シラノが、自作の『やられた衒学者』で、シャトーフォール隊長のモデルとしたと伝えられる。カルボン・ド・カステル＝ジャルーは、字面通りには「嫉妬城の炭」。

（9）青年隊《カデ》（青年隊員）は、地方貴族の次男坊からなる親衛隊。地方貴族の長男は家督を継ぎ、次男はこの親衛隊に入り、三男は僧籍を求めたとされる。

（10）フランソワ・ペイヨ・ド・リニエール（一六一八〜一七〇四）は、詩人で自由思想家。寸鉄詩《エピグラム》の作者。ボワローに『詩法』（第二歌、一九四行）で批判されている。

（11）原作では、同じような称号・地位の人物が複数登場する場合に、最初「一人の侯爵」、ついで「もう一人の侯爵」のような表記をしているが、日本語戯曲の表記としては紛らわしいので、「侯爵1」「侯爵2」のようにした。これは「青年隊（員）」についても同様。なお、「侯爵」は、モリエール喜劇などで、軽佻浮薄な役どころとして描かれるのが常であった（『人間嫌い』の「小柄な侯爵」などはその典型）。

（12）ザカリー・ジャコブ、芸名モンフルリーは、ブルゴーニュ座きっての名優。一六四七年に、『アドリュバルの死』の作・主演をするが、歴史上のシラノは、最初から最後まで他人の作の盗作だと言って批判した。極めて肥満した体軀で、役によっては非常に具合が悪かったことは、モリエールの『ヴェルサイユ即興劇』などからも分かる。シラノは、「肥満人間への書簡」（ジャック・プレヴォー版『全集』八九〜九一頁）でそれを痛烈に批判している。晩年に至っても、ラシーヌ悲劇『アンドロマック』のオレスト役で喝采を博し、最終場の「オレスト狂乱」を熱演の余り、死んだと言われている。なお、モンフルリーは、その本名からも分かるように、役者に多かったユダヤ人である。『シラノ』の劇中劇については、バローの項（第一幕冒頭、訳注5）を参照。

(13) ベルローズ、本名ピエール・ル・メシエ（一五九二〜一六七〇）。ブルゴーニュ座の“orateur”（口上役）だが、単に前口上を述べるだけでなく、何か起きた時の調停役も務める重要な役なので、本文中では「座長」としてある。ピエール・コルネイユの『シンナ』を初演したことで知られる。

(14) ジョドレ、本名ジュリアン・ブドー（一五九〇〜一六六〇）。ブルゴーニュ座の喜劇役者。容貌が醜いことを逆手に取って、道化役で名声を博した。

(15) キュイジーは、シラノの友人で、「ネールの門の事件」に加わっていた。
(16) エクトール・ド・ブリサイユは、一時シラノの軍隊仲間で、詩人としても知られた。
(17) 「うるさ方」は、モリエール喜劇の表題にもある。『うるさ方たち』(一六六一)。
(18) 近衛銃士は、アレクサンドル・デュマの小説『三銃士』の三人の主人公やダルタニヤンがそれであって、ロマン派的「剣とマントの芝居」――ここでは「剣戟芝居」としておく――のヒーロー。この人物表に載せているのは、第一幕冒頭に登場する二人であるが、シラノとド・ヴァルヴェール子爵の決闘が終わった後で、シラノに挨拶しに来る人物が、ダルタニヤンだとなっている。
(19) ロクサーヌのモデルは、二人の同じ名前の人物である。シラノの従妹のマドレーヌ・ロビノー、ヌーヴィレット男爵夫人(一六一〇~一六五七)は、夫の死後、修道院に籠もるが、修道女にはならなかった。彼女は、もう一人のモデルとは違って、「才女」ではなかった。もう一人のモデルのマリー・ロビノーは、「プレシオジテ」(後注(21)参照)のサロンでは、ロクサーヌの名で知られていた。ソメーズの『当世才女名鑑』(以下『才女名鑑』と略す)には、最も博識で才知のある女性であり、スキュデリー嬢の親友として引かれている。そのスキュデリー嬢の『クレリー』と『偉大なシリュス』に、ロクサーヌは「ドラリーズ」の名で登場するが、「常の女性とは違って、美貌に加えるに大変に才知のひらめきのある人物」であったとされる。第一幕及び第三幕で分かるように、ロスタンは、「ロビノー」の名を縮めて、「ロバン」としている。

（20）修道尼僧院長マルグリット・ド・ジェジュは、「十字架の尼僧修道会」の創設者。

（21）「当世流行の才女たち」と訳してあるのは、原文で"précieuse(s)"（プレシユーズ）とある女性たち。フランス文学史では、この単語も、それと繋がる"préciosité"（プレシオジテ）も、訳さないで済ますことが多いが、戯曲としては最低限の理解が必要であるから、それを可能にする訳語を当てた。十七世紀中葉の、主として貴族のサロンで流行した、恋愛感情の洗練と恋愛用語の洗練に腐心した文学的傾向。フランス語の美的感覚の高度化には、大いに貢献もしたが、同時に、その余りに人工的な遊戯性は、文学言語の力を失わせることにもなった。その成立は、歴史的にはこの戯曲の設定より十数年後である。またその流行は、一般町民階級にまで及ぶに至ったことは、モリエールの喜劇『滑稽な才女たち（プレシユーズ・リディキュル）』（一六五九）などに窺われる。

なお、この人物表の表記は、必ずしも作中のそれと合致しないが、シャルパンティエ＝ファスケル版（一九二三）の載せている、一八九七年の初演と一九一三年の再演の配役表を参照しつつ、整理した。

## 第一幕

（1）ロスタンは、一六四〇年前後のブルゴーニュ座の内部と上演の情況を、アルチュール・プージャン著『演劇の歴史ならびに異色の事典』（一八八五年、フィルマン・ディド社刊）の引用する、ルマジュリエ著『フランス演劇・俳優歴史名鑑』によって再現している。正しくは「ブルゴーニュ館劇場」と書くべきこの劇場は、旧ブルゴーニュ公爵邸の西棟に当たり、現在では、エチエンヌ・マルセル街に「ジャン無畏公の塔」が残っている。一五四八年に、パリにおける舞台上演の独占権をもつ受難劇同業組合によって作られたが、聖史劇そのものが禁止されてしまうので、貸し小屋として機能していた。一六二九年に、国王ルイ十三世が、笑劇役者のグロ＝ギヨームとベルローズの劇団に勅許を与えて、彼らを「国王陛下の役者」として以来、パリの最も重要な劇場となった。これらの伝統的笑劇に加えて、アレクサンドル・アルディー（一五七〇頃～一六三二頃）やジャン・ロトルー（一六〇九～一六五〇）の劇作で評判をとるが、その栄光の時代は、一六四七年に、悲劇役者フロリドールと劇作家ピエール・コルネイユが、ライヴァル劇場のマレー座を去って、ここに移って以降のことである。一六五八年以降は、新興のモリエール一座の喜劇に押されるが、悲劇作家ジャン・ラシーヌの登場によって、その栄光を取り戻す。一六四七年の改修以降の数字であるが、舞台の間口は五ないし六メートルで、奥行きは十三メートル程度であった。ロスタンが記す「倉庫のような球技場が改装された」という描写は、むしろマレー座のほうに当てはまるが、十九世紀のパリの劇場の通念とは著しく異なっていることを強調したかったのであろう。なお、ロスタンの側からの意図的アナクロニズムや不正確もあって、ロトルーの作品がこの「国王劇団」のレパートリーを構成していたのは、既に触れたとおりだが、ピエール・コルネイユがこの劇団に作品を提供するのは一六四七年からであり、その代表的ヒット作『ル・シッド』が初演されたのは、一六三七年、マレー座においてであった。

（2）ロスタンのト書きで、「右手」「左手」とあるのは、いずれも客席から見ての右左だと取る。劇場用語で言えば、「上手」「下手」だが、フランスの戯曲がこの表記をすることは稀であった。なお、この装置の指定は、以下の四幕のそれと共に、十九世紀末の舞台美術の特徴を集約しており、舞台美術の歴史の上では、「ロマン派的リアリズム」と呼ぶもので、同時代のオペラの大掛かりな装置に通じる美学である。初演時に、これらの指定がどこまで忠実に守られたかは不明であるが、五幕それぞれが異なる情景であり、しかも舞台上の役者の動きと連動しているのだから、最低限の条件を満たすに留めるとしても、舞台転換は容易ではなかったはずだ。

（3）フランス語では"manteau d'Arlequin"（アルルカンのマント）と呼ぶ、舞台額縁を覆う飾りの幕である。

（4）劇場の一階席つまり「平土間」には椅子はなく、観客は立ち見であった。この習慣は、十八世紀の末まで、オペラ劇場を含めて、どこの劇場でも続いた。

（5）バルタザール・バロー（一五八五〜一六五〇）は、友人であったオノレ・デュルフェが死んだ後に、彼の代表作『アストレ』を完成させたことで、名声を博した。ここで話題になる田園劇《パストラル》『ラ・クロリーズ』は、ブルゴーニュ座で一六三一年に初演されたが、さしたる成功は収めなかった。

## 第一場

（1）ジャン・ロトルーは、ピエール・コルネイユと同世代の代表的な劇作家。悲劇『ヴァンセスラス』『アンティゴーヌ』『イフィジェニー』『真実の聖ジュネスト』『コスロエス』等。バロック的な劇作は、古典主義悲劇の成立する前の言語態をよくしのばせている。

（2）原文は"dentelle des canons"で、十七世紀に、男性が膝の下に結んでいたリボンとレースの飾り。クリスチャンの財布を掏《す》る場面の伏線。

（3）すでに触れたように、『ル・シッド』の初演は、ブルゴーニュ座ではなく、マレー座。一六三七年初頭と推測されている。

（4）レピ、本名フランソワ・ブドー、ジョドレの弟で、モリエール一座にもいた。

（5）ラ・ボープレは女優（男優には男性定冠詞「ル」を、女性には女性定冠詞「ラ」をつけて区別する。身近な例で言えば「ラ・トスカ」の如く）。本名マドレーヌ・ル・モワーヌ。ブルゴーニュ座とマレー座で活躍した。

(6) 原文は"aigre de cèdre"(杉の苦味)で「レモンと砂糖で作る苦味のある飲み物」(フュルティエールによる)。一種の清涼飲料水。

(7) 原文は"ainsi que les drapiers"(羅紗屋の商人のように)。辰野・鈴木訳は「衣裳屋のように早く来てしもうた」、岩瀬訳は「衣装係でもないのに、早出をしすぎたな」であるが、いずれも腑に落ちない。「衣裳係」は、通常は"habilleur(女性はhabilleuse)"と呼ぶし、衣裳デザイナーなら"costumier"である。劇場の楽屋に来ているわけではないのだから、不可解である。強《し》いて劇場の職種を探すならば、「地がすり」を敷く係を"tapissier"(地がすり係)と呼んで、コメディ=フランセーズなどでは独立した職種になっているが、これも舞台の上の話ではないのだから、当たらない。全ての注釈版が何も指摘していないことは、フランス語として特段の意味があるわけではないことを示していよう。すなわち、字義通りに「羅紗屋」と取るべきであろう。因《ちな》みに、「羅紗屋の商人」は、羅紗の反物《たんもの》を巻いて(つまり絨毯などと同じように)持ち運ぶため、街路では人にぶつかるから、周りが用心して避けなければならない。「足を踏んづける」話もそこから来る。この点に関しては、十七世紀の文法を専門とされる井村順一氏のご指摘に負う。フュルティエールなど、同時代の辞書の調査をお願いした氏の話では、日本でも、というか東京の下町でも、昭和初年辺りまでは、「羅紗屋」という職業があって、ロシア人が多かったというが、巻いた羅紗を担いで歩くから、傍を通るときは注意しなければならなかった由である。なお、この侯爵1は、「裏声のように甲高い声」という指定があるので、殊更に女性的な発語にしてある。また、モリエール喜劇（たとえば『人間嫌い』など）が典型的に見せているように、若い金持ちの未亡人などに群がる「侯爵たち」は、「小柄」で「軽薄」と相場が決まっていた。

## 第二場

（1）フランソワーズ・ド・ヴィランドリーのこと。オーブリー長官の後妻で、当時の文芸サロンの代表格であったランブイエ館の常連。以下の著名な女性は、ソメーズの『才女名鑑』の「歴史と恋の鍵」が典拠だが、いずれもこの舞台の設定より十五〜二十年後の話。

（2）ド・ゲメネー大公妃（一六〇四〜一六八五）は、作家ラ・カルプルネードのパトロンで、レ枢機卿の愛人としても知られていた。

（3）ド・ボワ・ドーファン侯爵夫人は、ソメーズの『才女名鑑』に、「バスティッド」の名で記されており、才色兼備の女性として知られていた。

（4）ド・シャヴィニー夫人は、財務長官夫人で、デマレ・ド・サン＝ソルランの諷刺的な戯曲『幻視者たち』（一六三七）に、「エスペリー」の名で描かれている。これら四人は、「才女たち」の代表格として登場している。

（5）ピエール・コルネイユは、ルーアンの出身であり、またそこを拠点としていた。ブルゴーニュ座にコルネイユが来るという情景から、多少なりとも十七世紀フランス演劇に通じている読者・観客は、ラシーヌの悲劇第四作『ブリタニキュス』の初日に、コルネイユが二階正面の桟敷を借り切って、上演の間中、野次り続けたという、コルネイユにとって余り名誉でない逸話を思い起こすはずだ。

（6）リシュリュー枢機卿によって一六三五年に創設されたアカデミー・フランセーズの初代の会員たちの列挙。「四十人の不滅の人物」と呼ばれるのだが、後世の記憶に残る人物がほとんど皆無であることが、諷刺的効果をもつ。但し、トリュシェの指摘にあるように、ブーデュは存在せず（ボートリュのことか）、ブルドンはブルボンの間違いだろう。

（7）ここで挙げられている四人の「才女」は、いずれも前記ソメーズの『才女名鑑』に載っている。バルテノイードはブードルノ侯爵夫人、ユリメドントはヴォージュロン嬢、カッサンダースはド・シャレー夫人、フェリックセリーはフェラン嬢。こうした文芸サロンに出入りする才女たちは、いずれも仲間うちの通称（“surnom《シュルノン》”）をもっていた。「更《か》え名」（辰野・鈴木訳）、「仇名《あだな》」（岩瀬訳）、共に色っぽくないので、敢えて江戸時代の遊郭の花魁《おいらん》の名前を「源氏名」と呼ぶ習慣を借りた。上流貴族の社交界を欠いた江戸時代の日本に等価物を求めれば、多分、吉原の文化サークルのようなことになるだろうからだ。

（8）本名シャルル・コワポー（一六〇五～一六七七）。シラノとモリエールの友人で、『上機嫌のオウィディウス』（一六五〇）など、女性を主語にした滑稽な詩作で知られた。

（9）原文「リヴザルト酒」。スペイン国境に近い地中海側の地方で、アルコール度の強い甘口ワインで知られる。“Rivesalte”と“Halte!”の地口で、「まったりワイン」「待った！」とした。

（10）原文は“mécène”だから、「メセナ」と訳したいところだが——歴史的に見てもそれは正しい——、当節では「企業メセナ協議会」を連想させるので、ありきたりの訳にした。

(11) “odelette”(短いオード=頌歌)と“tartelette”(小型のタルト)で脚韻を踏む。次の“triolet”(八音節八行の短い定型詩)と“petit pain au lait”(小ぶりのパン・オ・レ)も同じく。但し後者は、ラグノーが「プティ・パン」と答えるのを、リニエールが「オー・レ、だろうが」と諌めている。

(12) “flans”(フラン)は「カスタード・タルト」だが、それを“francs”(通貨のフラン)に、“choux”は「シュー・クリーム」の「シュー」だが、それを“sous”(通貨のスー)に掛けている。

(13) 原文“colichemardes”は「幅広の剣」で、発明者のケーニヒスマルク(Koenigsmark)元帥に因むという(但し、この元帥の生まれたのは一六三九年)。トリュシェによる。

(14) ロスタンお得意の「渡り台詞」。複数の人物が、一行の詩句を分割して言う。多くの場合、この場面がそうであるように、聞かせどころの長台詞の導入の役を演じる。「渡り台詞」は、歌舞伎の用語。歌舞伎では、発語者がそれぞれ無関係に台詞を言う場合は、「割り台詞」という。これもロスタンにある。

(15) ブリュッセル生まれのフランスの画家（一六〇二～一六七四）。ニコラ・プッサンに師事し、母后マリー・ド・メディシスの庇護を受け、多くの宮殿、寺院の装飾画を描く。特にその肖像画は名高い（リシュリュー枢機卿、ルイ十三世、ポール＝ロワイヤル女子修道院のアンジェリック＝アルノー修道女など）。ここでは、写実的な肖像画家として引かれている。

(16) ジャック・カロは、フランスの版画家（一五九二～一六三五）。卓越した銅版画の技術と鋭い観察力により、特に大道芸人や社会の周縁に放浪する人々を主題にした連作や、戦争の悲惨を主題とした連作を残す。ここに引かれる「コメディア・デ・ラルテ」の役者たちを多く描いた。

(17) 原文"ses masques"は「似顔絵」ではなく、「仮面芝居」であり、具体的には前注の「コメディア・デ・ラルテ」の連作である。「剣客」は「マタモール」であり、「プルチネッラ」は、鉤鼻の黒い仮面に白いひらひら襟のついた衣裳を着た道化役。

(18) シラノの精神的紋章とも言うべき「羽根飾り《パナッシュ》」が初めて出る。

(19) 原文の直訳は「常にガスコーニュがそうであったし、これからもそうであろうところの多産の（"alme"）ジゴーニュおッ母《かあ》の生んだ〔英雄〕アルタバンを束にしたより勇敢な」で、アルタバンは、ラ・カルプルネードが一六四七年から刊行する長編小説『クレオパートル』の主人公。いささかの時代錯誤を承知の上で、ロスタンはこの表現を活用した。「ジゴーニュおッ母《かあ》」は、民間伝承的な女神で、その大地母神としての神話的起源を、ギリシアのケレスやエジプトのイシスに遡《さかのぼ》らせる説もあるが、パリの大道芝居には、十七世紀初頭から出現していた。スカートの下から出てくるたくさんの子供に取り囲まれた母親。

(20) プルチネッラが引かれるのは、その仮面の鉤鼻のため。

(21) 宰相・枢機卿のリシュリュー（一五八五〜一六四二）。同時代の最大の権力者。この芝居には、常に陰の人物として、人々の話題に登場している。第一幕では、この後すぐに、その到着が告げられるし、第二幕では、ド・ギッシュが、文芸の庇護者であり作家的野心もある叔父として語る。第三幕でも、ド・ギッシュは、叔父の権勢と庇護を語るし、第四幕のアラス包囲戦では、この戦争の責任者でありながら、パリで優雅に暮らしている宰相・枢機卿が、兵士たちの怒りの的となる。目に見えぬ不吉な存在は、ロマン派劇の常套手段である。

## 第三場

(1) 第四幕のアラス包囲戦の伏線。

(2)「ネールの門」は、稜堡壁によって、「ネールの塔」と繋がっていた。セーヌ河左岸、現在のマザリーヌ通り(学士院の近く)に当たる。

(3) フランスの劇場では、十八世紀まで、舞台上の両サイドに、貴族などの座る長椅子があった。

(4) 笑い声が次第に弱まることを表すこの活字の組み方は、シャルパンティエ＝ファスケル版以来の指定。但しトリュシェ版は踏襲していない。

(5) 開幕の合図は、「ブリガディエ」という杖で、舞台袖の床を叩いてする。「ドン、ドン、ドン、ドン、ドン」と速く打ち、最後に「ドン、ドン、ドン」と三つ打つ。開幕を告げることを、「三つ床を打つ」といういわれ。

(6) この詩の三行目は、ロスタンの創作。

(7) 原文は「貴様の肩に木を植えてやる」で、シラノの『諷刺書簡』の「肥えた男」(プレヴォー版『全集』八九〜九一頁)に出て来る表現だが、日本語の台詞として効《き》かないので、意訳した。いずれにせよ日本人としては、辰野・鈴木訳がそうであったように、歌舞伎十八番『助六』における、男伊達の啖呵や悪態《あくたい》を思い出さずにはいられない。郡司正勝の言う「悪態の饗宴」である。

**第四場**

（1）侯爵たちは、既に記したように、舞台の上の長椅子で芝居を見ていたのである。
（2）「タリー」は、ギリシア語では「タレイア」。九人のミューズの一人で、喜劇を司《つかさど》る。四行先に出てくる「高沓《たかぐつ》」も、ギリシア悲劇で役者が履いていたもの。
（3）この芝居の第一幕と第四幕は、文字通り「群衆劇」の様相が顕著な幕だが、この「書き方」は、十九世紀末のパリの劇場における一つの流行であった。それは特にグランド・オペラやオペレッタに顕著だが、「言葉の演劇」にもそれは窺える。ロスタンと同年齢の劇詩人で、同年代にはまったく上演されなかったポール・クローデル（一八六八〜一九五五）の初期戯曲『黄金の頭《かしら》』（第一稿、一八九〇年刊）や、特に『都市』（第一稿、一八九三年刊）に、それが顕著である。
（4）サムソンは、『旧約聖書』「士師記」に出てくる英雄で、ペリシテ人らを、驢馬《ろば》の顎の骨で打ち負かした。次の行のシラノの台詞がもつ皮肉の由来。

（5）原文は"Thespis"（テスピス）、古代ギリシアで、悲劇の創始者とされた。

（6）ウイリー・ド・スペンスは、カンダール公が出てくるのは「スキャンダル」と脚韻を踏むためだとする。カンダール公は文芸の保護者として名高く、初代はテオフィル・ド・ヴィオーを庇護したが、一年前に死んでいるし、その甥はサン＝テヴルモンのパトロンとして知られるようになるが、この時点ではまだ十三歳だからである。

（7）「大きな鼻」の讃歌は、『月の諸国家と諸帝国』に読まれる（赤木昭三訳『日月両世界旅行記』岩波文庫、一六一頁、プレヴォー版『全集』四一六頁。なお以降、赤木訳を引く際は、赤木訳『日月』とする）。大鼻は「ここに住むは才知あり、慎重、慇懃、高潔、愛想よく、気前よき人間なり」という看板を門口に立てているのと同じで云々とある。赤木訳注の引くデラ・ポルタ『人間観相学』（一六一二）によれば、「人が非常に大きな鼻をもつとき、それは彼が非常に善良なしるし」である。また大鼻は精力絶倫のしるしでもあって、それは「鼻が陰茎の包皮に対応している」からだと言う。

（8）"Hippocampéléphantocamélos"（"hippocampe"＝海馬＋"éléphant"＝象＋"camélos"＝

駱駝）という神話的怪獣の出所は、不明である。少なくとも、アリストパネスの喜劇には出てこない。パトリック・ベニエは、その校注版で、E.A.Birdの校注を引いて、ル・ブレの『書簡集』に読まれ、紀元前二世紀のローマの詩人ルキリウスによる怪獣の記載が典拠かとしつつも、ルキリウスのテクスト自体が、断片しか伝わらないから、典拠としては疑わしいとしている。ともあれ、ロスタンが、『シラノ』を書くに当たってル・ブレの『書簡集』を読み、そこにこの単語を見出したことは大いにありうるだろう。いずれにせよ、一単語で十音節を要する単語――しかも、大体の意味は想像がつく――を見つけて、大いに気に入ったであろうことは想像に難くない。

（9）蛇足ながら、マルセイユ生まれのロスタンにとって、「烈風」と言えばミストラルに決まっている。

（10）文字通りには、固有名詞の「紅海」であるが、日本語では、音で聞いて分からないから、意訳した。

（11）原文は“triton”（トリトン）で、海の神トリートーン。半人半魚の姿で、法螺貝を吹き鳴らす姿で表される。

（12）テオフィル・ド・ヴィオー作『ピラムとティスベ』（一六一七）の第五幕第二場で、ティスベの発する名高い台詞のパロディー――

「ええ、ここな剣《つるぎ》が、ご主人様の血でもって、卑劣にも身を汚した。それを恥じて赤くなる、この裏切り者めが！」

ピラム（ピューラモス）は、恋人のティスベ（ティスベー）と逢引をする手はずでいたのに、血の跡を見て、恋人のティスベがライオンに食われたと勘違いをして、自害してしまう。戻ってきたティスベは、その姿を見て、絶望し、自害する。「剣が血で赤くなっている」ことを、「恥じて赤くなった」ことの比喩に仕立てていることで、名高い。オウィディウスの『変身譚』に読まれる物語で、シェークスピアの『真夏の夜の夢』で、アテネの職人たちが演じる劇中劇も同じ主題。なお、テオフィル・ド・ヴィオーの原作では、この台詞を発するのはピラムではなくティスベのほうであり、「才女たち（プレシユーズ）」が持て囃す「比喩の超絶技巧」の例として引かれることが多かった。ロスタンの台詞では、恐らく表題にひかれて「ピラムをもじって」と言うものの、発語者はティスベなので、女言葉で訳しておいた。

（13）「セラドン」は、当時大流行のオノレ・デュルフェ（一五六七～一六二五）の恋愛小説『アストレ』の主人公で美貌の若者。「スカラムーシュ」は、イタリア喜劇の人物スカラムーチョで、黒ずくめの衣裳に身を包み、敏捷かつ才知に長けた役柄として表される。それを得意にしたティベリオ・フィオレッリが、パリで大評判を取り――フランス語ではスカラムーシュと言う――、モリエールが師事したとされる。「チビ助」と訳した原文は“Myrmidons”（ミュルミドーン人）だが、これはテッサリアに住む民族で、アキレウスに従ってトロイヤへ遠征した。「蟻」を意味する「ミュルメックス」から名づけられたという。「蟻」から生まれた人間の意で、「チビ助」の意になることは、フュルティエールの辞書にもある。子爵が小柄であるという設定に掛けているのだろう。「七面鳥」は「間抜けな男」の意になる。

（14）原文では、最初の一行の終わりに“feutre”（フェルト帽）という単語をもってきたために、脚韻に“-eutre”で終わる単語を連ねなければならず、事実かなり無理な造語をしている。“maheutre”は『リトレ辞典』によれば、肩から肘までを蓋《おお》う、一種のクッション。

（15）原文は「貴様の焼き串、しっかりくわえて、落とすなよ、ラリドン」で、「ラリドン」（Laridon）は「脂肪」（lard）のラテン語に由来する。ラ・フォンテーヌの『寓話』（八－24「教育」）に出てくる、台所を徘徊する犬（「おお、何人の皇帝《カエサル》が、ラリドンになりはてることか！」）。台詞の流れが、耳慣れない固有名詞で切られるのを避けて、意訳した。

(16) ダルタニヤンは、言うまでもなく大デュマの小説『三銃士』の主人公（一六一五頃～一六七三）。シラノより四歳年長のダルタニヤンは、一六三五年頃にパリへ出て近衛兵となり、アラス包囲戦には参加しているから、ロスタンは、十九世紀歴史物小説の英雄を、ここで「大デュマへの挨拶」のようにして、登場させている。もっとも、ダルタニヤンが、マザラン枢機卿の庇護のもと、近衛銃士隊に入るのは一六四四年だから、この時点では、まだ近衛銃士兵の制服は着ていないはず（『三銃士、二十年後』プレイヤード版、ジルベール・シゴー注、一五九三頁）。蛇足ながら、アベル・ガンスの映画『シラノとダルタニヤン』（一九六四）は、「ロマン派時代劇」の二人の英雄を主人公にしている。

## 第五場

（1）リシュリュー枢機卿は、演劇に強い関心を抱いており、自身も、署名はしないが、『ロクサーヌ』『ユーロップ』といった作品を書いたとされている。コルネイユの『ル・シッド』に対するアカデミー・フランセーズの批判も、枢機卿が手を入れようとしたのを、コルネイユが拒否したところから発したとする説もある。デュマの『三銃士』第三十九章に、ダルタニヤンが、枢機卿の屋敷に招かれ、『ミラーム』悲劇五幕を書いている枢機卿の姿を見る情景がある（プレイヤード版四三六頁、生島遼一訳、岩波文庫、下巻一四六頁）。

（2）シラノ作の喜劇『やられた衒学者』第三幕第二場に、「まごうかたなきこの鼻は、どこへ行っても、ご主人様より十五分も前に着いている」の台詞あり（プレヴォー版『全集』二〇二頁）。

（3）ローマ皇帝ティチュスとパレスティナの女王ベレニスの悲恋は、ラシーヌの悲劇『ベレニス』の主題だが（「己ガ意ニ背キ、カノ人ノ意ニモ背イテ、送リ返シタ」）、この作品は、ピエール・コルネイユの「英雄劇（comédie héroïque）」である『ティットとベレニス』に対抗して書かれたものと推定されている（岩波文庫版

『ブリタニキュス ベレニス』「解題」四八四頁以下参照）。後世の記憶からすれば、ブルゴーニュ座におけるラシーヌ悲劇の初演の成功が余りに名高く、モリエール一座のコルネイユ劇のほうは忘れ去られるのだが、しかしロスタンは、ここで、脚韻の都合もあって（“Tite”「ティット」を受けるのは“Cette petite”「あの女の子」）、主人公の名をラテン語から直接にとった“Titus”（ティチュス）ではなく、フランス語化した“Tite”としている。しかし、『シラノ』という戯曲を「英雄喜劇」としたことから考えて、ロスタンとしては、ラシーヌの主人公ではなく、敢えてコルネイユの主人公の名を持ち出したと考えることは可能である。訳文で「ティット」としなかったのは、モーツァルトのオペラ・セリア『ティートの寛容』にも拘《かかわ》らず、フランス演劇の常識からすれば、ラシーヌの悲劇のほうが知名度はあるだろうし、その限りにおいて「ティチュス」のほうが耳近《みみぢ》かだと考えたからである。

（4）「侍女」と訳した“duègne”は、良家の若い女性の教育係兼お目付け役の女性で、年配の女性と決まっている。したがって、「侍女」という言葉から想像できる身分の上下関係とはいささか違う。

## 第七場

（1）原文の“rossoli”は、「食後酒」として飲み、消化を助けるとされている「リキュール」で、オー・ド・ヴィーと砂糖とシナモンで作り、香りをつけることが多い（フュルティエールによる）。薔薇とオレンジの花の香りのするリキュールで、特にイタリア産が名高い。正しくは“rossolis”と綴る。

（2）ここに出てくる「カッサンドル」以下の名前は、イタリア喜劇の役名だが、それを持ち役にしている役者のことを指している。「カッサンドル」は、いささかボケの入った老人役。衒学的な父親役の“Docteur”は、イタリア語風に「ドットーレ」と読んでおいた。「イザベル」は娘役、「レアンドル」は若者役の二枚目。テオフィル・ゴーティエの『フラカス隊長』などを想起させる。

（3）原文“Nasica”は、古代ローマの貴族シピオン（スキピウス）一族に付けられた諢《あだ》名《な》で、「鼻のとがった」の意。

（4）大デュマの戯曲の『ネールの塔』（一八三二）の名高い台詞「ネールの塔へ！」の本歌取り。

## 第二幕

（1）「アルブル＝セック通り」（rue de l'Arbre-Sec）は、「プレートル＝サン＝ジェルマン＝ロークセロワ通り（rue des Prêtres-Saint-Germain-l'Auxerrois）」から、サン＝トノレ通りに至る通り。「アルブル＝セック（乾いた木）」は「絞首台」を意味したらしく、この通りのサン＝トノレ側にあったクロワ＝デュ＝トラワール（Croix-du-Trahoirトラワールの十字架）の絞首台に由来する（プレイヤード版大デュマ『三銃士』一六九六頁）。ルーヴル宮から目と鼻の距離に当たるパリ中心街で、この時代には「クロワ＝デュ＝トラワール」という名の有名な酒場があり、この戯曲でも、第二幕第七場で話題になる。「トラワールの十字架」については、語源に諸説あり、Henri Sauval : *Antiquité de Paris*は、"Croix de Tiroi"と綴り、語源の一つとして、市場があり、家畜が引かれて来、選別されたからとする。『十九世紀ラルース』には"Croix du Trahoir ou du Triroir"とあり、刑場があったことを挙げ、ラテン語の"Trahere"（引く）から作られた語ではないかとする（フランス中世学者、月村辰雄氏のご教授による）。

（2）第一幕の「ブルゴーニュ座」の内部以上に、装置の指定は詳細を極めている。すでに述べたように舞台美術の上で、「ロマン派的リアリズム」というものの見本であり、後世ならば、映画のセットに使うだろう。いかにも「小説の世紀」に相応《ふさわ》しい詳細な描写だが、これらを忠実に再現することは、予算的な問題だけではなく、舞台転換の技術的な問題を含めて、かなりの部分を「書割《かきわり》」で済ますのでなければ、事実上不可能だろう。

## 第一場

（1）幕開きの職人たちの動きは、二十世紀後半ならば、ミラノ・ピッコロ座の巨匠ジョルジョ・ストレーレルによる「コメディア・デ・ラルテ」の復活（ゴルドーニの『一度に二人の主人をもつと』）があるのだから、第一幕の幕切れを受けて、「コメディア・デ・ラルテ」風に作ることは可能である。ただ、十九世紀末には、このイタリア起源の即興仮面喜劇は、まだ書物のなかに閉じ込められていた。なお「ミートパイ」とした“roinsoles”は“rissoles”の古形（トリュシェによる）。

（2）（3）の注で触れるマレルブは、「アレクサンドラン詩句」（十二音節の定型詩句）の一行の中で、区切りは真中に来て、「半行詩（エミスティッシュ）」が均衡を保つべきであると主張した。

（3）マレルブ（一五五五〜一六二八）は古典主義詩歌の規範となる詩句を作った。ボワローの『詩法』（一六七四）が歌う、「ついにマレルブ来《きた》れり」で名高い。

（4）「詩だかなんだか知らないが、一行ごとに不揃いな／文句を書いて喜んでいる、云々」は、リーズが「韻文」という言語態を知らないと、ラグノーに言わせるための捨て台詞である。訳注（7）参照。

（5）『月の諸国家と諸帝国』には、食事代を詩篇で支払う話が出てくる（プレヴォー版『全集』三八三頁以下。赤木訳『日月』七四頁以下）。

（6）ラ・フォンテーヌ『寓話』の冒頭に出てくる「蟬と蟻」の話。ここでは「蟬」は芸術家の、「蟻」はただ働くしか能のない人間の比喩で、後者はかなり蔑視的なニュアンスをもつ。比較的近年も、ミッテラン政権下で、日本人を「働くしか能のない蟻」に喩えたフランスの女性首相がいた。蛇足ながら、フランス人は緯度の関係で、多くの場合、「蟬」を見たことがないから、しばしば「きりぎりす」あるいは「こおろぎ」と混同すると言われるが、南仏マルセイユ生まれのロスタンの場合、そういうことはないだろう。

(7)モリエールの喜劇『町人貴族』(第二幕第四場)で、貴族の真似をして教養を身につけようとするジュルダン氏に、哲学の先生が、「韻文と散文の区別」を説く名高い場面を思い出させる(「すべて散文でないものは韻文であり、韻文でないものは散文である」)。リーズには、そういう区別も分からないだろうという含意。

## 第二場

(1)「ユリース」はオデュッセウスのこと。フランス語では、この名はラテン語の「ウリッセース」から作るのだが、ロスタンは若気の過ちと言おうか、一八九八年の初版(シャルパンティエ゠ファスケル社刊)と、一八九九年のマニエ版では、"Ulysseus"(ユリッスース)などという綴りを発明して、批判の種をふやした。次の詩句の「フェビュス」は、「ポイボス」つまりアポローン゠太陽神。従って「金色の髪」をしている。

(2)原文の"Nicodème"は、「ヨハネによる聖福音書」では、始めは律法学者でイエスに共感しながらも、真に理解し、従う勇気がなかったが、十字架礫以後は、イエスの死体をもらい受け、埋葬をした人物の名前。しかし、中世の聖史劇に登場する

「うすのろ」を意味する名となり、十七世紀にはこの意味で普通に用いられた。前の詩句に脚韻をあわせるための選択でもあっただろう。

**第三場**

（1）普通「羽根ペン」は鵞鳥の羽根などで作る。「白鳥の羽根」で作ったのは、「詩歌」を神聖視するラグノーの高級趣味である。もっとも、「白鳥」が特権的に、詩や詩人の象徴的寓意になるのは、十九世紀のことではあるが。

**第四場**

（1）原文は“Phoebus-Rotisseur”（料理人のフェビュス＝太陽神）と“Apollon maître-queux”（料理長のアポロン＝詩神）で、共に詩神と関係付けてあるが、日本語では分からないので、意訳した。

（2）第一幕と同様、作中で「名台詞」となる「詩」の先触れの役をするのはラグノーである。この手の詩は、一種の伝統だが、詩人の遊びとしては、書く側に、それなりの言説パフォーマンスが要求される。マラルメの「折節の歌」などはその見本。

(3)原文では"ridicoculiser"であり、"ridiculiser"(笑いものにする)という動詞の内部に"cocu"(寝取られ亭主)をはめ込んだ造語だが、よく効いている。

### 第五場

(1)バンスラードBenserade(一六一三〜一六九一)は、プレシオジテの詩人のうち最も重要な人物。彼だけ「の殿」と敬称がついている。

(2)原文"darioles"は、フュルティエールの辞書には、「小さな丸いシューの皮のなかにクリームを詰めた菓子で、子供の好物」とある。

(3)サン=タマンSaint-Amant(一五九四〜一六六一)は、その才気煥発で写実的な筆法によって、テオフィル・ゴーティエの好んだ「グロテスク詩人」の一人。

(4)シャプランChapelain(一五九五〜一六七四)は、その叙事詩『乙女、あるいは解放されたフランス』(一六五六)が、後にボワローに嘲笑されたことでも名高いが、アカデミー・フランセーズ創設を強く進言し、『《ル・シッド》に対するアカデミーの意見』(一六三七)を著した。ルイ十四世親政以降の芸術家の年金決定などに強い影響力をもった。

（5）原文"poupelin"は、フュルティエールの辞書によれば、「バターと牛乳と新鮮な卵を素材に、最上級の小麦粉でこねて作るデリケートな菓子」で、「砂糖とレモンの皮をまぜる」という。前注の「シャプラン（Chapelain）」と脚韻を踏むために持ち出されている。

## 第六場

（1）以下、八回繰り返される「はあ！」は、フランスの戯曲としては珍しく、その内包する意味が、演出や演技によって変わりうる例である。フィリップ・ビッソンの教科書用解説（ナタン社刊、一九九三）は、録音・録画のある四人のシラノの「解釈」を列挙し、比較している。ダニエル・ソラノ、ジャック・ヴェベール、ジャン＝ポール・ベルモンド、ジェラール・ドパルディユーのそれである。しかしここでは、読者の想像力に任せることにして、これらの演技を引くことはしないでおく。ただ、次第に希望が高まっていく中で、最後の二つの「はあ」は、喜んだ反応ではなく、「疑い」のきざした台詞として、「はあ？」と表記した。その直後に、ロクサーヌの口から、「お美しい」という決定的な、疑いようもない言葉が発せられてしまう。幕ごとに、主要人物の「長台詞」を聞かせる場所が設えられていることの戯曲であるが、第二幕の最初の山場は、シラノが受け身であるために、「はあ！」の繰り返しが見せ場になる。

（2）「王宮広場」は、現在のヴォージュ広場。マレー地区の中心に当たった。

（3）原文直訳は、「デュルフェの小説の主人公そのままの」――オノレ・デュルフェは、『アストレ』の作者で、この恋愛至上主義的小説は、プレシオジテ文学のモデルとなった。第一幕第四場、訳注（13）参照。

（4）フレデリック・ラシェーヴルによれば、カルボンの中隊は、ほとんど全員がガスコーニュ生まれ（つまりガスコン）で、すぐに抜刀するので恐れられていたという（Frédéric Lachèvre, *Les Œures libertines de Cyrano de Bergerac*, Champion, 1921,t.1,pXXXⅢ）。

## 第七場

（1）「引っ立て十字架亭」と訳したのは、第二幕冒頭の訳注（1）に書いた“Croix-du-Trahoir”（トラワールの十字架）の名をもつ名高い店。辰野・鈴木訳は「八裂き十字架屋」（岩瀬訳もほぼ同じ）としているが、屋号としてはいかがなものか。ここでは「引く」にかけて、「引っ立て十字架亭」とした。F・ミッシェル、E・フルニエ共著『旅籠、居酒屋、家具付き旅館、料理屋、茶館』によると、ラグノーの店の向かいではないが、近くにあった（トリュシェの注）。

（2）テオフラスト・ルノードー Théophraste Renaudot（一五八六～一六五三）は、一六三一年に、文芸紙『ラ・ガゼット』*La Gazette*を創刊した。もっとも、「未来は新聞にあり」というような発想は、十七世紀のものではなく、十九世紀の廉価日刊紙刊行以降の話である。

（3）“pentacrostiche”は“penta”（「五つの」）と“acrostiche”（つまり詩句の冒頭の文字を繋ぐと名前になる詩、「折句」）とを一語にした詩形。

（4）ガシヨン Jean de Gassion（一六〇九～一六四七）は、ザクセンやロクロワで武勲を上げたフランスの元帥。事実、シラノを庇護しようとしたが、シラノが断った。

（5）第一幕の「鼻の啖呵」「決闘のバラード」に続いて、第二幕の「名台詞」であり、辰野・鈴木訳でも、しばしば引かれる。しかし、原文は八音節の詩句八行で一連となり、それが四連続く形だが、その脚韻は、“a-b-a-a-b-a-b”という組み合わせで、

“a”は“-ogne”、“b”は“-ous (x)”である。特に“Gascogne《ガスコーニュ》”/“vergogne《ヴェルゴーニュ》”（ガスコーニュ／慎み）の組み合わせからも分かるように、“-gne”の音を執拗に繰り返している。この音は、日本語で「ニュ」と言ったのでは全く伝わらないような、鼻腔を閉じて舌を口蓋に押し付けて搾り出すような音で、「鼻」の抑圧的共鳴からなる音である。第一幕の「ブルゴーニュ座」に既に含まれており、「ブルゴーニュ」と「ガスコーニュ」は、脚韻以外の場でも共鳴して、「鼻」を「話題＝場《トポス》」とする一種の「模倣的諧調」の効果をもっている。『シラノ』の名台詞の録音は幾つもあるが、その中には、この鼻にかかる「ニュ」を極端に強調した読み方のものもある。しかし、日本語とフランス語の音韻構造の違いから、「ニュ」に余りこだわっても生産的ではないだろう。それに訳者が、一九六〇年代にコメディ＝フランセーズで観た、ジャック・シャロン演出、ジャン・ピア主演の『シラノ』に感動し、いわば目から鱗《うろこ》が落ちる思いがしたのは、この「鼻」にかかる「ニュ」を、重ったるくするのではなく、挑発的に投げ上げることで、一種の「スイング」の快感を与えていたからである。記憶違いでなければ、この「名乗り」の名台詞も、シラノの独り台詞ではなく、「青年隊」をコロスのように使って、剣を儀仗《ぎじょう》に使った「名乗り」のパフォーマンスに仕立てており、作品理解の上でも大いに刺激になった。この「名乗り」は、第四幕の最後の「敵陣突入」の際に、シラノによって使われるのだから、その作用も考えておかなくてはなるまい。なお、四連目の主題となる「女性観」は、「プレシオジテ」の文学の主題をなす「女性崇拝」が、ロクサーヌの存在によって作品の前面に出ている空間では、それと全く対照をなすような、はなはだ「女性蔑視的丈夫《ますらお》振り」である。女性崇拝のプレシオジテが、パリのサロンや宮廷で持て囃されている地平で、「ガスコンの青年隊」のような地方貴族の、落ちこぼれではないにもせよ、時代の本流からは明らかに外れている若者集団を衝き動かす、性的な欲望の代弁と取れる。

（6）シラノの『アグリピーヌの死』韻文悲劇五幕は、恐らく一六四七年に書かれ、一六五三年にブルゴーニュ座で上演された。ティベール帝の寵臣セジャニュスの「切りつけよう、生贄はここにある、時は迫る！」（第四幕第四場、一三〇六行、プレヴォー版『全集』二八七頁）という詩句が、「生贄」に「御聖体」を意味する単語を用いていたためスキャンダルとなった。なお、この悲劇の主人公は、ラシーヌ悲劇の『ブリタニキュス』で、ネロンの母として登場するアグリピーヌではなく、その母であったアグリピーヌ一世である。

（7）セルバンテス『ドン・キホーテ』の、セザール・ウーダンによる最初の仏訳は、一六二〇年に出ている。「風車」のくだりは、第一部の十三章ではなく、八章に読まれる。デュマの『ダルタニヤン』が、若いダルタニヤンを読者に紹介するのに、冒頭から「若いドン・キホーテ」という表現を使っていることから考えても、十九世紀ロマン派の地平から十七世紀前半の「英雄主義」を語るには、不可欠のレフェランスとされていたようだ。

## 第八場

（1）第二幕の二番目の「名台詞」が始まる。繰り返される「いやだね、真っ平だ」を区切りの文句にして、シラノの生き様——十九世紀中葉以降なら、「ダンディスム」と呼んだでもあろう志向——を歌い上げる。事実この「名台詞」は、一六四〇年代の「独立不羈《ふき》」の詩人の心情告白であるよりは、そこに引かれる事例から、むしろ十九世紀末のパリの文壇を皮肉っているようにも取れる。

（2）「助成金」獲得は二十世紀の文化的葛藤だが、フランスでは、ルイ十四世親政（一六六一年）以降、国王による年金あるいは御下賜金の制度が確立する。とはいえ、この戯曲の背景となっている時代に、すでに王侯貴族をパトロンにもつことは、作家（一般に芸術家）の栄達のためには、不可避の手続きであった。歴史上のシラノにしても、一六五三年以降、アルパジョン公爵の庇護を受け、『作品集』と『アグリピーヌの死』を刊行することができた。ともあれこの台詞は、この戯曲が書かれた十九世紀末より、むしろ二十世紀の劇場において、シラノという登場人物を超えて、より痛烈な諷刺となり得るだろう。

（3）シャルル・ド・セルシー（Charles de Sercy）は、訳注（2）に挙げたシラノの著作の出版元。ここでも歴史上の事実と、虚構を殊更に対比させている。

(4）原文は「枢機卿による選出会議で、教皇に選んでもらう」だが、比喩として日本語では効果がないので、意訳した。というのも「詩王」は、実際に十九世紀末のパリの先駆的詩壇にはあって、一八九四年からヴェルレーヌが「詩王」であったが、一八九六年にヴェルレーヌが死んだ後、マラルメが選ばれた。ロスタン自身、同時代への諷刺だと語っている。これに続く、「たかがソネ一作で名声を狙う」などとも、マラルメのことかと疑ってしまう。もっともロスタンは、詩人としてはマラルメのようになりたかったと言うのだが。

（5）『フランス文芸』と訳したのは『メルキュール・フランソワ』（*Mercure François*）で、一六一一年に創刊。一六三八年から一六四八年までは、テオフラスト・ルノードーが編集長であった。第二幕第七場で、シラノに「もう少し詳しい情報を」と、取材に来た人物である。後世の『メルキュール・ド・フランス』誌の遠い前身。

（6）ヴェルレーヌの名高い「グリーン」の本歌取り。「ここにある、花が、果実が、葉が、枝が、／それから君のためにだけ、鼓動するぼくの心が。」

（7）この「名台詞」の冒頭の「蔦」の比喩に回帰して、終わる。「樫や菩提樹は望まない」は、否応なしに、ラ・フォンテーヌの寓話「樫と葦」の対比を思い出させるが、シラノは、この「葦」のように柔軟な生き方をしようというのではない。なお蛇足ながら、この四九行半に及ぶ名台詞も、アレクサンドラン（十二音節）定型詩句を平坦韻で連ねていくのだが、「男性韻二行」と「女性韻（語尾に“e”がくるもの）二行」とを交互に配して行くわけだから、相当な力技である。

（8）ロスタンのシラノにも、見え隠れする同性愛的情動の一端だと取ることも出来よう。

（9）前の長台詞は、シラノの積極的な面を告白しているが、「良識派」のル・ブレに反論して「過激な生き方」を声高に主張するところは、古代悲劇的に言えば、そのために英雄が滅びる「傲慢《ヒュブリス》」である。あるいは、フランス演劇の記憶の地平で言えば、モリエール作『人間嫌い』のアルセストの極端な生き方を想起させる。

**第九場**

（1）このシラノの「語り」は、コルネイユ『ル・シッド』第四幕第三場の「合戦の語り」を本説とするだろう。剣士としてのシラノの、「英雄叙事詩的行動」を語ろうというのだから。もっとも、そこで用いられるイメージは、ロマン派以降の近代詩の情景なのであるが。劇作家の手腕は、歌舞伎なら「待ってました！」と声がかかりそうな、この「叙事詩的語り」を、全く予想外にクリスチャンが入れる「半畳」によって中断し、雄弁術の腰を折るような仕掛けを作り出したことにある。しかも、ロクサーヌとの「ミス・リーディングな告白」の場で予告されていた「美貌の恋人」と、「醜悪な片思いの恋人」との最初の出会いなのであり、恋物語の主人公のほうは、その間の事情を知らないままで、無鉄砲な「鼻の半畳」を入れる、という巧妙な設定である。

(2)原文は「木の皮と幹のあいだに指を突っ込み」だが、日本語で「鼻」を読み込むべく、辰野・鈴木訳にならって変えた。

(3)原文は“me faire donner... sur les doigts”(わたしに罰を与える)の“sur les doigts”を“sur le nez”と、先取りして野次るのだが、これも成句であって、その中の「指」という単語を、日本語の成句に読み込めないので、思い切って意訳している。なお訳文の上で、シラノの「派手な奴だ」は、シラノとしては、クリスチャンの無謀さに掛けて言わせている。

(4)原文は“L'onion et la litharge”で、「玉ねぎと一酸化鉛」だが、これでは何のことか分からない。辰野・鈴木訳は「葱《ねぎ》と酢《す》あえ」だが、それでは飲み屋の「つき出し」のようで、どうしてこうなるのか分からない。岩瀬訳は「ねぎと安酒」だが、説明がない。原文の“litharge”は、『リトレ辞典』には「一酸化鉛の古名」として、「酸っぱいワインをごまかすには、リタルジュを用いてする」という、ジャン゠ジャック・ルソー『エミール』の用例を挙げ、更に“litharge”“lithargyré”を項目として挙げて、「リタルジュで変質した」の意とする。ここではまた「二十年程前に、ワインの商人が、そのようなリタルジェしたワインを売って逮捕された」の例を引く。ルソーの用例、「ワインを飲む際には、それがリタルジェされているかどうかを知ることが重要」も引いている。こうした指摘は十九世紀の辞書までで、二十世紀のものには出て来ない。これらを勘案すると、変質したワインにこの薬品を入れて安酒とすることを意味するので、トリュシェの注もそうなっている。つまり、部分や要素で全体を意味する比喩であり、一酸化鉛で酸味をごまかした「安酒」の意となる。なお原文の「玉ねぎ」は効かないので「韮」と意訳した。クリスチャンの「半畳」は、唐突に「鼻」を持ち出すように見えて、最終的には、戦う者同士が、否応なしに「鼻つきあわす」ような情況にもちこんでしまう。「安酒飲み」の悪臭から「闘牛」の比喩へと飛躍するのは、言説の「地滑り」として見事である。

## 第十場

（1）クリスチャンに対するシラノの情動には、時としてあからさまに同性愛的な動機が透けて見える。歴史上のシラノは、同性愛者としても知られていたし、ロスタンがそれを知らずにいるわけはない。もちろん、世紀末の劇場の良識に照らして、それを表に出すような危険を、ロスタンは冒しはしないが。一般に、「一人の女性を巡る二人の男」という三角関係の男二人の間に、同性愛的欲望を見たのは、精神分析医のダニエル・ラガッシュである。

（2）ここで語られる二人の「上着」は、二人の「肉体」の換喩、つまり、部分で全体を、容器で内容物を表す比喩であろうから、上演台本を作った段階では、「野暮な俺の体から、君のしゃれた体へと、この布を通して」としたが、いささか訳しすぎのきらいがあるので、原文に忠実な訳文に直した。

（3）前注の補強にもなりそうな情景。

第十一場

（1）原文は“La giroflée”「ニオイアラセイトウ」という花の名。それが、「何だろうな、この臭いは?」という臆面もない台詞への「字面上の返事」になる理由は、花の匂いが強いということだけではなく、その名が、“gifle”（平手打ち、ビンタ）と音が通じるからである。事実、“giroflée à cinq feuilles”（直訳すると「五枚の花弁のニオイアラセイトウ」）で、「五本の指の跡が残るビンタ」の意になる。気が弱い癖にずうずうしく無神経な近衛銃士の台詞――「なんだろうな、この臭いは？」――に、直接に対応するように訳せば、「ビンタの臭いだ！」となるだろう。辰野・鈴木訳は「平手の花だあ！」であるが、ただ、日本語では、「花」と「鼻」は、アクセントを別にすれば音が通じるから、「鼻」が禁句のシラノの台詞には避けるべきかも知れない。もっとも、クリスチャンによる「鼻の半畳」が新しい恋のアヴァンチュールへの道を開いた後だから、ここは別だとも言える。「臭い」の話が消えてしまうのは惜しいが、幕切れの台詞に花がほしいから、「ビンタの花だ」とした。

## 第三幕

（1）十七世紀にはマレー地区は、まだお屋敷町であった。「古風な」と二度も繰り返しているのは、貴族の邸宅が、ルーヴルに近い地域に増えていたことなどを踏まえているのだろう。マレー地区は、十九世紀以降はユダヤ人居住地のようになり、かつての「お屋敷」も荒廃した（パリのユダヤ人強制連行の記憶はなおも生々しく、それを記憶に留める為の展示・研究センターである「ショア記念館」も二〇

○四年に作られている)。一九六〇年代には、時の文化大臣マルローの主導で、古い「屋敷」が修復され、夏には「マレー地区フェスティヴァル」も催された。更にポンピドゥー政権下での、中央市場の解体・移動と、その跡地の再開発によって、ポンピドゥー・センターが出来、マレー地区もお洒落なカルティエとして生まれ変わった。それでもユダヤ人は多いようで、市場では「血抜きのステーキ(steak kascher)」を売っている。現在では、ゲイ文化の発信地としても、国際的に知られている。

(2) 第三幕「ロクサーヌ接吻の場」の本説は、言うまでもなくシェークスピア『ロミオとジュリエット』の「バルコニーの場」である。言わば、ロマン派的「恋の言説」の聖なるトポスである。

**第一場**

(1)「クロミール(Clomire)」は、ソメーズの『才女名鑑』にも出てくるクリッソン嬢のこと。なお、「お客間で恋の品定め」は意訳。直訳すれば、「お客間で文芸を語るサロンをお開きになる」。

（2）スキュデリー嬢の作った、名高い「恋慕の地図（Carte de Tendre）」のもじり。
（3）ガッサンディー Gassendi（本名Pierre Gassend 一五九二〜一六五五）は、フランスの哲学者・理学者で、コペルニクスの説を支持し、ガリレオを尊敬した。数多くの科学的発見をしたが、なかでも音響学において音の高さとその伝播速度を解明した。アリストテレスとデカルトに反対し、エピクロスの原子論的唯物思想に回帰した。
（4）ダスーシー（Charles Coypeau d'Assoucy 一六〇五〜一六七七）は、モリエールやシラノの友人で、オペラ・コミックの先駆となるような、諷刺喜劇的作品を書いた。
（5）「一寸した事」（"riens"「無に等しいもの＝取るに足らぬ事」）を主題に名文を書くのは、古典修辞学における"chrie"の技法であり、日本語では「訓語引用」などと訳すが、これではよく分からない。「プレシオジテ」の「恋の言説」が腐心した技法であり、ラシーヌはそれを逆手に取って、極度に簡素な悲劇『ベレニス』を書いて成功した（岩波文庫版『ブリタニキュス　ベレニス』「解題」四八八頁）。

**第二場**

（1）アラスは、西北フランス、現在のパ゠ド゠カレー県の首都。スカルプ河に臨む。毛織物の生産地としても名高い。中世以来、戦略的位置のために、その帰属は政争の的であった。神聖ローマ帝国に帰属していたアラスを、まずルイ十三世が一六四〇年に取り返した。

（2）「カプチン派」は、フランシスコ派から分かれた宗派。辰野・鈴木訳が「フランシス派の監督僧が建てた」としているのは、日本人にまだしも耳近かだと判断されたからであろう。岩瀬訳は「カピュサン会の役僧が立てた修道院」。

（3）この部分、意訳。直訳すれば「天にも昇る心地にする言葉よ！」だが、アントワーヌとその名で呼ばれたことに感動していることは、読者にも分かったほうがよいだろう。

**第三場**

（1）アルカンドル、リジモンは、具体的に実在した誰かを指しているわけではあるまい。

（2）ロクサーヌとシラノの、この「シーッ！」の繰り返しは、オペラ・コミックかオペレッタのように、殊更に「芝居ッ気たっぷり」である。

**第四場**

（1）ピノキオの寓話である。「操り人形」が、ある日、「人形遣い」に反抗するのだ。しかし、クリスチャンの場合、人形遣いに反抗しようとする勇気は、ロクサーヌの姿を見るや、たちまちに消え去る。

**第五場**

（1）才女のバルテノイードとユリメドントは、すでに第一幕で話題になっている。グレミオーヌは、ソメーズの『才女名鑑』によれば、ド・ラ・グルヌイエール嬢。

（2）原文は"Brodez"（「刺繍をして」）である。「恋の言説」は、美しい刺繍をした「織物＝テクスト」でなければならない。このくだりなど、マリヴォーの洗練された恋愛喜劇を演じる、マドレーヌ・ルノーの声が聞こえるようである。もちろん彼女は、ロクサーヌなど演じてはいないのだが。

（3）原文"Délabyrinthez"は"labyrinthe"（迷宮）から作ったロスタンの造語。「糸を紡ぐ」比喩が出て来たから、クレタ島の迷宮を、アリアドネの「糸玉」をたどって脱出できたテーセウスの故事が浮かび、「迷宮から糸玉をたどって出てくる」ように、感情の迷路を言説化するようにと求めるのだ。ラシーヌ『フェードル』第二幕第五場のフェードルの口説きが本説。こう書くと、この造語のいわれは分かるが、音の響きが固すぎて、校注者の評判は悪い。

（4）この芝居の文脈では、クリスチャンのこの行動は、全く愚劣にしか映らないはずだが、しかし、プレシオジテの恋愛用語と恋愛感情の洗練ばかりを金科玉条《きんかぎょくじょう》にしているロクサーヌ主演の「舞台」では、読者＝観客としては、クリスチャンという若者の、こうした率直な欲望の表白《ひょうはく》は、かえって息がつけて、好ましい。なお、この台詞に先立つト書き（「にじり寄り、金髪のうなじを食い入るように見つめて」）は、初版にはなかった。

（5）第四幕第八場の、クリスチャンとロクサーヌの別れの情景の伏線である。

**第七場**

（1）いよいよこの作品の最も重要な山場である「バルコニーの場」が始まる。『シラノ』は、単に「鼻の啖呵」や「決闘のバラード」、あるいは「ガスコン青年隊の名乗り」や「いやだね、真っ平だ！」の名台詞といった「丈夫《ますらお》ぶり」だけで当たったのではない。十七世紀古典主義演劇以来の、フランス演劇の精髄とも言うべき「恋の言説」によって、観客を恍惚とさせることを、何よりも狙ったはずである。コクランが、彼の役柄からして「口説き」の芝居は苦手だとしたのを逆手に取って、舞台を「闇夜」にすることで、「発語者の入れ替わり」という喜劇的な仕掛けを作り、そのお蔭で、「恋の言説」は見事に花開く。「闇夜の舞台」であるからこそ、シラノの「恋の言説」が「音声のパフォーマンス」として、華麗に展開されるのである。従って、暗闇だからクリスチャンと入れ替わっても分からないとして、クリスチャンに、シラノの台詞に合わせたパントマイムを延々と演じさせて、客の笑いを取ろうという類の演出は、本末顚倒《てんとう》も甚だしい。この戯曲におけるシラノの声の重要さは、振り返ってみれば、第一幕で、平土間の観客に入り混じって、声はするが姿は見えないという登場の仕方にも表れていた。初演時に、響きのよい声の持ち主であったコクランだからこそ成功したという秘密も、そこにあった。

（2）原文は“Hercule《エルキュール》”つまり「ヘラクレス」。従って、その「十二功業」の一つ、「レルネーのヒュドラー（水蛇）退治」にかけて、「大蛇」が出る。

（3）直訳すれば、「想像力が、痛風にでもおかかりになった？」」。“l'imaginative”という女性形を「想像力」の意味に用いるのは、古い用法。

（4）この五行の、ひどく散文的にも思えるシラノの口説きは、「理学者」のシラノという一面を見せておこうというのだろう。

（5）ロクサーヌが、いつものクリスチャンの声とは違う発語者の声に気づいたことは、第五幕大詰めの伏線。しかしここではロクサーヌは、この「発語者の声の異変」を敢えて問題にはしないでいる。言説の内容に強く惹かれているからだ、というのが、作者の考えだろう。

（6）原文は“l'eau fade du Lignon”（「リニョンの川の気の抜けた水」）。「リニョンの川」は、フランス中部を流れるロワール河の支流だが、当時大流行の小説『アストレ』の舞台となったことで、一躍有名になった。「ああ、紋切り型の……」から、シラノの「恋の言説」が展開される。第一幕にも第二幕にもなかった、「恋する男」としてのシラノの「名台詞」である。その強度は、まずは言葉で、相手を性的オルガスムに到達させようとする。

(7) ロクサーヌは、シラノ＝クリスチャンの「口説き」があまり烈しいので、二度までも、「でも、才気のほうは？」という問いで、それを「プレシオジテの恋愛遊戯」の場に引き戻そうとする。

(8) 原文の直訳は、「ヴォワチュールの恋文」。Vincent Voiture（一五九七〜一六四八）は、ランブイエ侯爵夫人のサロンの常連で、プレシオジテ文学の中心的存在。特に書簡集は、その才気煥発の魅力によって、ラ・フォンテーヌのような詩人の称嘆をも博した。ここで固有名詞を出しても通じないだろうから、意訳した。

(9) 「理学者」として、宇宙の万象に強い興味を抱いていたシラノの、「垂直方向のポエジー」である。

(10) 『ハムレット』の名高い「言葉、言葉、言葉！」を、訳者としては重ねておいた。原文は「言葉」を受ける代名詞（「それらのすべて」"tous ceux"）の繰り返し三回。

(11) シラノは、自分の「恋の言説」に、完全に呑み込まれ、文字通り「我を忘れて」いる。この忘我・恍惚の境で、「君のことは何でも覚えている、云々」の告白が来る。冷静に考えれば、クリスチャンにとって「去年五月十二日のロクサーヌ」の記憶など、あるはずがないのだが。ロクサーヌも、既にこの「忘我・恍惚」を共有して、気づかない。

(12) ここでシラノは、ロクサーヌに"tu"で呼びかける。心理的距離が、絶対的に近くなったのである。

(13) 原文の直訳は「恋に酔わされて」だが、日本語として弱いので、意訳した。先に「恋の言説」による性的オルガスムの到達、と書いたのは、必ずしも比喩ではない。すぐ先のクリスチャンの台詞が「あれだけ興奮しているんだから」というのは、正鵠《せいこく》を射ている。

(14) クリスチャンのこの現実主義は、シラノとロクサーヌの「幻想の恋」を、唐突に、現実へと引き戻す。演者の意志とは関係なく、芝居の仕掛けとして、見事である。

### 第八場

(1) ディオゲネース(前四一三頃~前三二七頃)は、古代ギリシアの犬儒派の哲人。名誉や富や社会的慣習などを全て無視して、裸足で、粗末な布を纏い、樽の中で生活していた。様々な逸話が残されているが、その一つに、アテネの町を、昼日中、ランタンを掲げて歩き回り、問われると、「人間を探しているのだ」と答えたという。ただここは夜の情景なので、シラノが修道僧の無知をからかった台詞だろう。

（2）直訳すると、「わたしの祈りも、あなたの"cuculle"に着いて行きます」。"cuculle"は、「修道僧の服や頭巾を意味する」（フュルティエールの辞書）。

**第九場**

（1）原文の直訳は、「お前の口ひげはブロンドだし」。

**第十場**

（1）「互いの舌が確かめる」は、訳者の補足的訳文。

（2）バッキンガム公爵（一五九二～一六二八）は、イギリス国王ジェームズ一世（フランス語ではジャック一世）と、次いでチャールズ一世の寵臣であったが、ルイ十三世の王妃アンヌ・ドートリッシュ（一六〇一～一六六六）と恋に落ちる。その恋は、ルイ十三世とリシュリュー枢機卿の政治的確執にからみつつ、大デュマ

『三銃士』の主題の一つとなっていた。

（3）第二幕第六場と同じく、「美しい」という形容詞で、シラノの幻想は破られる。第四幕でロクサーヌが、「醜くても愛する」という変貌を遂げるための、伏線になる。

（4）「ルカスによる福音」（一六章二〇～二一節）に、「ラザロスというできものだらけの貧しい人が、この金持ちの門前に横たわり、その食卓から落ちる物で腹を満たしたいものだと思っていた」（共同訳）。なお、「貴様の甘露の雫は、落ちて来る」は意訳。直訳すれば、「お前の（食べた）破片が落ちて来る」。

第十一場

（1）直訳すると「胸当ての胴着（soubreveste）の紐を締め」だが、日本語の成句で近いものを当てた。

（2）手紙の代筆が主題となる劇で、ロクサーヌまで、他人の手紙を捏造《ねつぞう》する。しかし、修道僧の存在が、恋人同士を、制度的に結びつける策略を可能にする。

**第十二場**

（1）これまで垂直軸を欠いていた劇的展開は、「バルコニーの場」で、上下方向のベクトルを手に入れた。今度は、それを天空と地上にまで拡大しようという。『月世界旅行』（正しくは『もう一つの世界』のうち、『月の諸国家と諸帝国』）の著者シラノの出番である。

**第十三場**

（1）「ベルジュラック訛り」は、広くは「ガスコーニュ訛り」として、第二幕と第四幕のガスコン青年隊の場面でも出てくるが、日本語の等価物として、何を当てるか。ベルジュラックもガスコーニュも、大西洋側の南フランスの地方であり、言語的には「オック語圏」であるから、その限りでは、九州方言を持ってくるのがよいのかも知れないが、この第十三場の「ベルジュラック訛り」は、方言を使っているわけではなく、「訛り」だけが問題になっている（事実、語彙まで九州方言にした岩瀬孝訳は、この部分で成功していない）。訳者としては、この台本でシラノを演じた演劇集団〈円〉の橋爪功が、関西出身者であることから、ここでは大雑把に関西弁を基調にしてみた。

（2）この「月世界」の定義は、シラノの『月の諸国家と諸帝国』の冒頭に出てくる（赤木訳『日月』九頁、プレヴォー版『全集』三五九頁）。虚構のシラノを歴史上のシラノに重ねて読めばシラノによる自己引用ということになる。以下の事例も同様。

（3）原文“postère”（尻《けつ》）は、十七世紀の滑稽物語によく使われた。

（4）原文“cucurbite”は「フラスコ」で、その意味で十七世紀にも用いられたが、トリュシェは、ロスタンがラテン語の“cucurbita”（カボチャ）から作ったととる。

（5）レジオモンタニュスは、本名ヨハンネス・ミューラー、十五世紀ドイツの数学者・天文学者。空を飛ぶ鉄の鷲の発明は、「王の山の住人」を意味するその名前から、ロスタンが発想したのだろうという（トリュシェによる）。

（6）イタリアのタラント生まれのアルキュタース（前四三〇頃〜前三四八頃）。古代ギリシアのピタゴラス派の哲学者・天文学者・数学者・政治家で、プラトンの友人。様々な自動機械を考案したが、その名高いものに、空飛ぶ木製の鳩がある。

（7）『月の諸国家と諸帝国』（赤木訳『日月』一二頁、プレヴォー版『全集』三六〇頁）。

（8）「二十の鏡」は、正しくは「二十面体の鏡」。『太陽の諸国家と諸帝国』にある（赤木訳『日月』二三五〜二三九頁、プレヴォー版『全集』四四三〜四四四頁）。

（9）『月の諸国家と諸帝国』（赤木訳『日月』二八〜二九頁、プレヴォー版『全集』三六六頁）。

（10）『月の諸国家と諸帝国』にある「エノクが神様に捧げた犠牲」の逸話（赤木訳『日月』三八頁以下、プレヴォー版『全集』三六九〜三七〇頁）。

（11）同前（赤木訳『日月』二九頁、プレヴォー版『全集』三六五頁）。

（12）同前（赤木訳『日月』四三頁、プレヴォー版『全集』三七一〜三七二頁）。

（13）この「波音」の台詞は、フランス語と日本語で隔たりが大きすぎるので、日本語の台詞として面白くするために、原文で二音節しか取っていないことは無視して、十二音節詩句一行分の寸法にした。

**第四幕**

**第一場**

（1）以下発語者は、青年隊員の意で青年隊と表記する。

(2)スペイン軍に占領されていたアラスの包囲戦は、一六四〇年六月〜八月のことで、ロスタンは、アクメ・デリクールの『アラス包囲戦』(一八四五)と、プティト、モンメルケ共編『フランス史に関する回想録集』(一八二六)の五十六巻に読まれる、グラモン元帥(つまり劇中のド・ギッシュ伯爵)の『回想録』を典拠にしている(トリュシェの指摘による)。

## 第二場

(1)青年隊員の4までは、原作の指定。その先は、訳者の割り振り。

(2)トロイア戦争の際、アガメムノーンが、アキレウスの女プリーセーイスを奪ったため、アキレウスは戦闘から身を引いた故事。『イーリアス』に語られている。次の場で、「『イーリアス』でもやれ!」というシラノの台詞があり、シラノはテントのなかで『イーリアス』を読んでいたことになっている(もちろんギリシア語でだろう)。

## 第三場

（1）ここの「サラダ（salade）」は、フュルティエールの辞書によれば、「軽騎兵がかぶる兜で、通常の兜である“casque”と異なるのは、天辺《てっぺん》に何の飾りもなく、ただの鉢のように見える点」だという。「サラダという兜」だが、聞いて分からないだろうから、「サラダ・ボール」とした。

（2）第二場の訳注（2）を参照。戦場で、飢餓の最中に『イーリアス』を読むというのが、ロスタンの想像するシラノのダンディスムである。

（3）四行先で分かるように、リシュリュー枢機卿のこと。『三銃士』の権力構造の一極にいた宰相・枢機卿は、この英雄喜劇でも、常に劇の背後に見え隠れしている。

（4）第一幕以来、「ブルゴーニュの赤」は、この芝居のガストロノミックな紋章である。「プリーズ」は、原文“if you please”で、『三銃士』の記憶に忠実に、「イギリスもどき」を入れている。

（5）原文は“l'éminence qui grise”だが、“l'éminence grise”（陰の枢機卿＝黒幕）と“qui grise”（酒に酔う）をかけてある。因《ちな》みに、『三銃士』にも、“l'éminence grise”の話題は偏在しており、リシュリューの「黒幕」であったジョゼフ師のこと。

(6)『シラノ』五幕のなかで、第四幕は、戦場が舞台であり、そこにロクサーヌが馬車に乗って駆けつけ、しかもその後で戦闘が始まるという派手な動きに貫かれているから――その結末はクリスチャンの戦死である――シラノに「名台詞」を言わせる場面がほとんどない。この第三場のシラノの「望郷の歌」が、唯一のそれである。

(7)南仏の総称。当然、ガスコーニュ地方が含まれる。

(8)十七世紀を代表する哲学者のデカルトは、シラノの師であるガッサンディーの論敵であったが、『日月両世界旅行』で分かるように、シラノは同時代の先端的思想家として尊敬していた。ここでは、古典文学を代表する『イーリアス』と並んで、シラノの文化空間を指し示す役割を負っている。実在のシラノにとって重要な著作はデカルトの『哲学原理』(一六四四)だろうが、一六四〇年の時点ということで、読者が『方法叙説』(一六三七)を想定しても、悪くはあるまい。

(9)「本を読みながら歩き回る」のは、言うまでもなく『ハムレット』の本歌取り。

**第四場**

（1）原文は「ペリゴール地方の男爵」。まさにベルジュラックの位置する地方。トリュッフの産地だが、それを鼻で嗅いで探す豚にかけているわけではあるまい。ラスコーの洞窟で知られるようになるこの地方には、洞窟が多いので意訳した。

（2）"panache"（羽根飾り）の元祖は、アンリ四世である。しかし、シラノのように、それを精神的な価値にまで高めたのは、トリュシェの言うように、ロスタンの独創である。第五幕第六場訳注（8）を参照。

（3）ラ・メイレ元帥のこと。

（4）「戦場」と、そこにおける「戦闘」そのものを舞台で見せようという作者の仕掛けは、「登場人物間の劇」のレベルで言えば、クリスチャンの「仮面」のもとで「恋文」を書き続けてきた「シラノの恋」が、クリスチャンの前に露呈するかどうかにかかっている。その最初の危機が、ここで示されている。この危機が、真の姿で露呈される前に、「ロクサーヌの戦場慰問」という「英雄的行為」が介入する。恋の情念のサスペンスをはらんだ、第四幕の「見せ場」である。

**第五場**

（1）『シンデレラ』のもじり。但しこの童話では、とかげが召使いで、鼠は馬丁。

（2）この箇所、一九一〇年の『挿絵入り全集』によるトリュシェ版以外は、多くの版が、"Elles"と大文字にしている。直前の"les Espagnols"（スペイン軍）に引かれているのか。特段に大文字で受けなければならない女性名詞は出ていない。トリュシェ版は"Qu'elle sont ..."と"Qu"を大文字で始めており（二六四頁）、これが正しいと思われる。

（3）「菖蒲花」が出てくるのは、むしろ十九世紀末の感受性のように見える。

**第六場**

（1）「バルタザール」は、『旧約聖書』「ダニエル書」によればバビロニア最後の王だが、普通名詞として使うと、「飲めや歌えの大饗宴」の意となる。

**第八場**

（1）クリスチャンは冒頭からロクサーヌに、心理的距離の近いことを表す"tu"で話しかけていたが、ロクサーヌのほうは、ここまでは“vous”で答えていた。第三者の目があったという事情もあるだろう。ここで二人きりになって、初めてロクサーヌもクリスチャンに“tu”で話しかける。

(2) ここで問題になる恋文は、単に「書かれた」ものではなく、それを書いたはずの人物の「声」を伝えているという特異な現象。エロスを担っているのは、「文章」であると同時に、いやそれ以上に、「声」なのである。この発見が、クリスチャンを絶望させると同時に、第五幕の大団円の伏線となる。

(3) ここだけ、クリスチャンは“vous”で言う。心理的に距離を取ったのだ。

(4) ここから原文では(…)の文が始まる。四行後で一旦括弧を閉じて、半行句あって——そこは“tu”で語る——再び括弧を開き、一行半続ける。但しこのような表記は、この戯曲では他には見られず、かなり異常であるから、その意味を捉えておかねばなるまい。トリュシエ版(二八四頁)では、最初の“vous”の出現する文は、“—”で囲んで(…)は用いていない。括弧内では、ロクサーヌは、クリスチャンに“vous”で語りかけているのだが、語られている内容は、クリスチャンに対する「宗教的な」と呼んでよいような崇敬の念の告白である。そしてこの部分を軸にした回転扉のようにして、この後は、クリスチャンへの愛が、単にその「美しい肉体への恋」ではなく、「その崇高な魂への愛」に他ならないことを告白するのである。十九世紀末好みの「宗教性」が、巧みに書き込まれている段落であり、後世からは分かり難い志向だとも言える。訳文の上では、ここで（……）が入ると分かりにくいので、前半部はトリュシェの校訂にならって“――”で囲むことにし、後半部のみ（……）で表記した。ともあれ、この「ロクサーヌの愛」と「クリスチャンの恋」とのすれ違いがしっかり立ち上がって来ないと、「クリスチャンの絶望」も「シラノの罪の意識」も曖昧なままに終わり、クリスチャンは単なる間抜けな二枚目になってしまう。事実、多くの演出はそうであり、演出家が、舞台上に「戦場」とそこで行われる「戦闘」を再現するのに腐心して、「ロクサーヌの回心」や「クリスチャンの絶望」には、まったく興味を示さないからである。「名作」の「読み落とし」の典型である（しかし、この幕で、恋人二人を対決させるには、それなりの演出上の仕掛けを考えねばならないのだが）。

（5）ここの主語は“on”で、自分たち全員を指しているのだろう。つまり、「ロクサーヌも死んでしまうかも知れない」の含意だが、実際に起きるのは、クリスチャンの死である。

（6）クローデル『繻子の靴』にでもありそうな台詞。

（7）この場の最後の台詞の後半、「愛しています！」は、“Cher Christian !”を活かすための訳者の補足。

**第十場**

（1）ここの片仮名部分は、ガスコーニュ方言。

（2）スペインは、当時まだ神聖ローマ帝国を構成していたから。

（3）初演の舞台で、どのくらいの迫真力のある戦闘が展開されたかは分からないが、舞台機構が整備されるに伴い、演出家は、『シラノ』と言えば、この第四幕戦闘の情景を、迫真的に再現することに腐心する。一九八〇年代のジェローム・サヴァリー演出などでは、演出家が、かつてはアラバルの残酷劇などで売った「グラン・マジック・サーカス」の団長でもあったから、舞台上で樽が本物の火薬で爆発するような危ないショーを作っていた。

## 第五幕

（1）「十字架の婦人修道会（Couvent des Dames de la Croix）」は、一六三七年に、イエズスのマルグリット・ド・ジェジュ修道会長によって創設された。聖トマ・ベネディクト派尼僧院の分院で、シャロンヌ通りにあった。第五幕で、秋の風景の美しさが謳いあげられるその庭園は、広大で心地よいという定評があった。『シラノ』初演時にはまだ存在していたが、一九〇一年一月の宗教結社に関する法律可決と、それに伴う教会・修道会等の施設の没収によって、一九〇四年には、修道女たちは強制的に立ち退かされ、一九〇六年には、修道院そのものが取り壊された。これは、パトリック・ベニエのガリマール社「フォリオ叢書」版の注によるものだが、こうして見ると、第五幕の場面設定は、作者の意図とは別に、奇妙な同時代性を帯びてくる。

（2）同時代の画家、たとえばモーリス・ドニの宗教画に窺えるような「宗教性」。

### 第一場

（1）冒頭の登場人物表には、「修道尼僧院長マルグリット・ド・ジェジュ」としている。

(2) 言うまでもなく、カトリック教徒は、毎週金曜日には「肉断ち」をしなければならなかった。

(3) 次のト書きと第二場のト書きで分かるように、ド・ギッシュ伯爵は出世して、こう名乗るに到った。

**第二場**

(1) シラノの一六五四年刊の『諷刺書簡』で、「似非《えせ》貴族」(第十六)、「贋者の侍」(第十九)、「剽窃作家」(第八、第九)への攻撃が書かれている(プレヴォー版『全集』一〇四頁、一一〇頁、八五頁、八六～八八頁)。しかし「似非信心家」への攻撃は見当たらない。

(2) ロスタンお得意の「渡り台詞」だが、次に起きることを考えると、いささか場違いの感も免れない。第一幕の「シラノ紹介」の「渡り台詞」とは事情が違うからだ。しかし、ここは、ロクサーヌが、晩秋の心地よい夕べに、親友のシラノを待っている、その気持ちの高揚を表すものとして使っている。シラノの駄洒落や冗談が、ロクサーヌによって先取りされているという設定だろう。「歌うたい」と訳した“chantre”は、通常は「教会の合唱隊の歌手」だが、古くは、単に「歌うたい」を指した。「風呂屋の釜焚き」とした“étuviste”は“étuveur”が往時の公衆浴場――蒸し風呂である――の主人を意味しているから、そこで働く人間で、日本語では、まさに「湯屋の三助」なのだが、これはもはや完全に死語であろう。第二次大戦以前の銭湯を知らなければ、褌《ふんどし》姿で女湯のサービスもする「三助」も想像できないだろうし、せめて「風呂屋の釜焚き」とした。「役者」は、事実、モリエール一座に入るラグノーであるから、ここで持ち出されても当然である。「鐘つき」とした“bedeau”は、教会堂の番人で、日本で言えば「寺男」のようなもの。「鬘屋」と「テオルブの先生」は、ラグノーの多芸を物語るためには、対照的で面白い。いずれにしても、既に背景で起きてしまっていて、これから劇の中心を占めることになる事件を、観客に期待させながら、殊更にその悲惨とは正反対の雰囲気を舞台に作っておいて、どんでん返しをしようという技法である。

**第三場**

（1）この事件が、単なる偶発的事故か、意図的暗殺かについては、ル・ブレが殊更に曖昧にしている。シラノの書簡で、「暗殺者にして誹謗者のジェ［イエズス会士］に対して」と題されるものは、十九世紀末には未刊であったが、国立図書館には、すでに一八九〇年に入っているから、ロスタンが読んだ可能性はあるだろうとトリュシェは説く。

**第五場**

（1）「ヴェネツィア風のブロンド」は、やや赤みを帯びた金髪の色。訳語で補った。

（2）ロクサーヌの次の台詞がいみじくも指摘するように、シラノとしては、珍しく感傷的な言葉である。

（3）この「週報」の記事のうち四つは、ロレの『歴史的ミューズ』一六五五年九月〜十月の項に記されている。なおトリュシェの考証によれば、「土曜、十九日」も最後の「土曜、二十六日」も、一六五五年九月にはないし、そのことは、ロスタンも承知の上で、脚韻の要請から、「土曜、十九日（"Samedi, dix-neuf"）」を選んだとする。

（4）一六五五年には、すでにルイ十三世は没し、ルイ十四世（一六三八〜一七一五）

が即位していたが、マザラン枢機卿のもとで、ルイ十三世の后アンヌ・ドートリッシュが摂政となっていた。従って、ここの国王は、すでにルイ十四世である。トリュシェによれば、国王の発熱は十月九日付の書簡にある。なお、この「宮廷通信」の発想は、校訂版の著者パトリック・ベニエによれば、バンヴィルとフィロクセーヌ・ボワイエ合作の『国王の従妹』（一八五七）のデュフレニーの台詞（クール＝ラ＝レーヌを散歩しながら小耳にはさんだ宮廷の噂話を読み込んだ部分）が種だろうという。

（5）ルーヴル宮大舞踏会で、「白蠟の蠟燭七百本を点した」ことは、九月十八日付の書簡にある。

（6）オーストリア皇太子で、オランダ副王のドン・ファン皇子（一六二九〜一六七九）を、テュレンヌが破るのは、一六五八年のことだから、この舞台の時代設定には合わないが、上記書簡は、カタルーニャにおける対ドン・ファン戦の結末が不安であることを、十月三十日付で述べている。

（7）「妖術師」については、シラノは常に関心を抱いていた（「妖術師擁護」と「妖術師批判」の書簡、それぞれ『書簡集』十二、同十三で、プレヴォー版『全集』五七〜六一頁、六二〜六七頁)。

(8)ダティス夫人は、タルマン・ド・レオーの『小話』のモデル。

(9)リグダミール(Lygdamire)は、ロングヴィル夫人の「才女」としての名。大コンデ公の妹で、『フロンドの乱』における、王権への抵抗で知られた。

(10)「宮中ことごとく、フォンテーヌブローに遊ぶ」は、前記ロレの『歴史的ミューズ』の九月二十五日付書簡。

(11)モングラ夫人は、ビュシー=ラビュタンの愛人で、『ゴールの恋愛史』に語られており、ド・フィエスク伯爵夫人と並び称せられているが、ロスタンは、その夫のド・フィエスク伯爵を、モングラ夫人の愛人にしている。

(12)マリー・マンシーニ(一六四〇〜一七〇六)は、マザラン枢機卿の姪で、ルイ十四世と結婚しそうになった。ルイ十四世は一六三八年生まれだから、この時点で十七歳。『歴史的ミューズ』は、九月十八日に、国王が「マンシーニ公女」を舞踏会に伴った、とある。この青年王の悲恋は、当時から人々の関心を引いた(ラシーヌの悲劇『ベレニス』の背景に、この悲恋があったという説については、岩波文庫版『ブリタニキュス　ベレニス』の「解題」を参照)。

## 第六場

（1）モリエールの『スカパンの悪巧み』が、パレ＝ロワイヤル座で初演されるのは、一六七一年四月二十四日のことだから、十六年後のことである。ロスタンの意図的なアナクロニスムである。モリエールでは、吝嗇《りんしょく》な父親ジェロントから金を引き出すために、スカパンが、「ご子息のレアンドル様がトルコのガレー船に攫われて、身代金五百エキュを要求されている」と言って、ジェロントから金を巻き上げようとする場面（第二幕第七場）。「どう魔がさして……」の台詞は、シラノの作品より、強烈な効果を持って発せられている。シラノの『やられた衒学者』は、刊行されたのが一六四七年ではあるが、ロスタンが設定したこの時期（一六五五年）には、まだ上演されていない。モリエールが台詞を取ったというのは、その第二幕第四場で、召使いのコルビネリが、学者先生グランジェに、その息子が誘拐された事件を語り、助けるには身代金を払わねばならないと説くところ——

「ご主人様は、ただこう仰るだけ、〝さあ行って、父上を探して来い、そして言うのだ……〟お涙でお声がつまってしまいましたが、あなた様への御情愛を充分にお示しになれなかったのは残念だ、というお心で……」

それに対してグランジェは――

「一体全体どう魔がさして、トルコのガレー船なんぞに乗ったのだ？　よりによって、トルコの！」

と叫ぶ（プレヴォー版『全集』一九一頁）。この台詞は、身代金を払いたくないグランジェによって、繰り返される。

この話はどちらの作品でも、もう一度繰り返される（『やられた衒学者』第三幕第二場、『スカパン』第三幕第三場）。著作権という発想のない時代のことであるから、「盗作」とするのは適切かどうかで議論があるが、ガッサンディー門下として知り合っていたモリエールに、シラノがむしろ恩を着せたという説（グリマレ）や、モリエールの側から、シラノに対する敬愛の徴《しるし》とする説（クートン）もある。

（2）たとえば『美女と野獣』。

（3）歴史上のシラノには、マリーとアンヌという二人の姉妹がいた。

（4）『月の諸国家と諸帝国』の主人公は、「ソクラテスの神霊《デーモン》」（プレヴォー版『全集』三七七頁）とつきあう。赤木訳『日月』五八頁では「ソクラテスの魔神」。

（5）原文"masse élémentaire"は、シラノの『物質学《フィジーク》の断片』「第二部」の中心命題（プレヴォー版『全集』五一七〜五一八頁）。

（6）トリスタン・コルビエールの『墓碑銘』の記憶だろうとする（トリュシェ）。

（7）原文"Camarde"は、十七世紀のスカロンの文に出てくるが、フュルティエールの辞書が説くように、「平らで、根元のほうへ食い込んだ鼻をもつ」という意味が、ここでは見事に活かされている（トリュシェの校注による）。

（8）シラノの最後の言葉は、"Mon panache"である。"panache"は、「羽根を根元で束ねて帽子やドレスの飾りにするもの」つまり「羽根飾り」であり、転じて「伊達な心意気」のことを言う。ジャック・トリュシェは、ロスタン自身の講演を引いて、こういう精神的な意味はロスタンが創始者だとしているが、事実、『リトレ辞典』にも、『十九世紀ラルース』にも、この意味はなく、アカデミー・フランセーズの辞典に至っては、この意味を採用するのは、一九三五年のことでしかない。『プティ・ロベール辞典』が、「十九世紀末以降の用法」として、「大袈裟で、しばしば無償の自己顕示」としているのも、『シラノ』を想定してのことだろう。第一幕第二場のラグノーの、一六行に及ぶ「シラノ紹介」の台詞に用いられて以降、この芝居では、ライトモティーフのように用いられてきたし、幕切れのシラノ自身の最後の台詞として用いられるのは、いかにもぴったりである。しかし、訳すとなると話は別である。この幕切れの台詞は、辰野・鈴木訳では、「私の羽根飾だ。」として、「羽根飾」に「こころいき」とルビを振っている。岩瀬訳は、「俺のはな飾りさ。」と、「鼻」にかけつつ「花飾り」の「花」を出したとする。しかし後者に関して言えば、「羽根飾り」と「花飾り」では同じではないし、「羽根飾り」は、その「噴出するようなイメージ」が身上である（マラルメのように、「花」のイメージを、菖蒲や百合のように「噴出」の運動によって特権化すれば別であるが）。いずれにせよ日本語で、「花飾り」がシラノの「心意気」を表すイメージとしては、生きてこない。更に、「花」と「鼻」をかけるのも、今更ここで「鼻＝花」にこだわる理由がない。従って、訳語としては「心意気」を取ることにするわけだが、しかし、「わたしのこころいきだ」としても、日本語で十音節必要であるし——しかも「わたしの」で一旦切るだろう——、役者が思い入れたっぷりに演じるだけに、なんぼなんでも重すぎる。既に何度も触れた一九六〇年代コメディ＝フランセーズで見たジャン・ピアのシラノは、この“Mon panache”《モン・パナッシュ》の三音節を、まさに空中に放り上げるように言って死ぬという演技を見せたが——演技における「模倣的諧調」と言ってもよい——、私としては、それで初めてこの台詞の演劇的意味が納得できた思いであった。従ってこの翻訳では、「心意気」という単語は活かし、その代わり、シラノの最後の台詞としては、「心意気だ」（これでも六音節かかる）だけを言わせるという解決を取ることにした。つまり、断末魔のシラノが、「それはな、わたしの……」までを先ず言って中断し、ロクサーヌが、その言葉をそのまま繰り返して（「それは、わたしの……」）——いささか、歌舞伎の鸚鵡返しだが——、シラノは「心意気だ」のみを、最後に言うことにしたのである。

# 解題

渡辺守章

## (1) 世紀末の打ち上げ花火――ロスタン作『シラノ』という事件

エドモン・ロスタンの英雄喜劇『シラノ・ド・ベルジュラック』(韻文五幕)は、一八九七年十二月二十八日に、パリのポルト゠サン゠マルタン座で、コンスタン・コクランの主演で初演され、爆発的な成功を博した。年内に四回上演された――年内は四日しかない――のに続いて、翌年には三〇七回上演され、そのロング・ランは、一八九九年三月まで続いた。因《ちな》みに、この間、最も入場料収入の多かった日は、アルベール・スービー『芝居年代記』(一八九七年、一八九八年)によれば、一八九八年三月三日の回の一万四七二フランであり、これは、オペラやオペレッタの興行を除いて、ほぼ同じ規模の劇場であるサラ・ベルナールのルネッサンス座における『フェードル』特別公演《ガラ》の七二八七フランを大きく引き離している(Albert Soubies: *Almanach des Spectacles année, 1897, année 1898*)。地方巡業も、作者の生まれ故郷であるマルセイユで一八九八年三月に始まり、更にはロンドンとベルリンにまで及ぶ。ジャック・トリュシェによる校注版（一九八三年刊）の時点で、その上演回数は、パリだけで作者生前に約一四〇〇回（一八九七〜一九一八年）――コクランに代わったル・バルジー主演の公演で、一九一三年五月三日に「千回目」を祝っている――、ロスタンの没後、国立劇場コメディ＝フランセーズのレパートリーとなるまでにほぼ同数回、コメディ＝フランセーズのレパートリーとなってから一一〇〇回（内、国立劇場では八五四回）に及ぶと言う。トリュシェの著書の後も、複数の新演出があって、訳者もそれらは見ているし、コメディ＝フランセーズも、一昨年（二〇〇六年）から新演出を上演している。つまり、細かい数字はともかくも、フランス語で書かれた戯曲のなかで、ほぼ一世紀を通して、最も上演頻度が高く、しかも常に当たる作品であることに間違いはない。それは何故なのか。

　この問いに答えようとする前に、一つの事実を確認しておかなくてはなるまい。それは、初演時から、演劇界がこぞって熱狂したわけではないということだ。特に同時代の演劇的前衛であった、文学の「自然主義」を芸術的根拠とする「自由劇場」のアントワーヌとその支持者も、また同じようにして「象徴派」の演劇的拠点であった

「作品座」のリュニェ＝ポーとその支持者も、劇壇の熱狂を共有しないどころか、危険極まりない反動の登場だとして眉をひそめた。この事情は、二十世紀の時代が進むにつれても変わらず、たとえば、コメディ＝フランセーズにおける一九六四年の再演――これは時の文化大臣アンドレ・マルローの肝いりで、国立劇場の総力を挙げた上演であり、入場料も通常の二倍に設定されていたが――これを観に行った作家のフランソワ・モーリアックも、二十世紀前半のフランス文学を代表するクローデルやヴァレリー、あるいはジッドが評価しない作品を観に行くことに、ひそかな抵抗感を覚えたことを告白しているほどである(もちろん観た後では、それが間違った先入観であったと認めるのだが)。言ってみれば、出来のよい「商業演劇」であり、取り立てて論じるにもあたらない作品であって、当たるものは当たらせておけばよい、我々には関係ない、といった反応なのであった。

これは恐らく、現在でも通念的には変わっていないだろう。たとえば自分自身の経験としても、クローデルやラシーヌを訳し、また演出もした後で、『シラノ』を新訳して演出するとフランス人に言えば、「やはり集客力のある芝居も時にはやらなくてはならないのだろう」と、一種の営業的な妥協のように見られて、同情されることが多い。クローデルと並べてその名を出しても、納得してくれる専門家が出るようになったのは、ごく最近のことに属する。

その一方で、作品のモデルとなっている十七世紀前半の自由思想家で詩人のシラノについては、その戯曲も含めて、研究は結構進んでおり、ガリマール社の『プレイヤード叢書』という、作家の聖別化の目安でもある叢書に、ロスタン自身は入っていないにもかかわらず、歴史上のシラノの戯曲『やられた衒学者』は、『十七世紀演劇』全三巻の内の第二巻に収められており、全体の編集はパリ第三大学演劇研究科の創設者であるジャック・シェレール教授で、シラノの戯曲の校注は、ロスタンの『シラノ』のそれも行っている演劇学者ジャック・トリュシェである。更には、シラノの『全作品集』も、手稿をもとにした校訂版が複数出ているし、日本でも、『月の諸国家と諸帝国』ならびに『太陽の諸国家と諸帝国』は、赤木昭三氏の、最新の情報を読み込んだ優れた訳業が、詳しい訳注と共に、岩波文庫『日月両世界旅行記』（二〇〇五）として読めるほどである。それに対してロスタンの『シラノ』のほうは、辰野隆・鈴木信太郎両先生の翻訳が、いわば「欽定訳」のようになっていて、誰もそれに手をつけないから――確かに岩瀬孝訳は旺文社文庫から出たが――、原作に迫ろうとするような作業は、以後ほとんどなかったと言ってよい。

ジャック・トリュシェの国立印刷局刊《フランス文芸叢書》の豪華版（一九八三年）（Edmond Rostand: *Cyrano de Bergerac*, texte présenté et commenté par Jacques Truchet, “Lettres Françaises”, Collection de l'Imprimerie Nationale, 1983）は、原典を巡っても認められるこのアンバランスを、まずは異常な事態として認識しようということから始まっている。私自身が、二〇〇一年二月に、演劇集団〈円〉で演出するために訳し下ろし、その時には、上演時間の制約を始め、様々な条件があってカットした部分を含めて、今回もう一度、全体を、原文とつき合わせて訳文を作り直す作業をしたのも、クローデルを専門にする演劇人・研究者として、「クローデルかロスタンか」、ではなく、「クローデルもロスタンも」という賭けをやってみたかったからである。

というのも、ロスタンとクローデルという、共に一八六八年生まれの二人の「劇詩人」は、極めて対照的な存在だからである。一方は、僅か二十九歳で歴史に残る大成功を博し、弱冠三十三歳でアカデミー・フランセーズ入りを果たしてしまう（時の宰相コルベールの強力な推薦があったラシーヌの三十三歳に匹敵する）。しかも、既に触れたように、その成功は死後も変わることがなく、俗に「煉獄」と呼ばれる、生前に流行った作家が、死後通過しなければならない「忘却」あるいは「否認」の時期も、事この作品に関する限りなかったのである。それに対して、他方、つまりクローデルは、その集大成的戯曲『繻子の靴』が上演されて、パリ劇壇に認められるようになるのは、作品が書かれてから二十年近くを経た一九四三年、七十五歳の時であり――ジャン＝ルイ・バローによる上演版の初演である――、更には、この大長編戯曲がアントワーヌ・ヴィテーズによって全曲上演されて、二十世紀フランスの最大の劇作家の地位を確実にするのは、死後、三十余年を経てである。両者と歴史の関わりについては、この極端な対比を持ち出すだけでもよいだろう。

クローデルの劇作は、研究も上演も常に更新されているのに対して、ロスタンのほうは、世紀末の年の暮れに、コンスタン・コクランという名優を得て驚異的な成功を博し、その楽屋には、隣の劇場で演じていたサラ・ベルナールが駆けつけて、ながながと接吻したという類の新聞種に始まって、世紀末の暗い世相を一気に勇気づけた「国民的詩人」という、後には完全に通念と化してしまう評価から、ほとんど一歩も出ていないように思える。事実、先に引いた文化大臣アンドレ・マルローも、「シラノはカルメンの兄弟だ！」と叫んだという。

つまり問題は、ロスタンの『シラノ』という作品は、これだけの時間と時代を横切りながら、戯曲の「読み」が更新されていないかのような印象を受ける点である。クローデルの劇作のように、「読み直し」が常に可能であり、またそうしなければ、恐らく上演する意味がない作品と比べて、一度「聖別化」されてしまえば、ロスタンの『シラノ』は、「読み直し」の余地や可能性もなく、そもそもそうした作業は不要だと言って済ませる類の作品に過ぎないのであろうか。オッフェンバックのオペレッタですら、斬新な「読み」が、音楽的にも劇作術的にもなされている時代である。そういう二十世紀後半以降の地平にあって、『シラノ』だけが、一世紀も前に聖別化された「表象」に固定されたままでいるのは、いかにも奇怪である。文学の「受容論」におけるヤウスの術語を借りるならば、テクストに書き込まれ、後世の読者・観客が発見していく「期待の地平」というものが、ロスタンの『シラノ』には、それほど希薄なのであろうか。

ごく単純な例を引こう。シラノ役を初演したコクランが、既に俳優としてのキャリアの頂点にいて、五十代後半であり、つまり役者の実年齢が「若くはなかった」ことから、クリスチャンと同世代の若者が、同世代の女性に恋をするという、ごく基底的な設定も分らなくなっていたことは、以後も不幸にして、疑われることなく踏襲される。それを覆したのは、一九二八年のピエール・フレネーが最初だというし——時にフレネー三十歳——、若く、すらりとして活動的なフレネーは、シラノの鼻も、歴史上のシラノの肖像画に見られるような、「鉤鼻」に修正した最初の俳優であったが、しかし、フレネーのシラノが、以後の役のイメージを一変させるには至っていない。クリスチャンの役は、大体において、駆け出しの二枚目に振るから、余程オーラのある二枚目役者でもない限り、いよいよ間抜けにしか見えないし、ロクサーヌにしても、五幕を通して、シラノの「声の口説き」によって変わっていく女性が見えてくるようなロクサーヌには、まずお目にかからない。そもそも、初演時には、二番手、三番手の女優に役を振っているし、サラ・ベルナールが演じたことはあるが、それはロンドン巡業の時だけであり、フランス国内では演じていない。座組みの中で主役クラスの若い女優を配役するのは、第二次大戦直前に、コメディ＝フランセーズのレパートリーに入った際、劇団の長老アンドレ・ブリュノーのシラノに、当時新進の「悲劇のヒロイン役」であったマリー・ベルをロクサーヌに配して以来のことである。

こうした瑣末《さまつ》な点から始まって——実は瑣末なことではないのだが——、言わば

「シラノ一人主義」とでもいうべき作品の捉え方が認められるのであり、その傾向は特に日本では甚《はなは》だしい。しかも、かなり年齢のいった男優が、思い入れたっぷりに演じる、一言で言えば「重ったるい」シラノというものは、映画のドパルディユーにおいても見られたわけだから、日本の特殊事情とばかりは言えないかも知れない。受容史の概要は後で書くつもりだが、こういう演出では——と言うか、演出不在の舞台では——とにかく戯曲が生きて来ないことだけは確かである。その意味では、ジャック・トリュシェが、その校注版の序文でいみじくも書いているように、「ロスタンにおいては、クローデルにおいてそうであるように、全てが言葉に変容する」（二八頁）という、ごく単純な真実から、言い換えれば、「英雄喜劇・韻文五幕」という作者の指定に、まずは素直に従うことから始める必要があるだろう。

ともあれフランスでは、悲劇は言うまでもなく、喜劇でさえも、本格的な「五幕物喜劇」は、「定型韻文」で書かれてきたことを思い出しておかねばならない。その際、代表的な詩形は、「アレクサンドラン」という十二音節の詩句であり——つまり発音される母音が十二あるということ——、その一行の六音節目と十二音節目にアクセントが来て、それぞれの「半行句《エミスティッシュ》」にも更に一つずつアクセントが来ること、そして詩句の最後の音節が「脚韻」を踏むという、「定型韻文」による古典主義演劇の台詞の書かれ方は、フランス演劇にとって決定的な選択なのであった。それが十八世紀の「市民劇」における散文志向を経て、十九世紀には、「文学におけるフランス大革命」であろうとしたロマン派の詩人達によって、まさに古典主義への対抗から、再び「韻文劇」が目標となり、「ロマン派アレクサンドラン」というものが考案され、ユゴーの『エルナニ』や『リュイ・ブラス』といった記念碑的戯曲を残した。しかし十九世紀中葉に、小デュマの『椿姫』に代表される「同時代風俗劇」によって、近代戯曲における「散文劇」の勝利がほぼ確定するに至って、二世紀半にわたる「韻文劇」の歴史は、大いなる危機に直面していた。それを受けて、十九世紀後半には、もはや「定型韻文による戯曲」の傑作などというものは生まれ得ず——テオドール・ド・バンヴィルの古代神話物がかろうじて例外であった——そればかりではなく、「定型韻文」という文学上の制度そのものが疑われ出すという情況が生まれていた。

ステファヌ・マラルメの詩人としての出発が、戯曲体詩篇の『エロディアード』と『半獣神』の、劇場への進出の失敗によるものであること——一八六〇年代末のことだ——、それのみならずそのマラルメが、「詩句の危機」と題する批評詩で、それまで疑われたことのない「定型韻文」という文学制度に、若い詩人たちは手をつけて、「自由詩」なるものを発明したことを、「文学的一大事件」として語ったこと（一八九〇年代中葉）。こうした先端的詩壇の動向が、ロスタンの関心を引かなかったとは思えない。しかし差し当たり、このマルセイユの裕福なブルジョワの家に生まれ、第二帝政の公爵でありフランス国軍の元帥である人物の令嬢と結婚する若者の野心は、定型詩で戯曲を書く詩人として、ひたすら「名優による自作の上演」によって名声を獲得することにあった。それには、令嬢のほうの実家も、財政的な援助を惜しまなかったと言われるし、パリの文壇で交渉があったのは、既に先駆的などとは言えない「高踏派」の巨匠ルコント・ド・リールのサロンに出入りする位で済ませていながら、国立劇場や町中《まちなか》の劇場で、後世が「聖なる怪物」と呼ぶ偉大な個性的俳優に接近することに専念したのである。

定型韻文で戯曲を書いて成功すること。そもそも、こうした文学制度を持たないかに見える日本で、こういう問題を提示すること自体が理解され難いことを承知の上で、敢えて書いておくならば、この世紀末に、多少なりとも「芸術的野心」のある劇作家にとって、こうした目標を自らに課すこと自体、無謀な計画であったはずである。

文学的流派と組んだ演劇の前衛（と後世が呼ぶもの）は、一八八〇年代後半の、「自由劇場」によるアントワーヌの「自然主義」が、「日常生活の断片の再現」を一つの目的とした「思想劇」であったから、韻文志向とは真っ向から対立するものであったが、それればかりではない。「商業主義」に毒されていない「新しい演劇」には、単に「新しい戯曲」が必要であるだけではなく、「新しい劇の場」と「新しい観客」が、そしてなにより「新しい俳優」が必要であるとして、アントワーヌはその養成から始めていた。「運動体」としての演劇作業の変革、つまり二十世紀の「演劇改革運動」の嚆矢《こうし》である。

一八九〇年代に、「作品座」に拠ったリュニェ＝ポーが、「象徴派」と連携したのは、アントワーヌの実験の象徴派版を企てたからである。しかし象徴派の詩人の多くが、「望ましからざる存在としての俳優」を公言しつつ、彼らの自由詩形による「幻想的な舞台」を実現しようとしたのもまた、既成の演劇作業を根底から覆そうとする、少なくとも野心としては盛んなものであった。因みに、チェーホフの『かもめ』第一幕で、前衛詩人のトレープレフが、女優志望の恋人ニーナに演じさせる「筋も登場人物もない劇」は、母親の女優アルカージナが「デカダン派ね！」と半畳を入れるように、一八八〇年代フランス象徴派の前衛劇の、パロディーと言うよりは、極めて忠実で、詩的な再現であったことは、やはり強調しておくべきだろう。一八九六年のジャリ『ユビュ王』のスキャンダルを機に、リュニェ＝ポーはレパートリーをイプセン等、北欧の作家に拡げていくから、詩的夢想の劇は、社会的な問題劇のベクトルをも抱え込むことになった。

こうした演劇改革運動は、歴史的に振り返ってみて、そこに意味的に立ち現われて来る光景から想像できるものよりは、同時代の劇壇事情からすれば、遥かにマージナルなものであったに違いない。しかしアントワーヌは、ゾラと自然主義を、リュニェ＝ポーは、マラルメと象徴派を芸術的根拠にして、単なる演劇運動以上のものであったから、同時代の詩人を志す若者が、無視して済ませられるものではなかったはずである。にもかかわらず、マルセイユの裕福な、知的環境としても申し分のない中流階級に育った若者は、詩は定型韻文に決まっていると疑いもしなかったようだし、戯曲を書けば、なんとしてでもそれをパリの名のある劇場で、名のある役者に上演してもらうことしか考えなかったのである。

## (2) 成功の仕掛け——典拠と変形

一世紀の距離をおいて眺めれば、むしろ無謀で「異常」とさえも映る野心だが、しかし二十代のエドモン・ロスタンにとっては、それは当然の野望でもあった。二十一歳の作品であるヴォードヴィル『赤い手袋』を、ともあれパリのクリュニー劇場で上演させることに成功したというのも、先に引いたアルベール・スービーの『芝居年代記』に読める劇場のランク付けで言えば、そう悪いデビューではない。一八九一年には、コメディ＝フランセーズの正式座員で、劇団内に影響力もあったモーリス・ド・フェローディの推薦を得て、一幕物喜劇『二人のピエロ』を提案するが、バンヴィル風の「ピエロ物」の有り余っていた劇団側は、これを受け入れない。しかしロスタンは、二年後に、今度はやはり正式座員のル・バルジーの推薦を取り付けて、三幕物の喜劇『レ・ロマネスク』を提案し、これは取り上げてもらうことに成功し、一八九四年、その上演に漕ぎ着ける。そしてロスタンのこの「国立劇場デビュー」は、好評であった。

一流の劇場で、一流の俳優による上演。ロスタンの作戦は、その芸術的野心はともかくも、ほぼこう要約してよさそうである。『ロメオとジュリエット』をヴォードヴィル仕立てにし、それをバンヴィルとヴェルレーヌの詩情で包む……、こういった趣のある『レ・ロマネスク』の成功は、以後ロスタンが劇壇に働きかけることを容易にした。一八九四年に、同時代の最大の女優であり、単なる女優以上の「神話的オーラ」に包まれていたサラ・ベルナールに、新作『遥かなる姫君』を読んで聞かせ、サラは大いに気に入って、その上演に漕ぎ着けてくれる。

というのも、後世が「聖なる怪物」と呼ぶ偉大な俳優達は、国立劇場でデビューし、名声を確立すると、町中《まちなか》の劇場に移って、自分の魅力を最大限に発揮できるような新作の舞台に専心するというのが、一つのパターンとなっていた。サラ・ベルナールは、あらゆる意味で、こうした「聖なる怪物」の《紋章》的な存在であり、世紀末の文化を、劇場を超えた次元で、劇場を単なる劇場以上の祝祭空間に変容させつつ、体現していた。「神話的オーラ」と呼んだのはそのことだが、まずはポルト＝サン＝マルタン座の、次いでルネッサンス座の支配人となり、サルドゥーの歴史物『テオドラ』（一八八六）や『ラ・トスカ』（一八八七）、やや後にはミュッセの歴史政治劇『ロレンザッチョ』のメディチ家の若き暗殺者を男装して演じる（一八九六）といった、ミュシャのポスターによって後世も記憶を共有する、あれらの表象である。サラ自身も、新しい戯曲を発掘するのに貪婪《どんらん》であったから、驚くべきことには、アントワーヌの自由劇場で、オクターヴ・ミルヴォーの作品に、リュシアン・ギトリーと共に出演もしている。そうしたサラであるから、詩人で劇作家のロスタンに、たちまち魅了されたのも不思議はない。

サラとリュシアン・ギトリー、ド・マックスという豪華キャスト。装置も衣裳も豪華絢爛。同時代に流行の「象徴派的な」主題とテクスト。しかし『遥かなる姫君』は、三〇回で打ち切られ、成功とは言いがたかった。しかしサラは、「自分が発見した若い詩人」の才能を信じて、次作『サマリヤの女』では、世紀末好みの漠とした宗教性――アナトール・フランスの『タイス』と同じように、罪ある女の改悛物語である――が好評であり、一八九七年四月十四日の初日以来、大当たりを取ることになった。因みに、一八九六年十二月には、サラのルネッサンス座において、特別公演《ガラ》が催され、『フェードル』のさわりなどをサラが演じるという趣向であったが――この「解題」の最初で触れた上演である――、それが劇壇・社交界にとって大事件であったのは、後にプルーストが、『失われた時を求めて』の「ゲルマントの方」で、「ガルニエのオペラ座におけるベルマの特別公演《ガラ》」のモデルにしていることからも想像できるのである。

劇作家ロスタンにとって、決定的な意味をもつことになるコンスタン・コクランとの出会い、それも実はサラとの縁によるものだった。前作の『遥かなる姫君』の際に、この芝居に出演していた息子に会うため、ルネッサンス座に赴いたコクランが、そこでロスタンに出会い、自分のために芝居を書いてくれないか、と持ち出したのである。コンスタン・コクランConstant Coquelin（一八四一〜一九〇九）は、一八六〇年に十九歳でコメディ＝フランセーズに入り、一八六四年に正式座員に昇格している。切れのいい喜劇味で、「偉大な従僕役」と呼ばれるフィガロやスカパンや、ドン・セザール・ド・バザン（ユゴー『リュイ・ブラス』）などを当たり役とし、バンヴィル『グランゴワール』、小デュマ『異国の女』等の新作でも活躍した。一八八七年から八九年まで、外国巡業のために退団するが、後に復帰し、一八九二年に最終的に劇団を去る。切れのいい喜劇味と書いたが、特にその響きのよい声の強さは格別であったようだ。

ロスタンは、マルセイユ大学区懸賞論文『プロヴァンス地方出身の二人の小説家、オノレ・デュルフェとエミール・ゾラ』で扱った、十七世紀前半の「プレシオジテ」の文学の世界と、既に大デュマの『三銃士』（一八四四）で、まさに人口に膾炙《かいしゃ》している「ルイ十三世時代」のパリに舞台を取る。ルイ十四世の絶対王政成立以前の、まだ社会も文化も雑多な可能性や力を活き活きと保っていた(と幻想される)時代である。そこに「詩人」であると同時に「剣豪」である人物、すでにテオフィル・ゴーティエがその『魁偉な人々』において印象的に語っていた「巨大な鼻」の持ち主シラノ・ド・ベルジュラックを主人公に選ぶ……。

ジャック・トリュシェが、その校注版の「序文」で詳しく書いているように、一方では、「歴史劇」というジャンルについての、「芝居作り」の上での約束事があり、他方では、若きロスタンの、例外的とも言える十七世紀前半のパリとその文化についての知見があった。「歴史劇」と言っても、歴史の忠実な再現ではない。典拠である史実と、劇作家の作業との関係は、コルネイユやラシーヌの時代からさして変わってはいないのだ。

第一に、「歴史劇」においても「恋愛の筋」は不可欠であり、典拠にそれが欠けているならば、作り出さねばならない。第二には、物語=事件の「時間的経緯」を圧縮しなければならない。『シラノ』に関して言えば、第一の点は全く問題がない。シラノとロクサーヌの関係は、純粋に作者の考案した虚構だからである。第二の点についいて言えば、ロスタンは、時間設定を、「アラス包囲戦」の年である一六四〇年に定め(第一幕から第四幕まで)、第五幕をエピローグのようにして、「シラノの死」の年である一六五五年とする。初演から程なく、エミール・マーニュが、その『「シラノ・ド・ベルジュラック」の考証上の誤謬』(一八九八)において「バローの『ラ・クロリーズ』の初演は一六三〇年である」等々とロスタンの「時代錯誤」を言い立てた類の批判は、相手が芝居という虚構である以上、そもそも意味がない。ブルゴーニュ座の描写が、一六四七年の改修後の資料によっているとか、「プレシオジテ」の担い手である「当世風才女《プレシューズ》」がカタログ化されるのは、正確には一六五四年以降であるとか――アントワーヌ・アダンの研究以後の定説――、モリエールの『スカパンの悪巧み』の初演を、一六七一年から一六五五年に繰り上げてしまうとは何事か、といった類の批判は、作者が意識的に仕掛けている「時代錯誤」であるから、批判するにも及ばない。コルネイユの『ル・シッド』初演が、ブルゴーニュ座ではなくマレー座であったことぐらい知らないロスタンではないし、意識的なお遊びなのである。

というのも、トリュシエが説くように、ロスタンは、中等教育の課程で、当代随一の学校であったパリのコレージュ・スタニスラスに学び、卒業に先立つ二年前の「修辞学級」の教授はルネ・ドゥーミックRené Doumicで、たとえば、モリエールの『人間嫌い』についてのロスタンの作文を、「極めて優れている」と評価していた。確かに、『シラノ』には、そうした中等教育における「古典的素養」の痕跡が多々見て取れるのであり、それがパロディーの方へと一つ間違えば、ジャリの『ユビュ王』という、「中学生の悪ふざけ」に近づくことは間違いない。こうした「中等教育の基本的教養」が、「初等教育の脱教会的義務化」という第三共和国の国是であった文化・教養装置の内部では、小学校教師の情熱によって、「大衆的」と思われる観客にまで浸透しつつあったという、トリュシェの指摘は、確かに重要である。

ところで、『シラノ』の直接の典拠として挙げられるのは、言うまでもなく、歴史上のシラノに直接関係する資料である。特に、親友のル・ブレの手になる『月の諸国家と諸帝国』（一六五七）は、その「序文」のほとんどが、シラノの生涯の記述に費やされており、しかもそれは、十九世紀の愛書家ジャコブの版（一八五八）でも、極めて忠実に引かれているから、言わばシラノの生涯と作品についての、正式の資料のようになって後世に伝えられて来た。それに加えるに、ソメーズの『当世才女名鑑』(Somaize: *Le Dictionnaire des Précieuses*)、聖母誕生のシプリアン神父という長い名前の聖職者による『ヌーヴィレット男爵夫人の美徳ならびに文書集』、ロレの『歴史的ミューズ』、シャピュゾーの『フランス演劇』、ダスーシーの『滑稽冒険譚』、グラモン元帥の『回想録』等々。例のマルセイユ大学区懸賞論文で、南仏作家オノレ・デュルフェを論じたロスタンである。二十世紀後半なら「バロック時代」と呼ぶことになるであろう十七世紀前半の文学と文化についての考証は、着実であった。

十九世紀に書かれた資料について言えば、ゴーティエの『魁偉な人々』は、特段の発見とは言えず、恐らくシラノにおける「鼻の重要性」を知ったくらいであろう。むしろ、『当世才女名鑑』の編者シャルル・リヴェの校注や、ミシェル、フルニエ共著『旅籠、居酒屋、家具付き旅館、料理店、茶館』など、十七世紀に関する歴史書のほうが役に立ったのではないかと、研究者は言う（ジャック・トリュシェ、前掲書三六頁）。ところで、一八九三年にソルボンヌに提出された博士論文に、P.-A.ブラン『サヴィニアン・ド・シラノ・ド・ベルジュラック、その生涯と作品、未公開の資料による』（P. - A.Brun: *Savinien de Cyrano de Bergerac, sa vie et ses œuvres d'après des documents inédits*）があって、それまではほとんど知られていなかったこの「魁偉な人物」についての基本的情報を一新している。特に、シラノが生前から、「ガスコーニュ地方」（ガロンヌ河とピレネー山脈の間の地方）に近い「ベルジュラック出身の貴族」という出自を、シラノ自身が吹聴し、かつル・ブレもそれを否定しなかったから、「ガスコンの青年隊」に入っているのも当然だと考えられてきた。確かに、アラスの包囲戦には、カルボン・ド・カステル＝ジャルー率いるガスコンの青年隊に加わっていて、それで負傷をし、近衛兵の仕事を放棄するのだが、しかしこの「ガスコーニュ＝ベルジュラック出自」の根拠は、単に父親が、パリの郊外の「ベルジュラック」と呼ばれる地域を領有していたからに過ぎず、シラノの側からの純粋な「神話化」であった。このことを、初めて明らかにしたのが、このブランの学位論文であった（歴史上のシラノに関する略年譜を参照）。

従って、『シラノ』執筆当時には既に刊行されていた学位論文であり、ロスタンが読まなかったはずはない、とする校注者が多いが、先ほどから何度も引いたジャック・トリュシェは、敢えて「ロスタンによって見過ごされたように思える唯一の資料」だとする。その根拠は説かれていないが、恐らくロスタンとしては、歴史上のシラノの「ガスコーニュ＝ベルジュラック出自」が、シラノの側からの神話化作業でしかないことを知っていたなら、虚構の組み立てに大いに支障を来たすと考えたからではあるまいか。

ともあれ、ロスタンとしては、「ガスコン」であり、「ベルジュラック生まれ」のシラノが必要だったのであって、それを外しては、作品そのものが成立しなくなる。一方では、大デュマの顰《ひそみ》にならって、「剣とマントの劇」つまり「ちゃんばら芝居」の仕立てが重要であり、確かにル・ブレの伝えるシラノは、ガスコンの青年隊にいて、アラスの包囲戦にも参加し、また「ネールの門の大立ち回り」として伝えられるような派手な「果し合い」にも事欠かない。まさに剣士としての面目躍如たるものがある。他方では、ガッサンディーの弟子として、同時代の唯物思想や自由思想を生きており、その諷刺詩は非常に過激である。その二篇の戯曲も、『やられた衒学者』は、後にモリエールがヒントにするような、極めてコメディア・デ・ラルテ風の道化芝居であり、もう一篇の悲劇のほうは、『アグリピーヌの死』と題して、ローマ帝国の極めて冷酷・陰惨な怪物たちの殺し合いである。更には『月の諸国家と諸帝国』、『太陽の諸国家と諸帝国』と題する、十八世紀の哲学的な小説や、二十世紀の科学空想小説を予告するような作品もある。そして何よりも、シラノでなければならない決定的な要因は、その「異常に大きい鼻」であり、この「鼻」の演劇的、劇的効果は、すでに歴史上のシラノによっても、ある程度は活用されているが、やはりゴーティエの『魁偉な人々』が、ダスーシーの表現を受けて言う、「新大陸の鳥であるオウムのくちばしのように異常に大きい」という指摘が、決定的であっただろう。

演劇的には、鼻の大きさを人間的な美徳に繋げて主張しつつも、それを揶揄する人間は、一刀のもとに切り捨てるという行動となり、劇的には、その醜さ故に、恋人が出来ず、詩人としての力量と現実の生活との間に極端な乖離《かいり》・矛盾を生きねばならない。まさに「巨大で醜悪な鼻」のおかげで、作者は、「英雄喜劇」のヒーローの、実存的な両義性を手に入れることが出来たのである。それは、十九世紀末好みの「呪われた詩人」――ヴェルレーヌの発明した表現である――を、身体的な位相で具象化することに他ならないが、事が「鼻の巨大さ」であるだけに、崇高な主題とはなりにくい。特に、「性的な暗示」あるいは「性器への暗示」という罠が常に潜んでいるから、劇場で使うには、危ない表象である。しかも、歴史上のモデルは、同性愛者であった。

作者としては、こうした「危ない表象」を逆手に取って、「詩人・剣客・理学者」だが、そこに、コメディア・デ・ラルテのプルチネッラもどきの、「法螺侍」のイメージを重ねつつ、みずから選んで演じる「道化」を造形してしまう。二十世紀後半ならば、文化人類学的術語で「トリックスター」と呼ぶものに他ならないが、この、みずからを「道化」として演出するためには、単に「巨大な鼻」だけではなく、人間関係の動機が要る。フランス十七世紀古典主義演劇以来の伝統である「片想いの恋の言説」がそこには加わらねばなるまい。

そのためにロスタンは、彼の言わばデビュー論文である『プロヴァンス地方出身の二人の小説家』のうちの一人、オノレ・デュルフェの恋愛小説『アストレ』に集約的な表現を見る、「プレシオジテ」の文学と、それを実践する女性たちを登場させるのだ。「容貌の醜さ故の片想い」を「回転扉」にして、「剣戟芝居」の粗暴さと、「プレシオジテの恋の言説」の優美艶麗とを結びつける。そのために、シラノの縁続きで見出されたマドレーヌ・ロビノーと、その夫で、アラスの包囲戦で死ぬクリストフ・ド・ヌーヴィレット男爵、そして、マレー地区の「当世風才女」のなかでも名高かったマリー・ロビノー(その「才女」としての名前をロクサーヌという)の三人から、クリスチャンとロクサーヌのカップルを作り出す。同性愛者であり、梅毒にかかって苦しむといった、歴史上のシラノの真実は、こうした「ロマネスクな」、つまり「色恋に関わる」劇作術と詩法によって、遥か彼方へ押しやられてしまう。

歴史上のシラノは、残されている肖像画からも分るように、確かに大きな鼻だが、いわゆる「鷲鼻」のほうである。それでは「道化的」な表象にならないと、作者かコクランかが判断したのだろう。初演時から、シラノは、むしろ鼻先が長く、上に向くような、つまり日本人ならむしろ天狗の面で想像するような「付け鼻」にしていて、これは、役者の鼻の形状で多少の変化はあるものの、原則として踏襲されている。既に書いたように、それを覆したのは、一九二八年のピエール・フレネーだけであった。

**(3) 詩句と劇作術──「ロマン派演劇」の最後の記念碑**

「生涯で一番多い台詞だ。千四百行だよ、君！『リュイ・ブラス』だって千二百行しかない！」(因みにラシーヌの『ブリタニキュス』は、五幕全体で一七八八行であり、最も短い部類の『ベレニス』は一五一八行である)。

十二月二十七日の初日(正しくは、社交界、劇評家等を招待する「前初日＝総稽古」)の興奮を伝えるマックス・ファヴァレッリの「十二月二十七日、『シラノ・ド・ベルジュラック』の初日大勝利」(『第三共和国の真の歴史──ベル・エポックへのプレリュード』ジルベール・ギユミノー編、ドノエル社、一九五六年)。そこには、開幕前のロスタンの不安――ロスタンはコクランに、「本当にこんな芝居を書いて、すまなかった」と詫びた――、幕が開いてからの一幕ごとに烈しくなる観客の興奮、幕が降りてからも、カーテン・コールは四十回以上に及び、午前二時になっても、群衆は劇場から去ろうとしない。その前には、隣のルネッサンス座で、オクターヴ・ミルボーの『悪しき羊飼い達』を演じていたサラ・ベルナールが、いつもより芝居のテンポを上げて、幕が降りるやメイクも落とさず飛んで来て、コクランの顔にかがみこんで、ふかぶかと接吻した、云々……。ドレフュス事件も、アナーキストの爆弾テロも、パナマ運河のスキャンダルも、世紀末の暗い話題は、全て帳消しになったかのようなお祭り騒ぎである。既に触れたように、劇評家や演劇人が、全て賛同したわけではない――むしろ残された証言からすれば、それには程遠い――が、しかし失われていたフランスのアイデンティティーが、突如この晩、『シラノ』によって取り返されたのである。「フランスは『シラノ』によって、ついに〔プロイセンに〕勝利したのだ!」といった、異常としか思えないような群衆の興奮……。

もちろんこの記事は、ジャーナリスティックに面白おかしく書いているには違いないが、しかし初演時の異常な興奮の臨場感を伝えている点では、やはり貴重である。

すでに書いたように、韻文で五幕の歴史物を書くということ自体が、心ある芸術家たちには、危険なアナクロニズムと映じていただけに、それを一挙に覆すような異常な成功。恐らく、フランス演劇史を書こうとする者は、『シラノ』やロスタンへの個人的評価は別としても、この異常な興奮の理由は問わねばならないだろう。

後世は、主題論的にそれを問う傾向が強いが、しかし一世紀以上の距離を置いて、しかもその間にパリの劇場で、あるいは世界中の舞台で起きたことを考えあわせると、やはりコクランの、以後は観ることができなくなった超絶技巧とも言うべき演技——特にその台詞回し——と、そしてロスタンの台詞としての詩句の、これもまた一種の超絶技巧に、問題を解く鍵が秘められているのではないかと思う。コクランの台詞は、もはや舞台では聞けない以上、我々としては、せめてロスタンの台詞としての詩句に問いかけるのが、不可欠の作業だと思われるのだ。

主題論はさておき、と書いたが、やはり百年も前の作品なのだから、主題とその歴史性についても触れておかないと、話が先へ進まないだろう。冒頭に「世紀末の打ち上げ花火」と書いたが、この十九世紀という世紀は、どういう世紀であったのか。文芸の領域に限って言えば、そしてそれは特に演劇について言えるのだが、それは「ロマン派の世紀」であった。

教科書的に書くならば、ロマン派演劇は、ヴィクトル・ユゴーの「『クロムウエル』の序文」（一八二七）と、コメディ＝フランセーズにおける同じくユゴーの『エルナニ』初演時（一八三〇）のロマン派と守旧派の戦い、その結果としての「ロマン派の勝利」に始まって、同じくユゴーの『城主』の失敗（一八四三）で終わってしまったように思われるが、それは新作の話であって、演劇のような再現芸術の場合は、ただ新作の上演だけで時代区分をして済ませるわけのものではない。確かに、ロマン派の新作の挫折によって、小デュマらの「同時代風俗劇」が、劇場の新作の主流を占めるようになるには違いない。同時代の代表的なトピックス＝問題を取り上げて、それを、新しく権力の座についたブルジョワジーの主要関心事と対決させる。『椿姫』で言えば、「半社交界の女」と呼ばれた高級娼婦を主人公に、「金」と「セックス」と「肺結核」と「家族」とが、「純愛物語」を新しい悲傷劇に仕立てていく。それは書き方としては日常言語に近い散文であり、主題の思想性は、それなりに売り物であった。つまり「近代劇」の誕生である。

しかし、特に十九世紀の場合、世紀の後半、第二帝政の崩壊と第三共和制の成立の時期に、サラ・ベルナールに代表される「聖なる怪物」が、ロマン派の劇作の再演によってその輝きを増していたから——そこには、第二帝政の終焉によって、それまでみずからフランスを去っていたユゴーが、まさに「共和国のスーパー・ヒーロー」として、パリに帰還するという文脈もあった——後世から見れば、十九世紀の劇場芸術の基底は、結局「ロマン派演劇」なのであった。そしてまさにその、最後の打ち上げ花火として、ロスタンの『シラノ』の驚異的成功があったのである。

ロマン派演劇のヒーローを、古典主義演劇のそれと比べれば、ある一つの重要な違いに、人は気付くはずだ。つまりロマン派演劇においても、ヒーローはヒーローとして、劇行為の主軸を担っているし、観客の同化する対象としては、一層、その強度を増してすらいる。ただ、古典主義演劇のヒーローと違うのは、ヒーローとなるためには、「道化」の仮面を通過する必要があるという点だ。ミュッセが、メディチ家暗殺事件である『ロレンザッチョ』の主人公、メディチ家のロレンゾを描くにあたって選んだ、極めて屈折した仕組み。すなわち、ロレンザッチョという、かなり侮蔑的な愛称を引き受けつつ、メディチ家の暴君アレクサンドルの寵を勝ち得て、ほとんど同性愛的な権力関係の内部に組み込まれているかのような、つまりそうした「ジェンダーの揺らぎ」を引き受けてまで「道化」となって、暴君の「寵臣」の役を演じ続け、その果てに、暴君暗殺に成功するという、「メディチ家のラスコリニコフ」とも言うべき限界的な造形を思い出しておこう。

もっとも、道化がそのままドラマの主人公として破滅するというのなら、ユゴーの『王は楽しむ』つまりヴェルディのオペラ『リゴレット』の原作から、レオン・カヴァッロのオペラ『道化師』まで、例に事欠かない。しかし、道化があくまでも道化の役を演じきることで、ヒーローに託された劇を生きるという劇構造は、《ハムレット・モデル》とでも呼ぶべき構造であり、ロマン派の劇作術の強度が最も生きてくる仕掛けに他ならない。そしてロスタンの『シラノ』とは、まさにそのような「ヒーローの仮面としての道化」の、その全存在を賭けた行動を描く、極めて振幅の大きい、アクロバティックな劇作術によって成り立っているのだ。

しかしここで注意しておかなくてはならないのは、『シラノ』をして、フランス・ロマン派演劇の最後の打ち上げ花火たらしめているのは、単に「剣客」としての「伊《だ》達《て》」な行動によるのではない。今、つい「伊達《だて》」と書いてしまったが、シラノの中心的な主題であり、紋章的なイメージである“panache《パナッシュ》”は、ジャック・トリュシェがロスタン自身の言葉を引いて注意を喚起しているように、この意味ではロスタンの造語に等しいのだが、それはともかくも、江戸時代の日本なら、確かに「伊達」という言葉で表すこともできるような精神の志向である。そして、「伊達」にも、色恋のベクトルが付き物であったように、ロスタンのシラノにおける“panache”も、ロクサーヌへの「不可能な恋」を除いては成立しない。分量的に言っても、シラノにおける「恋の言説」に当てられている台詞は、第一幕の「鼻の啖呵」の「見立てのアクロバット」や、第二幕の「いやだね、真っ平だ」の「生き様論」や、第四幕の「ドルドーニュ賛歌」など——そしてもちろん、「決闘のバラード」や「ガスコン青年隊の名乗り」は言うまでもないが——、こうした名台詞、歌舞伎なら「さわり」とか「連ね」とか呼ぶでもあろう名台詞の中で、最も長く、かつ一段と輝きを増している。それは単に分量の問題だけではない。それは十七世紀前半の「プレシオジテ」の恋愛用語を援用しつつも、極めて近代的に、耳に、胸に訴えかけてくる、見事な「恋の言説」なのであり、まさにフランスの劇文学の最良の部分に匹敵しようとするのだ。

しかもこの「恋の言説」は、文字ではなく、他ならぬ「シラノの声」によって「生きた言葉」となっている。そこには、「口説きの芝居は得意でない」と言ったコクランのための、作者の側からの周到な「仕掛け」が隠されていた訳だが——だからこそ、「闇夜」の中で、「恋の言説」だけがロクサーヌの耳を介して、その肉体の深層へと立ち昇って行くのだ——まさに「音声を伴う言葉」が、ロクサーヌを、ほとんど性的快感の絶頂にまで追い詰めてしまうという、こう書くと、随分危ない橋を渡っているかに聞こえる「離れ業」を、ロスタンはやってのけたのだ。「声」と「台詞回し」の妙によって、スカパンやフィガロやドン・セザール・ド・バザンなどで一世を風靡した、いわば「古典的道化役者」が、その道化の身体を闇に消すことによって、ただひたすら空間を震わす「声の現象」に勝利を得さしめたのである。ジャック・デリダが、その初期の論文『声と現象』で書いたように、〈音声《ポーネー》〉の道は「イカロスの道」であり、太陽を目指すのであって、シラノの口説きとは、まさに「現象する声」の勝利に他ならなかった。

この「声の絶対的優位」と、更に言えば、「声によるすり替え」の仕掛けは、第四幕のアラス包囲戦の場で、それに気付いたクリスチャンと、それに気付かずに、宗教的な「回心」を思わせる「魂の恍惚」をひたすら語るロクサーヌとのあいだの、まさに悲劇的な「すれ違い」を生み出していく。この戦場の場面を、ひたすら「戦争ショー」をつくることにかまけている多くの演出家が、全く無視して済ませてきたこの場面に、『シラノ』という劇の「精髄」の一つが、書き込まれていたのである。

歴史上のシラノが同性愛者であったからといって、クリスチャンに対するシラノの情動に同性愛的志向を読むまでもないのだが、精神分析的与件として言えば、三角関係で恋敵の関係にある男同士に、無意識的同性愛のリビドーが働くことは、今や一種の通念でもあるのだから、この様相を含めて、「シラノの恋」を掘り下げることは不可避の作業のはずだ。クリスチャンとロクサーヌが、上記のような文脈で復権されなければ、この芝居は、シラノ役者の独りよがりに観客が付き合わされるだけの、つまり、作者が、こんな手の込んだ芝居の仕掛けを書き込むまでもない、通俗的心情劇に終わるだろう。

訳注などでも何度も触れてきたように、訳者としては、日本で見せられるのを常としていた、重ったるい「シラノ一人主義」のような舞台には、正直言って、感心したことはない。辰野・鈴木訳の名調子というものも、ただでさえ複雑で重いところに、役者の思い入れがその上塗りをするのはやり切れないというのが、正直な感想であった。言わば、初演以来、「大衆受けはするが、演劇の変革には無関係の突然変異」とでも言ったらよい評価を、自分の中でもいつの間にか育てていたのである。

それが覆されたのは、二度目の留学でパリに居た一九六〇年代中頃に、コメディ＝フランセーズで、ジャック・シャロン演出、ジャン・ピアのシラノ、ジュヌヴィエーヴ・カジールのロクサーヌで観た『シラノ』であった。これについては、訳注のなかで何度も触れているが、当時の座組みから判断すると、ド・ギッシュはジョルジュ・デクリエール、クリスチャンはジャック・トジャではなかったかと思う。この上演が、「演出家」の名前を初めて記した上演だというのだから、「演出家の世紀」も後半に入っていた時点で、これも驚くべきことであり、つまりそれまでは、シラノ役者の「し勝手」のいいようにやって済ませていたということでもあるだろう。ともあれ、その衝撃については、ピアのシラノの台詞回しの軽快さ、「スイングのような」と何度も書いたが、その印象は今も記憶に鮮やかである。ピアは、同じ頃に、『フィガロの結婚』のフィガロで評判を取っていたし、現代劇などでは、ちょっととぼけた二枚目半の役に当たり役が多かったが、彼の演じた役でこのシラノほどのショックを受けたことはない。いやそれどころか、コメディ＝フランセーズの舞台で刺激を受けた、それは極めて稀な体験でもあった。

「スイング」という単語が出てきたのは、事実、ピアの歌い上げるアレクサンドラン詩句が、「古典アレクサンドラン」とは明らかに違い、アクセントの位置が不規則に、揺れる、いわゆる「ロマン派アレクサンドラン」の読み方に忠実な朗誦の故だと思ったが、とにかく聴く者の体が心地よく揺られるような、そんな感じである。種を明かせば、アレクサンドラン詩句について「スイング」という単語を使ったのは、劇評家でもあったロラン・バルトだが、その『ラシーヌ論』の中で、ふいにラシーヌの「詩のエクリチュール」には、「ほとんどスイングとでも言いたいもの」が付与されてと言っていたからだ（邦訳九八頁）。しかし実のところ劇場で、ラシーヌの詩句にスイングの快感を覚えたことはまずない。しかしロスタンの『シラノ』では、それが起きたのであり、スイングを通り越して、ジャム・セッションでも聴くような、そんな身体的興奮を覚えたのであった。

　ピアのシラノは、台詞を放り上げるようにして言う。最後の台詞も、日本に限らず、当節では、ドパルディユーの映画でさえも、思い入れたっぷりに、重く重く言うのだが、それがコクランのやり方だったとも思えないので、その点ピアは、文字通りに「羽根飾り」を放り上げるように、“panache《パナッシュ》”と言って息絶えたのである（もっとも

Googleの検索で読むことの出来るピアの告白では、「長台詞の最後を決めようとすると、必ず一階席の中央辺りに陣取った年配の紳士が、その台詞を先取りして言ってしまうのには、一番困った」と言うのだから、客に台詞を言わせる隙を与えないためにも、息を詰めて台詞を言わなければならなかったのだろう。因みに、以後のシラノ役者としては、一九八三年のジェローム・サヴァリ演出におけるジャック・ヴェベールが、恋の言説において見事であった)。

ところでロスタンが、『シラノ』の大当たりを受けて、サラ・ベルナールのために書き下ろした『鷲の皇子』(*L'Aiglon* 1900)は、男装してナポレオンの遺児ライヒシュタット公爵の憂愁の生涯を演じるサラのおかげで、連続上演二五〇回に及ぶという大成功を収め、ロスタンはその翌年に僅か三十三歳でアカデミー・フランセーズに選出される。八年後に、コクランのために書いた『雄鶏』(*Chantecler* 1910)が、コクランの急死によって、リュシアン・ギトリー主演で初演される。太陽を昇らせることが出来ると妄想する雄鶏と雌の雉《きじ》との恋を主題とする作品は、なにしろ役者が全員、鳥の縫いぐるみを着て出てくるという設定であり、敢えて上演不可能性に挑んだとしか思えず、さすがに不評であった。『シラノ』の作者として、全世界的栄光に輝いていたロスタンだが、私生活では、喘息と神経症に苦しめられ続けた。翌年に『ドン・ジュアンの最後の夜』(*La Dernière Nuit de Don Juan*) を書くが、その上演を見ぬままに、第一次世界大戦終了直後の一九一八年十二月二日、パリでスペイン風邪をこじらせて死ぬ。五十歳であった。

## (4) 異常なる受容史

初演の時から、大成功ではあったが、批判する者には事欠かなかったと書いた。ここでは、差し当たり、ガリマール社刊《フォリオ・クラシック》版の校注者パトリック・ベニエがしたように、同時代の三人の劇評家の評を引いて、賛否両論の中身を探っておこう。その上で、以後の批評で、それが劇評であれ、文学史的分析であれ、「シラノ問題」に光を当ててくれそうなものを、何点か引いておこう。そして、これはまさにロスタンの『シラノ』の特権的な、例外的と言ってもよい特殊事情であるが、フランスにおいても話題になっている、日本における受容の局面にも、触れておこうと思う。

初演時の評については、『ル・タンLe Temps』紙 (一八九七年十二月二十八日付) で、その劇評家であり、保守派で凡庸なブルジョワ的観客の代弁者であるフランシスク・サルセーが、象徴派演劇や自然主義演劇への抜きがたい嫌悪と憎悪を籠めて、ロスタンの『シラノ』を「古きゴールの陽気な太陽」であるとして絶讃し、例によって例の如く、芝居の筋を長々と繰り返し、それを極めて排外的な口調で染め上げている。まさに『シラノ』を、最悪の理由で褒め称えることが可能だという見本である。

それに対して、象徴派の詩人であり劇作家でもあったアンドレ＝フェルディナン・エロルドは、『メルキュール・ド・フランス』誌（一八九八年二月号）の劇評で、サルセーのような通俗演劇の批評家が、何故前衛が嫌いなのかが分るような過激な口調で、ロスタンとその『シラノ』を批判するのだが、ただ、「知的批評家」の通弊として、批判の核が「歴史的真実への違反」にあることもまた、見逃すわけにはいかない。

この二系統の批評に比べると、『両世界評論』誌に劇評を連載していたジュール・ルメートルの評（一八九八年二月一日号）は、平衡感覚のある批判だと言える。というのも、全体情況としての熱狂――「今なおこのような奇跡が可能だったとは！」式の――に対しては距離を取りつつも、エロルドのような先入主はもたずに、この作品を評価する複雑な理由を分析しようとする。それは、『シラノ』を愛国主義のメッセージで塗り潰したり、あるいは「新たなる世紀の幕開けのファンファーレ」と評価する熱狂に対してははっきりと距離を取り――そこには、近年の実験的な舞台に対する観客の側の否定的情動が大きく働いていることを認めた上で――、むしろ、フランスの過去三世紀にわたる文化的記憶の見事な「再活性化」（と現代ならば呼ぶであろうような）の作業を果たしたことを評価するのだ。「革新的な」作品でない証拠は、コルネイユにせよ、モリエールにせよ、ラシーヌにせよ、その最初の成功を勝ち得た際に引き受けなければならなかった過激なまでに否定的な評価が、この作品を取り巻く絶賛には欠けているからに他ならない、という指摘は、極めて含蓄がある。

ロスタン批判には、そのアカデミー・フランセーズ就任に際して、「とんでもない文学的《悪い冗談》――エドモン・ロスタンのケース」と題する記事を書いたジュアン＝リクチュスのように、迫り来るプロレタリア革命が、ロスタンのような恥ずべき作家を抹殺してくれるであろうと宣告するものまであった。

その上で、ジャック・トリュシェの校注版にならい、時間的な距離を取って考察する文学史家の受け止め方も見ておく必要があるだろう。二十世紀の「実証主義的文学史」の確立者であるギュスタヴ・ランソンは、その『フランス文学史』（一九〇八年版）で、イプセンやハウプトマンや、象徴派詩劇といった難解な舞台にうんざりしていた一般観客は、コペーやリシュパンといった「時代遅れ」の「抒情的理想主義」を持て囃したが、そういう環境のなかで、『シラノ・ド・ベルジュラック』は、「分りやすい豊饒さや若々しい陽気さ、誰にでも分るポエジー」といったもので、「信じがたい水準までの観客を魅了した」、と説明する。更に、両大戦間の最も繊細で平衡感覚を備えた批評家アルベール・ティボーデの『一七八九年から現代に至るフランス文学史』（一九三六）を開いてみれば、「ロスタンのケース」を分析するには、三つの視点があり得るだろうとされている。第一に、十五年間にわたって圧倒的な成功を保証してきた劇場の観客であり、第二には、「現在進行中の文学」の観点であって、これは、アナトール・フランスと並べてロスタンを、極めて烈しくこき下ろした。第三の視点は、ロスタンの評価を考え直さなくてはならない「文学史」の立場であるとして、「ビュルレスクな［道化た］要素やプレシユーな要素が、リズムと脚韻の運動に、肉体的な飛躍に、劇的な運動に組み込まれており、それは演劇の表現する思想には何も齎《もたら》しはしないが、しかしその喜びに、その健全さに、その歴史的伝統に齎すものは計り知れない」と評価する。通常は文学史が無視する十九世紀の後半の劇場芸術について、「芝居の楽しみ」に焦点を絞って優れた分析をした、ティボーデらしい評価である。

ほぼ同じ頃に、『ル・タン』紙の劇評家としてデビューしたロベール・ケンプは、一九三八年十二月二十六日付で、まず初演時と現在では、詩についての捉え方が変わってしまっているとして次のように記す。「現代の若者にとっては、神はまずボードレールとランボーである。そしてマラルメとヴェルレーヌ。彼らが好むのはクローデルとその宗教詩であり、ヴァレリーのダイアモンドであり、詩句と同じく軽々としたジロドゥーの散文である。しかし、ロスタンがそれを変えてくれるだろう。神々は常に早く年老いるものだ。この［『シラノ』の］テンポがよく、ダイナミックで、活気付けてくれる話し方は、彼らを楽しませるだろう。仕草と言葉の活力が、瞑想的な詩から、深層へ下るような詩から、彼らを癒してくれるだろう。ロスタンは外気である。もちろん、ラシーヌのようなところはない。しかし、何という躍動、何という上機嫌か！　なんと彼は若いことか！　フロイト主義の影もない……毒の一滴もないのだ。」

因みにこの劇評家は、第二次世界大戦後の『ル・モンド』紙の権威ある劇評家となるわけだし、ロラン・バルトが「ブルジョワ的劇評家」の代表格のようにして批判することにもなるのだから、結構両義的な作用をもつこの批評は、眺めておいてもよいだろう。

すでに上演史に関わるところで引いたが、マルローによる一九六四年のコメディ＝フランセーズ新演出を観に行ったフランソワ・モーリアックは、週刊の『フィガロ文芸誌』（一九六四年二月二十七日号）で、「アンドレ・ジッドとコクトーと、クローデルの言葉を信じて、この芝居は軽蔑すべきものだと思い込んでいた」のだが、「観客を楽しませ、観客に聴いてもらわなければならないと努力する作家という、素直な考えをもっていた時代があった」こと、「我々の誤謬から立ち直るには、まだ時間が掛かるだろう」ことを認識したとして、「特別公演《ガラ》というわけでもないのに出かけて行ったのは、全く自分の楽しみのためにだけであったし、そしてその楽しみは涙まで流すほどのものであった」と告白している。

これらの劇評家たちが記している里程標の最後のものとして引いておくのは、ピエール・マルカブリュの『フィガロ』紙（一九七六年九月二十七日付）の記事である。「クローデルかロスタンか、どちらかを選ばなければならない、とジッドは言った。何故、クローデルとロスタンではいけないのかと」。これは、ロスタンの『シラノ』

に対する批評家の態度の変化の、一つのメルクマールと見做してよいだろう（勿論それは、クローデルに対する評価の変化とも関わっているのだが）。

ところで、どのポケット・ブックでも、『シラノ』の受容史の異常さには触れており、フランス演劇のうちで、ほとんど唯一の「世界的名作」であることを記している。たとえばシェークスピアがあるために、イギリスの芝居が世界中で上演されるという事情とは裏腹に、フランス演劇は、一九五〇年代の不条理劇――特にベケットとジュネ――を除けば、必ずしも世界的に上演されているわけではない。特に、十七世紀古典主義演劇は、フランス人がその「フランス性」を強調すればするほど、モリエールの喜劇の数篇とラシーヌ悲劇のある作品を除けば、ほとんど上演されないと言ってもよい。その中で、ロスタンの『シラノ』だけは、全くの例外なのである。

恐らく、「フランス性」というものが、どのように、何によって表象されているのかを分析するには、ロスタンの『シラノ』は格好の素材のはずである。しかし日本の場合、なんと言っても、辰野隆・鈴木信太郎訳が名訳の誉れ高く、言わば翻訳戯曲の記念碑的存在であり、シェークスピアにおける「逍遥訳」に比べることの出来る数少ないフランス戯曲なのだが、この記念碑的な存在感が、逆に戯曲の「読み直し」を不要なものと印象づけてきたと、言えなくもないのだ。

この際だから、辰野隆・鈴木信太郎訳の成立について、簡単におさらいをしておくならば、『鈴木信太郎全集』第五巻の年譜に読まれる詳しい記載（六六七頁以下）ならびに同補巻の「シラノと譯者たち」（二六〇頁以下）によると、一九一七年に、当時、東京大学の文学部仏文科の唯一の教授であったエミール・エック先生に講読をしてもらい、一九一八年秋頃から翻訳を始め——なんと九十年前である！——、一九一九年から、『玫瑰珠《ろざりょ》』という同人雑誌の一月号、四月号、十月号、一九二〇年一月号、三月号に、計五回にわたり掲載した。立乃里雨《りゆう》、鈴木笙之助というペンネームであった。単行本出版は、一九二二年十月、エドモン・ロスタン『シラノ・ド・ベルヂユ《ママ》ラック』の題で、白水社から、エミール・エック、森林太郎（つまり鷗外）の「序文付き」が最初である。その後、一九二三年に春陽堂で再版され、一九二八年に、新潮社の『世界文学全集』「仏蘭西近代戯曲集」の巻に収録され、第二次大戦後の一九五一年七月に、岩波文庫に収録されている。こうして見ると、鈴木先生が渡仏されるのは一九二五年のことでしかないから、お二人とも翻訳をされたのは、まだフランスへはいらっしゃっていない時期ではないか。そう考えると、失礼な言い方ながら、その誤訳の少なさに、今更ながら、驚嘆するのである。

近代日本におけるフランス戯曲の受容については、以前に書いたことがあるから（「大いなる欠落――日本におけるフランス演劇の受容」、『演劇とは何か』講談社学術文庫、一九九〇年、三一六～三三九頁）ここには繰り返さないが、こと『シラノ』に関して言えば、今やGoogleで検索しても出て来るくらいにはなっている。Googleは、一九三一年（昭和六）二月の帝国劇場における二代目市川左団次による忠実な翻訳劇の上演を語るパリのグラビア雑誌『イリュストラシオン』のページを引いているのだが、歌舞伎における女優の不在や――ロクサーヌは二代目市川松蔦である――、装置・美術の面での全くの異質性を強調しつつも、帝国大学教授辰野訳によって、実現したことを述べている（因みに『帝劇の五十年』の年譜［一二九頁］には、翻訳者の名はなく、松居松翁脚色とのみあり、同二〇三頁の記事では、「外題の示す通り、翻案劇ではなく、かなりのカットはあったが、珍らしく赤毛のままで上演されたロスタンの傑作」だとし、全体として「妙に写実にこだわるところが気になった」と記している）。パリの『イリュストラシオン』誌が、数年前の潤色版は極めて原作に不忠実であった、と書いているのは、大正十五年（一九二六）十二月に額田六福《ぬかだろくふく》が、新国劇の沢田正二郎のために翻案して、空前の成功を収めた邦楽座の『白野弁十郎』のことだと思われる（因みに、一九三四年には、新宿の新歌舞伎座で、松居松翁脚色・早川雪洲主演に『シラノ』があり、これは訳者に無断であったため、訴訟事件になっている。また一九三五年には、六代目菊五郎の日本俳優学校が辰野・鈴木訳を忠実に上演したが、その中に、満田建兒、後の三津田健がいた）。

第二次大戦後の新劇による『シラノ』上演は、一九五一年の文学座による三津田健のシラノ、杉村春子のロクサーヌを始めとして、フランス側が興味をもたなかったのであろう、Googleには痕跡もないが――それは最近の上演についても全く同じである――、次に出てくるのは、一九六〇年の「オノエ・ショロキ」主演の舞台で、これは、たまたま来日していたパリ大学比較文学の教授エティアンブル氏の観劇談と、Onoe Shorokiへのインタビューを、ジャン＝バティスト・マニュエルが『エドモン・ロスタン、想像の作家』の中で引用しているものだ。主演俳優はもちろん二世尾上松緑であり、ド・ギッシュに当時の海老蔵（後の十一代目団十郎）、ロクサーヌに山田五十鈴、クリスチャンに安井昌二という配役で、演出は松浦竹夫。東京の歌舞伎座十月興行の夜の部であった。もちろんそこまで詳しくは伝えていないが、発言しているのがパリ大学の高名な比較文学者であるために、この証言は、結構頻繁に引用されている。しかし、『鈴木信太郎全集補巻』の「シラノと譯者たち」(二六〇~二六三頁)に明らかなように、エティアンブルが観たのは一九六四年の日生劇場における再演であり、帰国後『フィガロ』紙に絶賛記事を書いたのである。この時はロクサーヌが久我美子、クリスチャンが北大路欣也、ド・ギッシュが坂東三津五郎であった。ともあれ、特に、何故に日本人はそれほどロスタンの『シラノ』が好きなのかという問いに対して、松緑が、「先ず第一には、高潔さ、名誉、自己犠牲、戦士の美徳、といったシラノの理想が、《武士道》のそれと同じだから」であると答え、第二には、「我々が知っている全てのフランス戯曲のなかで、『シラノ』は最も歌舞伎に近い。第一幕などは、どうしても我々には、『助六』を思い出させてしまう」と答えている。校注版の著者ウイリー・ド・スペンスは、こうしたエティアンブルの回想から、フランス文学の作家で、日本で一番読まれているのはランボーだが――エティアンブルはランボーの専門家としても知られている――、ロスタンの『シラノ』は、ランボーと同じく「反抗的人間」として持て囃されていると、いささか皮肉を籠めた注釈を付け加えている。Google掲載の三番目の『シラノ』は、晩年の島田正吾が「一人芝居」として作って、日本各地で公演したヴァージョンが、一九九二年に、パリの世界文化会館で演じたものを紹介している記事で、「実験的な一人芝居」であることが強調されている。「武士道」と『助六』というのは、多少なりとも歌舞伎を知って『シラノ』を観る日本人には、好都合なレファランスではある。しかし、如何にシラノの「鼻の咳呵」が、花川戸の助六の「啖呵《たんか》」や「悪態《あくたい》」に似てはいても、シラノは、助六のような「男《おとこ》伊達《だて》」ではない。そもそも、「絶対的に女にもてる」ことになっている助六と、「絶対的に女にはもてない」ときめてかかっているシラノとでは、設定が全く違っている。もちろん、日本人にとっては、助六は一つのヒントにはなるし、こうしたヒントは、実作者にとっては、ないよりもあったほうが助かる。「男伊達」の、「武士道」のというのも、よく考えてみれば『シラノ』には当てはまらないし、そもそもシラノは、ダルタニヤンや三銃士のように、その「武人的な勲」が劇的筋の中核をなしているわけではない。シラノ自身が告白するように、その「心意気」を掻き立てているのは、少なくとも芝居の進行している時間においては、ロクサーヌに対する「忍ぶ恋」なのであって、初演以来の成功も、その最も重要なファクターは、「恋の言説」の超絶技巧にあったのだ。

こうして見ると、「芝居の楽しみ」のアルケオロジーのようなことを企てなければならなくなるが、確かにロスタンの『シラノ』は、「芝居としての楽しみ」の収蔵庫のようにも見えてくる。訳者として最も心掛けたのは、この点であって、「読み直し」の作業は、「芝居の楽しみ」の読み起こしでもあった。

それがうまくいったかどうかは、読者のご判断にまつしかない。

# エドモン・ロスタン年譜（年齢は満年齢）

一八六八年
四月一日　マルセイユに生まれる。一六世紀から続く南仏の名家。父はウージェーヌ・ロスタン。経済学専攻の評論家で詩人であった。ロスタンは、ポール・クローデルと同年、ポール・ヴァレリーより三歳年上、アンドレ・ジッドより一歳年上、マルセル・プルーストより三歳年上、アルフレッド・ジャリより五歳年上、アンリ・ベルクソンより九歳年下である。自然主義演劇の演出家アントワーヌは一〇歳年上、象徴派演劇の演出家リュニェ＝ポーより一歳年上である。

一八七〇年　　二歳
第二帝政崩壊。翌年にかけて、パリ・コミューンの乱。第三共和国の成立。

一八七八年　　一〇歳
マルセイユの高等中学校に入学。

一八八四年　　一六歳
父の意思で、パリの名門校コレージュ・スタニスラスに送られ、そこで中等教育を終える。ルネ・ドゥーミックに師事。

高踏派の詩人ルコント・ド・リール『悲劇詩集』。

一八八七年　一九歳

マルセイユ大学区懸賞論文『プロヴァンス地方出身の二人の小説家、オノレ・デュルフェとエミール・ゾラ』によって、マルセイユ大学区の優秀賞を受ける。

一八八八年　二〇歳

父の意思で法学部の授業に出る。ルコント・ド・リールのサロンに出入りする。

一八八九年　二一歳

『赤い手袋』*Le Gant rouge*（ヴォードヴィル）を、後に妻となるロズモンド・ジェラールの兄アンリ・レーと共作で書き、クリュニー劇場で上演されるが、成功しない。

この年、フランス革命百周年記念パリ万国博覧会（エッフェル塔が建つ）。ブーランジェ将軍事件。

一八九〇年　二二歳

詩集『暇もてあそび』*Les Musardises*（ルメール書店刊）。

四月八日　ロズモンド・ジェラールと結婚（彼女はジェラール元帥の娘）。作曲家のマスネが立会人。

ポール・クローデル『黄金の頭』（初稿出版、著者名無し）。

一八九一年　二三歳

『二人のピエロ』*Les Deux Pierrots*（韻文一幕）をコメディ＝フランセーズに提出するが、採用されない。

長男モーリス誕生（彼も後に詩人、劇作家となる）。

一八九四年　二六歳
五月二一日『レ・ロマネスク』*Les Romanesques*がコメディ＝フランセーズで上演（ル・バルジー主演）、成功する。
サラ・ベルナールに当てはめて書いた『遥かなる姫君』*La Princesse lointaine*を、サラ・ベルナールに読み聞かせる。
次男ジャン誕生（後に名高い生物学者となる）。
この年、「ドレフュス事件」始まる。
ルコント・ド・リール没す。

一八九五年　二七歳
四月五日『遥かなる姫君』がルネッサンス座で初演。サラ・ベルナールとリュシアン・ギトリーの主演にもかかわらず、成功せず。
一〇月～一一月　ムネ＝シュリー、ジュリア・バルテ、マルグリット・モレノに当てはめて書きつつあった『恋人たちの館』を放棄する。

一八九六年　二八歳
一月　ヴェルレーヌ没す。マラルメ「詩王」に選出。
一二月九日　サラ・ベルナールに捧げられた行事に参加する（後にプルーストが「ベルマのガラ」のモデルにする名高いサラの特別公演《ガラ》である）。
一二月一〇日　ジャリ『ユビュ王』初演、スキャンダル。

一八九七年　二九歳

四月一四日『サマリヤの女』*La Samaritaine*（サラ・ベルナール主演）、ルネッサンス座初演。この「三景からなる福音書」は大評判。

一二月二八日『シラノ・ド・ベルジュラック』*Cyrano de Bergerac*、ポルト＝サン＝マルタン座で初演（コンスタン・コクラン主演）、大成功。

**一八九八年**　三〇歳

一月一日　ロスタンは、レジオン・ドヌール勲章（シェヴァリエ）叙勲。一月六日に、共和国大統領フェリックス・フォールも観劇。エミール・マーニュの『「シラノ・ド・ベルジュラック」の考証上の誤謬』への反論。父ウージェーヌ・ロスタンは、人文・政治科学アカデミー（フランス学士院の五つのアカデミーの一つ）に選ばれる。

**一九〇〇年**　三二歳

三月一五日『鷲の皇子』*L'Aiglon*、サラ・ベルナール座初演（サラ・ベルナール主演）、再び大成功。ロスタンは呼吸器疾患と神経症のために、ピレネ＝アトランティック県のカンボ＝レ＝バンで静養する。

**一九〇一年**　三三歳

一月　宗教的結社に関する法律可決（政教分離への決定的一歩）。アカデミー・フランセーズに選出される（アンリ・ド・ボルニエの後任）。しかし健康状態の悪化により、カンボに戻ることを余儀なくされ、アカデミー・フランセーズにおける選出演説は延期。レジオン・ドヌール勲章オフィシエ叙勲。

九月二〇日　ツァー（ロシア皇帝）の訪仏に際して、ロスタンは「ロシア皇后陛下に捧げる詩」を書き、コメディ＝フランセーズの女優ジュリア・バルテが歓迎式典で朗読。

一九〇二年　三四歳

カンボに広大な地所を買い、アルナガ別荘を建てさせる（現在は、ロスタン美術館）。『雄鶏』*Chantecler*の想。ヴィクトル・ユゴー生誕百年記念のテクスト、「エルナニの一夜」*Un soir à Hernani*。

一九〇三年　三五歳

五月四日　アカデミー・フランセーズ就任演説。歓迎の辞はウージェーヌ＝メルキオール・ド・ヴォギュエ。文学的・社交的事件であった。

一九〇四年〜〇五年　三六〜三七歳

教会財産の没収とそれに反対する運動。

一九〇六年〜〇七年　三八〜三九歳

神経症悪化。サラのための『ジャンヌ・ダルク』等、計画は様々あったが実現しない。『遥かなる姫君』の改訂版に取り掛かる。

一九〇八年　四〇歳

一二月　コクランに『雄鶏』のテクストを渡す。雑誌『イリュストラシオン』のクリスマス特集に、パントマイム『聖なる森』*Le Bois Sacré*を発表。

一九〇九年　四一歳

一月二七日　コンスタン・コクラン、

『雄鶏』の稽古の途中で倒れ、没す。長い躊躇の末に、主役はリュシアン・ギトリーに。

一九一〇年　四二歳

一月七日『雄鶏』、ポルト＝サン＝マルタン座で初演（リュシアン・ギトリー主演）。批評家の評は悪い。ロスタンは、レジオン・ドヌールのコマンドゥール叙勲。

四月一五日　アメリカ巡業に出発するサラ・ベルナールのお別れ興行。ロスタンはイタリアの作家ガブリエレ・ダヌンツィオに会う。

四月二〇日　パントマイム『聖なる森』がサラ・ベルナール座で初演。

ロスタンは、レーモン・ルーセルの『アフリカの印象』を読み、評価する。

一九一一年　四三歳

『ドン・ジュアンの最後の夜』*La Dernière Nuit de Don Juan*を書く。

一九一二年　四四歳

ダヌンツィオと再会。サラは、二人の詩人が合作で『ジャンヌ・ダルク』を書いてくれることを望む。

一九一三年　四五歳

二月二七日　ニューヨーク、メトロポリタン歌劇場で、ウォルター・ダムロッシュ作曲のオペラ『シラノ・ド・ベルジュラック』の初演。

五月三日　『シラノ・ド・ベルジュラック』、ポルト＝サン＝マルタン座において、再演（ル・バルジー主演）、大成功。

一九一四年　四六歳

第一次世界大戦勃発。サラ・ベルナールの、ロスタンについての講演。ロスタンは、第一次大戦に従軍したいと願ったが、健康上の理由で叶わなかった。アンリ・バルビュス（特にその『砲火』を絶賛した）との往復書簡。

一九一五年　四七歳

一月二〇日　父ウージェーヌ・ロスタン没す。

一一月に、シャンパーニュ、ロレーヌ地方の前線を視察。

一九一六年　四八歳

映画に関心。セシル・B・デミルの『反逆』に感心。

九月一二日　母の死。

一〇月六日　戦争詩集『ラ・マルセイエーズの飛翔』*Le Vol de la Marseillaise* 刊行。

一九一八年　五〇歳

一一月上旬にパリに戻り、スペイン風邪を引く。

一二月二日　死去。

一九三八年

『シラノ』コメディ゠フランセーズ初演（アンドレ・ブリュノーのシラノ、マリー・ベルのロクサーヌ）。

一九六四年

コメディ゠フランセーズ再演（ジャック・シャロン演出、ジャン・ピアのシラノ、ジュヌヴィエーヴ・カジールのロクサーヌ）。

# サヴィニアン・ド・シラノ・ド・ベルジュラック年譜

**一六一九年**

三月 サヴィニアン・ド・シラノ(Savinien de Cyrano)、パリに生まれる。父はアベル・ド・シラノ(Abel de Cyrano)、モーヴィエールの殿。母はエスペランス・ベランジェ(Espérance Bellanger)。父は、高等法院の弁護士で、町人階級の出身である。シラノ家は、四十年来、パリ郊外、シュヴルーズの地に、モーヴィエール(Mauvières)とベルジュラック(Bergerac)の領地を持っていたが、南仏ベルジュラック地方の貴族だったわけではない。サヴィニアンが幼少年期を過ごしたのは、モーヴィエールの地で、田舎の司祭が教育に当たり、幼馴染のル・ブレと共に学んだ。

**一六三二年頃** **一三歳頃**

パリのボーヴェ学寮に学ぶ。その学寮長ジャン・グランジェは、『やられた衒学者』のグランジェのモデルだとされる。

**一六三七年** **一八歳**

一月 コルネイユ『ル・シッド』マレー座初演。

デカルト『方法叙説』。

一六三八年　一九歳

父は、モーヴィエールとベルジュラックの領地を、早くに手放したが、サヴィニアンは、自分の名に「ベルジュラック」の名を付けた（兄は、モーヴィエールの名を名乗っていた）。ル・ブレと共に、カルボン・ド・カステル＝ジャルーの率いる親衛隊に参加する。

一六三九年　二〇歳

ムーゾンの包囲戦で、身体に火縄銃の貫通銃創を受ける。

一六四〇年　二一歳

アラスの包囲戦で、咽喉に剣の傷を受ける。兵役を退《ひ》く。

一六四一年　二二歳

パリへ戻り、武術とダンスの教授を受ける。この十年間の消息はよく分からないが、「ネールの門での百人切り」（ル・ブレの証言がある）の逸話など。ガッサンディーについて、哲学を学び、文学者や自由思想家と交渉を持ったことは確か。

一六四二年　二三歳

リシュリュー枢機卿没。

一六四三年　二四歳

ルイ十三世没。ルイ十四世即位。前王妃アンヌ・ドートリッシュ摂政。マザラン枢機卿の支配。

モリエール、「盛名劇団」の旗揚げ。

一六四四年　二五歳

デカルト『哲学原理』。ガッサンディー

のデカルトへの反論。

一六四五年　二六歳
恐らく梅毒だと思われる病気の治療。この頃、作品を書き出したらしい。特に『やられた衒学者』。

一六四八年　二九歳
シラノの父の死。遺産はすぐ食い潰される。「(高等法院の)フロンドの乱」始まる(〜一六四九年)。

一六四九年　三〇歳
フロンド側についたシラノの手になると言われる反マザラン文書(「炎上する国家の大臣」など)。
「(大貴族の)フロンドの乱」始まる(〜一六五三年)。

一六五〇年　三一歳
二月　デカルト、ストックホルムで死す。

一六五一年　三二歳
今度は反フロンド派について、「フロンド派に抗して」などを書く。スカロン、ダスーシーと喧嘩別れ。

一六五二年　三三歳
それまで、パトロンをもつことを拒否してきたが、ダルパジョン公爵の庇護を受ける。

一六五三年　三四歳
『アグリピーヌの死』のブルゴーニュ座初演。スキャンダル。

一六五四年　三五歳
『作品集』(*Les Œuvres diverses*)の刊行。『書簡集』、『やられた衒学者』『アグリピーヌの死』を収める。シラノは、頭上に落ちてきた木材で重傷を負う。暗殺かどうかで諸説分かれる。ダルパジョン公爵は、庇護を取りやめる。新しい庇護者、タヌギー・ルノー・デ・ボワ・クレールに引き取られる。

一六五五年　　三六歳

重い病気にかかる。「十字架の婦人修道会」の院長であったカトリーヌ・ド・シラノと、従妹のヌーヴィレット男爵夫人、ル・ブレ自身も、彼を改宗させようと努力する。

最後は、サノワの、従兄のピエール・ド・シラノの元へ運ばれ、五日後の七月二八日に死ぬ（キリスト教徒にふさわしい死であったとされる）。

一六五七年

ル・ブレが、危険思想と見られる箇所を相当削除した形で、『月の諸国家と諸帝国』を刊行。

一六五八年

モリエール一座、パリで王弟殿下の劇団となる。

一六六一年

ルイ十四世親政。

一六六二年

『太陽の諸国家と諸帝国』の刊行。

# 訳者あとがき

ここに訳出したのは、エドモン・ロスタン作『シラノ・ド・ベルジュラック』（英雄喜劇・韻文五幕）の全訳である。〈参考文献〉にも示したとおり、差し当たって最も信用の置ける最新の校訂版を基に行った原作の全訳である。

原文が、「アレクサンドラン」と呼ばれる「十二音節定型韻文」であることから、訳文も「分かち書き」にしてあることは、「はじめに」ならびに必要な箇所の訳注で述べた。この作品に対する訳者の理解、あるいは思い入れについても、訳注や「解題」でかなり詳しく書いているから、ここには繰り返さない。ただ、この翻訳の成立事情についてだけ、簡単に触れておく。

戯曲の翻訳と演出という観点からすれば、私の専門はフランス演劇であり、それも主として十七世紀のいわゆる古典主義悲劇（特にラシーヌ）と、二十世紀の前衛的な作品（クローデルに始まりジュネに至る）であり、ロマン派演劇に関しては、ミュッセの長編歴史政治劇『ロレンザッチョ』（銀座セゾン劇場初演）がある。しかし、ロスタンの『シラノ』は、辰野、鈴木両先生の言わば「欽定訳」があるのだから、私などが手を出すこともあるまいと、長いこと思っていた。もちろん、この作品に興味がなかった訳ではなく、これも何度も触れているように、一九六〇年代のコメディ＝フランセーズにおけるジャン・ピアのシラノに触発されて、ああいう『シラノ』ならいつかやってもいい、と漠然と考えていた。しかし、そもそもシラノ役者が必要だし、それに、実際に演出する際に、辰野・鈴木訳で行けるだろうか。

演劇集団〈円〉に、企画委員・演出家として加わって、自分のレパートリーとしては、まずもってラシーヌ悲劇の実験的な上演を実現することであったし、その作業を知っていた演出家のアントワーヌ・ヴィテーズが、国立シャイヨー宮劇場の総支配人となった際に、我々の『悲劇フェードル』を招いてくれて、有史以来初めての、日本人による日本語のラシーヌというものが、パリの劇場で立ち上がったのであった。以後、レパートリーを拡げる必要を感じつつ、東京グローブ座での『ハムレット』（野村武司＝現萬斎主演）や、銀座セゾン劇場におけるチェーホフの『かもめ』、そして、念願のミュッセ『ロレンザッチョ』の日本初演というような舞台を作っていった。

『ハムレット』も『かもめ』も「劇中劇」があるという点で、『シラノ』に通じる仕掛けをもっているし、『ロレンザッチョ』は、まさにフランス・ロマン派演劇のなかで、二十世紀になってようやく評価された戯曲である。それにあわせて、クローデルの超大作戯曲『繻子の靴』の翻訳に取り掛かっていた私としては、自分の中のどこかで、「クローデルかロスタンか」ではなく、「クローデルもロスタンも」という衝動が起き始めていたことは事実である。

〈円〉の企画として、「橋爪功のシラノならやる」という提案が通って、橋爪もそれに賛成したから、二〇〇一年二月公演として、世田谷パブリックシアターとの共催で行うことが決まったのは、前年の春あたりであったろうか。しかし翻訳はどうするのか。

私としては、一方では、自分の研究領域に近いとは言え、正面から立ち向かったことのない作品であり、大先生のお訳を拝借する他ないか、という気持ちと、同時に、それにしても長すぎる、全体がというよりは、例えば「名訳」の誉れ高い「鼻の啖呵」にしても、あれを台本に組んだことを想像するだけで、とても先へは進むまい。実は、そういう下心もあって、放送大学の放送授業『フランスの文学』で、原作の録音を聞かせるために辰野・鈴木訳を印刷教材（テクストのことをこう呼ぶ）に組んだところ、その原文との余りの量的乖離《かいり》に啞然とした経験も、そこには手伝っていた。

日本では、第二次世界大戦後に限っても、一九五一年(昭和二十六年)の三越劇場における文学座公演(三津田健のシラノ、杉村春子のロクサーヌ等)以来、かなりの頻度で上演されている戯曲である。少なくとも「新劇」では、辰野・鈴木訳に忠実に上演していると思いたいものの、本当にあの長大かつ難解な翻訳を用いていたのだろうか。「辰野・鈴木訳による」として、「上演台本渡辺守章」としようか、などと迷った末に、そんな姑息なことではとても作業の展望は開けない、こちらにしたって、十九世紀末の詩も、十七世紀の劇文学も専門に研究し、翻訳しているのだから、この際、学恩に報いるためにも、自分の訳文を作ろうと決心したのである。なにしろ、シラノの長台詞が多いのだから、「そこだけでも早く欲しい」という橋爪の要求はもっともであり、また訳者としても、ここはどういう調子で行けばよいか、あそこは逆にこういう調子、という具合に、一種の文体の変奏と言うか、今風に言えば「言語態《エクリチュール》」の変奏をやることから始めて、それは大変スリリングで面白く、ものすごい速さで仕事は進んだ。一月六日の稽古初日には絶対に間に合ってくれなければ困るという制作者の強い要請も当然であるが、それが奇跡的に間に合ってしまったのだ。

恐らく、単純な量的計算でも、辰野・鈴木訳の半分ほどの寸法になったはずだが、それでも長いところはあるし、特に第一幕冒頭の、群衆場面形成の過程などは、カットしてもよいだろう（蛇足ながら、二〇〇六年から始まっているコメディ＝フランセーズの、ドニ・ポダリデスによる新演出は、全く感心しなかったが、テキスト・レジだけは我々のものに共通する部分が多かった）。それに、五幕それぞれを別の場所に設定し、しかも、舞台美術の上では「ロマン派リアリズム」と呼ぶ、本物らしい装置を、しかもオペラ並みに大掛かりな装置を組むように指定されている。これは、二十世紀が終わった時点で、今更舞台上で出来ないことの見本のようなものだ。そこで、クローデルの『真昼に分かつ』や鏡花の『天守物語』の演出で用いた手法、つまり「卜書き」を役者、あるいは口上役に読ませるという方法を取り、舞台転換の間を空けずに、三幕の終わりまで一気に進み、四幕・五幕についても、同じように接続する。ただ、四幕と五幕の間には、クリスチャンに対するシラノの、単なる友情を超えた情動を表現しておきたかったから――それにここで十五年の時間が経過しなければならない――「クリスチャンの死体を、《ガスコン青年隊の名乗り》を絶叫しつつ引きずって行くシラノ」という幕間劇を付け加えた。

演出家としては、少なくとも日本で見ていると、いつもあの「付け鼻」が非常に気になるし、実はそれはフランスでも似たようなものだ。とにかく「鼻」を付けたために台詞や演技の邪魔になることは避けたい。それに、いつぞやバローの劇団が二度目の東京公演をした際に、ヴィテーズの弟子でもあった若い女優が、「鼻から呼吸する方法を学びたい」と観世寿夫に問いかけたところ、日本人としては、何を当り前のことを問題にするのかという反応を見せたのであったが、フランス側の役者たちは一斉に、息は口でするもので、鼻などではしない、と反論したことを記憶していた。つまり、これは解剖学的な構造と、身体的な素養の関係だろうと思うが、日本人の俳優で、「鼻から息が吸えなかったら」それこそ物笑いの種だろうが、フランス人がそれをやると鼻腔が長いせいか、鼻が鳴ってしまうのだ。したがって、シラノ役者も鼻で息をする必要がないから、あの鼻もそれほど邪魔にはならないのかも知れない。しかし日本人ではそうはいかない。そこで、橋爪と相談して、彼の鼻自体が、決して小さくはないのだから——それにシラノの鼻の大きさは、客観的に何センチというような話ではなく、多分にファンタスム（妄想）の要因もありそうだから——、「鼻」を付けないでやることにした。そして、この決断が、芝居の成果にプラスにこそなれ、マイナスにはならなかったのである。

それと、これは訳注にも書いたように、クリスチャンとロクサーヌの恋のすれ違いを鮮明に立てること。しかし、第四幕で、戦闘の再現や、ラグノーのお馬車のそれにかまけていては、それは出来まい。従来の演出の最大の欠陥はここにもあったのだから。

ともあれ、五幕分の装置を、リアルに組むことなどは論外である。さりとて、『ハムレット』をやるわけではないのだから、旧来の「抽象的装置」でも困る。何か、存在感のあるオブジェが、舞台を支配していて欲しい。

そこで舞台美術の丸田道夫が——彼とは五十年来の友人であり、すでに重い病に冒されていた彼の、これは亡くなる前の、最後から二番目の仕事になってしまうのだが——巨大な鉄骨の階段を赤く塗ったものを二基作って、その組み合わせで五幕それぞれの装置を構成するというプランを出して来た。理屈ではよいのだが、しかしそれをどのように組み合わせて、各幕の舞台を作るのか。少なくとも、まず第一幕のブルゴーニュ座の「客席と舞台」は、その客席が「階段状のもの」ではないことを劇場の歴史は常に語っているのだから、この「階段」では出来ない。つまり発想を全く変えて、ミラノに近いパルマにある「ファルネーゼ劇場」のような、相対面する階段状座席を設えねばならない。まあ、ピカソの絵で、横向きの顔と正面向きの顔が同時に描かれているようなことを考えれば、これも可能だろう……。といった具合で、立ち稽古に入ってからは、「模型」を演出家席のテーブルの上に並べて、様々な組み合わせを考えたが、なにしろ発注する期限があるから、決断は急がされる。最も頭を悩ましたのは、第四幕で、二つの赤い鉄製の大階段を様々に組み合わせた結果、最終的には、ゴッホの『アルルの橋』のような形で、舞台正面奥に飾り、その上で、クリスチャンとロクサーヌの「対決」を、我々の仲間では「猫」と呼ぶ、両手を床について、背骨と腰に集中を入れる体勢で行わせた。要するに、二人の恋がすれ違いであることを、舞台の高い地点で、世界の視線に対して語らせてみることであった。そして、ここはうまくいった。

つまり、我々の『シラノ』は、日本で通念になっているそれとは、結構違っていたのだと思う。それに挑んだ意味は、その時の劇評などでも、幸いに評価してくれるものもあったが、やはり「辰野・鈴木訳」の呪縛と言おうか、従来の「通念」を超えようとしない批評家も少なくなかった。

この国の「翻訳戯曲」に対する、現場の対応のひどさというか、著作権法的に言っても無礼ではないかと思われる現状を見ている人間としては、――「辰野・鈴木訳」を謳って、勝手にいじくりまわしている類の演出が如何に多いか――そういい加減さのなかでは、全くと言ってよいほど見えなくなっている「ロスタンの『シラノ』」という作品を、せめて出来るだけ原典に忠実に翻訳しておく必要はあったのだ。翻訳は解釈であり、解釈は演奏でもあるのだから、「演出家がご自由に」といった、無色透明な翻訳などというものは、私は、研究者としても、翻訳者としても、もちろん演出家としても、いや、単純に「読者」としても信じてはいない。その意味では、現在の劇場ではびこっている現象との関係では極めてアナクロニズムだとも思われよう、このような作業を、活字に出来たことの幸いを思うべきであろうか。

　ともあれ、フランス戯曲、特に十九世紀以前のそれ、特に十七世紀の、ラシーヌ悲劇などというものについては、訳者として、傲慢な言い草だと言われることを覚悟の上で言えば、先行翻訳に負ったものがあるというような記憶は全くない。近・現代の戯曲についても同じであって、それは、訳者の傲慢ではなく、翻訳が、現場の声や身体や作業に掛かることが、事実上全くなかったからである。その意味では、辰野・鈴木訳は、訳者にとって前に立ちはだかる「記念碑」であり、それとの関係をどうつけるのかは、訳者としての初めての経験であった。恐らく、英文学者にとっての「逍遥訳シェークスピア」に当たるものを持たなかったフランス演劇にとって、辰野・鈴木訳『シラノ』は、唯一それに当たるケースでもあったからである。その意味で、この翻訳が捧げらるべきは、先ず第一に、学恩のある辰野隆、鈴木信太郎両先生にである。と同時に、演劇集団〈円〉が、私の翻訳・演出で『シラノ』を上演する決断をしなかったならば、私は一生この戯曲を翻訳しないで終わったかもしれない。その意味で、やはりこれを捧げるべき友人達は、橋爪功を始めとする演劇集団〈円〉の俳優達（ロクサーヌの高橋理恵子、ド・ギッシュの吉見一豊、クリスチャンの石井英明、ラグノーの松井範雄等々）、加藤晶子を始めとする集団の制作スタッフ、前川錬一を始めとする演出部、そして外部のスタッフとしては、舞台美術の丸田道夫、照明の田中喜久夫、衣裳の渡辺園子、音響の深川定次、舞台監督の井川学であり、この友人達の協力がなければ、私の『シラノ』は立ち上がらなかったに違いない。十九世紀末の劇場事情とは、全く異なる場で仕事をしていたのであるから。

われわれの作品について、それを上演した世田谷パブリックシアターの館長に当たる職にあった永井多恵子氏（後のＮＨＫ副会長）は、同氏の在任中に最も「集客力の大きかった作品」と言って下さったが、われわれの作業も——もちろん文学座初演時の五四ステージ、二万九千名余の観客動員には及びもつかないが——「シラノ神話」を覆すには至らなかったわけであり、それは現場的に言えば、甚だ幸運なことであった。

この翻訳を光文社古典新訳文庫に収めるに当たっては、多くの方々の支えがあった。一人一人のお名前は出さないが、結構「面倒くさい」原文についての、様々な質問に答えて下さった友人達には、篤い感謝の念を表したい。また、「上演台本」を劇場販売用の小冊子にして下さった朝日出版社の赤井茂樹氏、完訳版を出版社へ推薦して下さった松浦寿輝氏と、その提案を受けて下さった光文社文芸編集部の駒井稔編集長ならびに編集スタッフの今野哲男氏には、お礼の申し上げようもない。特に、校正の赤字が多いので悪名高い訳者に、忍耐強く付き合って下さり、版面等の様々な細かい問題を処理して、出版にまで漕ぎ着けて下さった中町俊伸氏には、クリスチャン並みの颯爽たるシルエットに「シラノの魂」が乗り移ったのではないかと思われるその熱意と細心の作業に、深い感謝の念を捧げたい。

二〇〇八年九月彼岸中日

渡辺守章

〈参考文献〉（辞書・事典の類は省く）

1．ロスタン作『シラノ・ド・ベルジュラック』関連

エドモン・ロスタン作、辰野隆・鈴木信太郎訳『シラノ・ド・ベルジュラック』岩波文庫、１９５１、岩波書店

エドモン・ロスタン作、岩瀬孝訳『シラノ・ド・ベルジュラック』旺文社文庫、１９７１、旺文社

Edmond Rostand: *Cyrano de Bergerac*, comédie héroïque en cinq actes, en vers, Charpentier et Fasquelle, 1923

Edmond Rostand: *Cyrano de Bergerac*, texte présenté et commenté par Jacques Truchet, illusutrations de Jean-Denis Malclès, "Lettres Françaises", 1983, Imprimerie Nationale

Edmond Rostand: *Cyrano de Bergerac*, édition présentée et annotée par Patrick Besnier, "Folio classique", 1983,Gallimard

Edmond Rostand: *Cyrano de Bergerac*, préface et commentaires de Claude Aziza, "Pocket classiques", 1989

Edmond Rostand: *Cyrano de Bergerac*, introduction, notes, bibliographie et chronologie par

Willy de Spens, "GF Flammarion", 1989, Flammarion

Albert Soubies : *Almanach des Spectacles, année* 1897, 1898, *année* 1898, 1899, Librairies des bibliophiles

渡辺守章、鈴木康司編『フランス文学講座4―演劇』（「Ⅶ「芝居の楽しみ」、Ⅷ「世紀末の演劇」」）、１９７７、大修館書店

渡辺守章「大いなる欠落――日本におけるフランス演劇の受容」、『演劇とは何か』講談社学術文庫、１９９０、講談社

2．サヴィニアン・ド・シラノ・ド・ベルジュラック（歴史上のシラノ）関連

シラノ・ド・ベルジュラック作、赤木昭三訳『日月両世界旅行記』岩波文庫、２００５年、岩波書店

Cyrano de Bergerac: *Œuvres complètes*, texte établi et présenté par Jacques Prévot, Librairie Belin,1977

Cyrano de Bergerac: *L'Autre Monde: Les États et Empires de la Lune, Les États et Empires du Soleil, suivi du Fragment de Physique*, édition présentée, établie et annotée par Jacques Prévot, "Folio classique", 2004, Gallimard

Cyrano de Bergerac: *Voyage dans la Lune,* chronologie et introduction par Maurice Laugaa, "GF-Flammarion",1970, Garnier-Flammarion

*Théâtre du XVIIe siècle, I,* textes choisis, établis, présentés et annotés par Jacques Scherer, "Bibliothèque de la Pléiade", 1975, Gallimard

*Théâtre du XVIIe siècle, II,* textes choisis, établis, présentés et annotés par Jacques Scherer et Jacques Truchet, "Bibliothèque de la Pléiade", 1986, Gallimard

## 3. 関連文献

Dumas: *Les Trois Mousquetaires, Vingt ans après,* édition présentée et annotée par Gilbert Sigaux, "Bibliothèque de la Pléiade", 1962, Gallimard

デュマ作、生島遼一訳『三銃士』(上、下)、岩波文庫、１９７０、岩波書店

光文社古典新訳文庫

# シラノ・ド・ベルジュラック

著者　ロスタン
訳者　渡辺《わたなべ》　守章《もりあき》

2008年11月20日　初版第1刷発行
2024年1月30日　第8刷発行

発行者　三宅貴久
印刷　新藤慶昌堂
製本　ナショナル製本

発行所　株式会社光文社
〒112-8011東京都文京区音羽1-16-6
電話　03（5395）8162（編集部）
03（5395）8116（書籍販売部）
03（5395）8125（業務部）
www.kobunsha.com

©Morisaki Watanabe 2008
落丁本・乱丁本は業務部へご連絡くだされば、お取り替えいたします。
ISBN978-4-334-75171-5 Printed in Japan

※本書の一切の無断転載及び複写複製（コピー）を禁止します。

本書の電子化は私的使用に限り、著作権法上認められています。ただし代行業者等の第三者による電子データ化及び電子書籍化は、いかなる場合も認められておりません。

# いま、息をしている言葉で、もういちど古典を

長い年月をかけて世界中で読み継がれてきたのが古典です。奥の深い味わいある作品ばかりがそろっており、この「古典の森」に分け入ることは人生のもっとも大きな喜びであることに異論のある人はいないはずです。しかしながら、こんなに豊饒で魅力に満ちた古典を、なぜわたしたちはこれほどまで疎んじてきたのでしょうか。

ひとつには古臭い教養主義からの逃走だったのかもしれません。真面目に文学や思想を論じることは、ある種の権威化であるという思いから、その呪縛から逃れるために、教養そのものを否定しすぎてしまったのではないでしょうか。

いま、時代は大きな転換期を迎えています。まれに見るスピードで歴史が動いていくのを多くの人々が実感していると思います。

こんな時わたしたちを支え、導いてくれるものが古典なのです。「いま、息をしている言葉で」——光文社の古典新訳文庫は、さまよえる現代人の心の奥底まで届くような言葉で、古典を現代に蘇らせることを意図して創刊されました。気取らず、自由に、心の赴くままに、気軽に手に取って楽しめる古典作品を、新訳という光のもとに読者に届けていくこと。それがこの文庫の使命だとわたしたちは考えています。

このシリーズについてのご意見、ご感想、ご要望をハガキ、手紙、メール等で翻訳編集部までお寄せください。今後の企画の参考にさせていただきます。
メール　info@kotensinyaku.jp

## 光文社古典新訳文庫　好評既刊

### アガタ／声
デュラス
コクトー
渡辺 守章 訳

記憶から紡いだ言葉で兄妹が〝近親相姦〟を語る『アガタ』。不在の男を相手に、電話越しに女が別れ話を語る『声』。「語り」の濃密さが鮮烈な印象を与える対話劇と独白劇。

### ロレンザッチョ
ミュッセ
渡辺 守章 訳

メディチ家の暴君アレクサンドルとその腹心で主君の暗殺を企てるロレンゾ。二人の若者の間に交錯する権力とエロス。16世紀フィレンツェで実際に起きた暗殺事件を描くミュッセの代表作。

### オンディーヌ
ジロドゥ
二木 麻里 訳

湖畔近くで暮らす漁師の養女オンディーヌは騎士ハンスと恋に落ちる。だが、彼女は人間ではなく、水の精だった—。「究極の愛」を描いたジロドゥ演劇の最高傑作。

### 花のノートルダム
ジュネ
中条 省平 訳

都市の最底辺をさまよう犯罪者、同性愛者たちを神話的に描き、〈悪〉を〈聖なるもの〉に変えたジュネのデビュー作。超絶技巧の比喩を駆使した最高傑作が明解な訳文で甦る！

### 薔薇の奇跡
ジュネ
宇野 邦一 訳

監獄と少年院を舞台に、「薔薇」に譬えられる美しい囚人たちの暴力と肉体を赤裸々に描くことで聖性を発見する驚異の書。同性愛者であり泥棒でもあった作家ジュネの自伝的小説。

## 光文社古典新訳文庫　好評既刊

### ワーニャ伯父さん／三人姉妹

チェーホフ
浦　雅春　訳

棒に振った人生への後悔の念にさいなまれる「ワーニャ伯父さん」。モスクワへの帰郷を夢見ながら、出口のない現実に追い込まれていく「三人姉妹」。人生の悲劇を描いた傑作戯曲。

### マクベス

シェイクスピア
安西　徹雄　訳

三人の魔女にそそのかされ、予言どおり王の座を手中に収めたマクベスの勝利はゆるがぬはずだった。バーナムの森が動かないかぎりは…。（エッセイ・橋爪 功／解題・小林章夫）

### リア王

シェイクスピア
安西　徹雄　訳

引退を宣言したリア王は、王位継承にふさわしい娘たちをテストする。結果はすべて、王の希望を打ち砕いたものだった。愛情と憎悪、忠誠と離反、気品と下品が渦巻く名作。

### オイディプス王

ソポクレス
河合祥一郎　訳

先王ライオスを殺したのは誰か。事件の真相が明らかになるにつれ、みずからの出生の秘密を知ることになるオイディプスを、恐るべき運命が襲う。ギリシャ悲劇の最高傑作。

### 賢者ナータン

レッシング
丘沢　静也　訳

イスラム教、キリスト教、ユダヤ教の3つのうち、本物はどれか。イスラムの最高権力者の問いにユダヤの商人ナータンはどう答える？　啓蒙思想家レッシングの代表作。